ハヤカワ文庫JA
〈JA1353〉

revisions
時間ＳＦアンソロジー

大森 望・編

早川書房
8284

目　次

revisions

時間ＳＦアンソロジー

退屈の檻

リチャード・R・スミス

大森 望 訳

さまざまな時間ＳＦの中でも、日本でとりわけ人気が高いのは、登場人物が同じ時間を何度もくりかえす〝ループもの〟。その源流をたどると、日本では、筒井康隆が一九六五年に発表した短篇「しゃっくり」に行き着く。同じ十分間が果てしなくくりかえされる話だが、その後、筒井康隆は『時をかける少女』でも同じ一日の反復を描き、原田知世が主演した大林宣彦監督の映画版を経て、時間ループという題材が広く知られるきっかけとなった。

その筒井康隆に「しゃっくり」を書くヒントを与えたのが、リチャード・Ｒ・スミスの本篇。アメリカ本国で雑誌に発表された半年後、一九五八年十月に《ハヤカワ・ファンタジイ》から邦訳刊行されたジュディス・メリル編のアンソロジー『宇宙の妖怪たち』に、「倦怠の檻」のタイトルで訳載された。もっともこの短篇、原書（一九五五年刊）には入っていない。レイ・ブラッドベリの短篇「集会」が契約の関係で日本版には収録できないので、かわりにインフィニティ誌から一本選んでくれ——とメリルに言われた都筑道夫（当時、早川書房の編集者だった）が「新人の作品にしては着想がきわめていい」とピックアップし、みずから翻訳したのがこの作品。そう考えると、現在の日本の時間ループ人気を準備したのは都筑さんだったのかもしれない。本国ではほぼ忘れられているが、二〇一四年、グレゴリー・ルース編の短篇ＳＦ傑作選 *Science Fiction Gems* 第八巻に収められている。今回、本書収録を機に新訳し、「退屈の檻」と改題させていただいた。

著者は一九三〇年生まれ。短篇ＳＦ作家としては、五四年の商業誌デビューから四年間で十八篇を発表している。

“The Beast of Boredom” by Richard R. Smith
初出：Infinity Science Fiction 1958/4

干上がった運河のへりに建つ小屋は、入念な偽装がほどこされていて、あやうく気づかずに通り過ぎてしまうところだった。姿を見られなかったことを祈りながら、彼は腹這いになり、泥の中を小屋の戸口に向かって進みはじめた。

長い距離ではなかったが、ひどい臭いのする泥に顔を近づけ、肘と膝をつかってのろのろと這い進んでいると、一キロ以上もあるような気がした。匍匐《ほふく》前進する彼の脳裏に、皮肉な考えが浮かんだ。すなわち、人類のめざましい偉業は、最後はいつも戦争にたどりつく。コロンブスは大西洋を横断したが、それは最終的に、インディアンとの戦争につながった。人類は原子力を発明し、それを使って数百万人を殺した。人類の最新の偉業は、宇宙航行の奇跡だが、その結果なにが起きた？　これまた、最後は戦争に帰着した……。

彼の個人的な意見としては、今度の火星人との戦争について、人類に大義名分があるとは思っていなかった。火星人が自分たちの惑星にだれにも侵入してほしくないと考えているのなら、地球人はどんな権利があって無理やり植民するのか？　滅びゆく火星文明の再建を地球人が手助けできるという俗説は、その過程で数百万人が殺されている以上、あまり説得力があるとは思えない。それに、もし火星人が独立独歩の種属で、自分たちの文明が崩壊してゆくのをただじっと座視したいと望んでいるとしたら、なぜその権利が認められないのか？

小屋の戸口から数メートルのところまで来て、彼は哲学的な思考を脇に押しのけた。ぱっと立ち上がって、小さな小屋に駆け込み、一瞬でも相手の動きをとめようと、敵に恐怖を与えるようなかん高い叫び声をあげた。

暗がりの中でなにかが動き、反射的にライフルをかまえた。薄闇に目が慣れると、胃がむかむかしてきた。闇の中で縮こまっているやせ衰えたエイリアンは、敵というより、ぼろ切れの束に似ていたからだ。

火星人の震える両手がひとつの物体を持ち上げ、そのあと三つのことが、ほとんど同時に思えるくらいつづけざまに起きた。一、火星人の骨張った指がその物体の上で動いた。二、燃えるような感覚が彼の脳を引き裂いた。三、相手が武器を使ったに違いないと思って、彼はライフルのひきがねを引いた。

鋭い銃声の残響がおさまってから、彼は、動かなくなった火星人の体を調べ、自分がまちがっていたことを知った。その物体は、武器ではなかった。直径十五センチの金属製の球で、貴重な宝石がちりばめられている。あの火星人は、命の代償に、これをさしだそうとしていたのだった。

彼のアパートメントは、ホテルの十四階の住居フロアにあった。窓は開け放たれ、入ってくるそよ風が、ナイフで作業する彼の顔に浮かぶ汗を冷ましている。これまでのところ、金属の球体から四個の宝石をとりはずすことに成功したが、次にはずそうとしている大きなルビーは、ほかのものより深く埋め込まれているようだった。

ナイフの刃が滑り、左手のてのひらを切ってしまった。この工芸品と全火星人に対して悪態をつきながら、彼は力まかせにルビーをほじくり、ようやくはずれたとき、満足のつぶやきを洩らした。

紅い宝石がテーブルを転がって、床に落ちた。彼は、壊れやすいガラス製品を扱うようにおそるおそるそれを拾って、日光にかざし、赤一色の万華鏡のようにきらめく無数の切《き》子面《りこめん》を見つめた。金属球にはめこまれている宝石の中ではいちばん大きく、これ一個でちょっとした財産になりそうだ。

左手に鋭い痛みが走り、切り傷のことを思い出して洗面所に行った。傷口を慎重に洗い、ヨード液を塗ったあと、包帯を探していると……。

ルビーがテーブルを転がって、床に落ちた。

はっとして身を引いた拍子に、椅子をひっくりかえした。一秒前は洗面所にいたのに、いまはテーブルの前にいる。記憶喪失？　リビングルームにいつ戻ってきたか思い出せない。それに、切り傷にヨード液を塗ったはずなのに、いま左手を見ると、なにもついていない。

彼は洗面所に行った……。

ルビーがテーブルを転がって、床に落ちた。

今度もまた、洗面所から移動してきた記憶がまったくないのに、テーブルの前にすわっている。二度めだ。

金属の球体を窓辺に持っていって丹念に観察すると、ルビーがはまっていた場所に穴が空いているのがわかった。ある角度から中を覗くと、複雑に入り組んだワイヤとちっぽけな機械部品が見える。

彼は、過去二年にわたって、火星人と闘ってきた。火星の赤い砂漠を旅し、巨大な運河の干上がった泥の川床を這いずり、彼らの古代都市を歩き、数世紀のあいだにゆっくりと崩壊していった偉大な火星帝国の伝説を耳にしてきた。

火星人のタイムマシンに関する伝説を思い出して、彼は事実をあっさり受け入れた。いま手の中にあるこの物体は、時間の罠《タイムトラップ》だ。古代の、精巧な、科学的ブービー・トラップ。あの火星人は、自分が死ぬことを知って、巧妙な復讐を計画した。おそらく、この機械はそれほど強力ではなく、対象をはるかな過去やはるかな未来に送ることはできないのだろう。火星人が脱出のためにこの機械を使えなかったことも、それで説明がつく。しかし明らかに、罠として使える程度のパワーは持っている。いや、もしかしたら、まさにその目的のために、数世紀前につくられた装置かもしれない。ルビーをはずすことでスイッチが入る。

皮肉な話だ。あれだけたいへんな労力と費用をかけてこれを火星から地球にひそかに持ち帰ったというのに。ちりばめられた宝石だけでひと財産の値打ちがあったから、金属の球体になんらかの機能があるという可能性など、頭に浮かびもしなかった。しかしじつのところ、彼が地球に持ち帰ったのは、精巧な死の罠だったのである。

そう考えて、彼はぶるっと身震いした。

ルビーがテーブルを転がって……。

彼はまた、火星人の工芸品の前にすわり、その目はまた、テーブルを転がるルビーを見ていた。マジシャンのパフォーマンスのように、彼は窓辺から一瞬で姿を消し、椅子の上にふたたび現れた。前と同じように、てのひらの切り傷が鋭く痛んだが、今回はそれを無視して腕時計を見つめた。

東部標準時、十一時四十五分。

ルビーがテーブルを転がって……。

彼の目はもう腕時計を見ていなかったが、時計の針が十一時五十五分を指したことは覚えていた。そしていま、針はまた十一時四十五分を指している。おれは、わずか十分間という時間の中に囚われている。

震える指で煙草に火をつけ、冷静に考えようとした。時間の罠にどんな危険があるのか？　てのひらの切り傷以外、肉体的な痛みは感じないし、いままでのところ、この罠はささいな不都合をもたらしただけだ。十分間にやったことは、彼が時間を遡《さかのぼ》った時点で、まるで魔法のように、なかったことになる。てのひらの切り傷に塗ったヨード液は消えた。窓辺に歩み寄ったが、次のサイクルの最初に、意識に残るような感覚はなにもなく、もう一度テーブルの前の椅子にすわっている。しかし、時間を遡って移動することで、どんな害がありうるのか？

そして、この罠に気づいているのは自分ひとりだけなのか？

テレビをつけて、それから数サイクル、ニュース番組のアナウンサーを観察した。ほどなく、時間の反復に気づいているのは自分だけだと確信した。アナウンサーは世界のすべての人間を代表している。もしこのアナウンサーが反復の事実を意識しているなら、十回以上も同じニュースを読みつづけていることになる。だとしたら、表情になんらかの変化があってしかるべきではないか。

あの火星人が金属球の上で指を動かしたとき、頭蓋の中が燃えるような感覚に襲われたことを思い出した。どうやらこの装置は、彼自身の神経パターンだけに合わせて調整されていて、彼ひとりが罠の存在を意識するようになっている。もしくは、ある一定の有効範囲――たとえば直径十五メートルとか――にいる人間だけが、時間のくりかえしを意識するようになっている。

火星人のタイムマシンに関する噂話は信じていたし、いまはそれが実在する証拠を目の前にしているわけだが、それでもまだ、どういう原理で作動しているのか理解するのは困難だった。こういう機械は、放射性物質のほんの二、三個の原子に対してだけ集中的に働きかけると聞いたことがある。時空連続体そのものからエネルギーを引き出すことによって、この機械はそれらの原子を時間の中でうしろに、あるいは前に押しやる。それが確率流全体に影響することで、あらゆる物質は、そのあとについて時間流を移動することになる。

この理屈を百パーセント理解することはできなかったが、それでも、なにかしなければならないことはわかった。そこでそのあと、トータルして数時間にもおよぶサイクルのあいだ、行動の方針を決めようとした。おそろしく凶悪な犯罪者が似たようなマシンによる刑罰を受けたという火星人の伝説を思い出した。その不運な犯罪者は、ライオンに似た動物たちでいっぱいの穴ぐらに放り込まれ、反復する時間の中に閉じ込められることで、同じ死の苦しみを何千回も味わわされたという。彼自身のケースでは、肉体的な危険はない。しかしそれでも、ある敵が忍び寄ってきていることには気づいていた。ライオンと同じくらい確実に彼を殺すことのできる敵……退屈が。

退屈を甘受して、はてしないサイクルのあいだただじっとすわっているとしたら、部屋の中に何週間、何カ月、何年もすわっているのと同じことになる。独房に無限に拘留されるのと同じで、最終的には気が狂ってしまう。

だから、可能性はふたつ。機械を壊せないか試してみるか、退屈と闘いながら、機械がひとりでに動かなくなるのを待つか。

待とうと決断するまで、そう時間はかからなかった。火星人の装置がほんとうに時空連続体からエネルギーを引き出しているなら、機械をいじるのは危険だ。うっかりまちがったところに触れたら、とてつもない量のエネルギーが解放されて、たいへんなことになるかもしれない。たぶんそれこそが、あの老火星人の目論見《もくろみ》だろう。一方、この機械が永遠に作動できるとは思えない。

待っているあいだ、気をまぎらわせて時間をつぶす手段はいくらでもあるはずだ……。

彼は、アパートメントのあちこちに散らばっている雑誌を読みはじめた。一サイクルのあいだにはほんの二、三ページしか読めないが、どこまで読んだかページ数を覚えておいて、サイクルが戻ったら、そのページを開いて続きから読みはじめればいい……。

ルビーがテーブルを転がって……。

これまでのサイクルは、いまふりかえってみると、まるで永遠のように思えた。アパートメントにあったすべての雑誌を隅から隅まで読みつくし、時間内にやっているあらゆるテレビ番組とラジオ番組を数え切れないほど何度も見て、すべての台詞をひとつ残らず暗記してしまった。新聞のクロスワードパズルはくりかえし何回もやり、アパートメントの中は一平方センチ残らず探索しつくした。

それ以上、なにをするか思いつかないので、眠ろうとした……。

無駄なことはわかっていた。十分間の各サイクルに、椅子からソファベッドまで行って、目を閉じ、体をリラックスさせる時間はある。しかしいつも、いまにも眠れそうだと思った次の瞬間、うんざりするほどおなじみの椅子にすわっている。

そのうち疲れはてて自然と眠ってしまうことに期待していたが、やがてそれは不可能だと気がついた。装置が時空連続体に影響し、おなじ十分間がつねにくりかえされている以上、空間の物理的な状態は、各サイクルの最初に、まったく同じ状態に戻る。彼の肉体は、最初のサイクルのはじまりのときと同じ、リフレッシュされた状態になり、つねにそのコンディションが保たれる。年をとることも、空腹になることも、肉体的に疲れることもない。

退屈を克服する方法を求めて、わらにすがるような思いで、キッチンにあるウィスキーの瓶の助けを借りてみた。数回ためしてみたあと、酒をがぶ飲みすることでいろんなふうに激しく気分が悪くなることは可能だが、十分間で酩酊することは不可能だという結論に達した。

無数のサイクル、彼はただすわって虚空を見て過ごし、やがて突飛な妄念にかられ、気が狂う一歩手前まで来ていることに気づいた。退屈との闘いに敗北することが確実なら、もうひとつの選択肢を試してみてもいいだろう。すなわち、機械を壊して、目の前で爆発しないことを祈る。

刃渡りの長いナイフをとってきて、球体の中にある小さな機械部品を攻撃した。切先を挿し込み、ねじり、突いてみたが、なにをしても壊せないようだった。

怒りにまかせて、金属球を水の中に放り込んでみた。電気接点があるなら、ショートして壊れるかもしれない。

それも効果がないとわかると、ハンマーでぶん殴り、足で蹴り、でたらめに放り投げ、その結果として、窓から落下させた。金属球は十四階下の歩道にぶつかってバウンドし、まわりの注目を集めたが、二、三分後、彼はまた椅子にすわって、うんざりするほど見慣れたルビーがうんざりするほど見慣れたテーブルに転がるのを見ていた。

彼は、電話を見つめた。もしこの電話が鳴ってくれさえしたら。もしだれかが電話してきて、この単調なくりかえしを壊してくれたら。しかし、それはありえない。各サイクルのはじまりに、あらゆる物理的なものごとは正確に最初の状態に戻る……。

電話！

電話を使って、単調さを壊すことができる――友だちみんなに電話できる！　彼は知り合い全員に電話をかけ、トータルすれば何日間にもなる無数の十分間を彼らと話して過ごした。なぜなら彼らは、いつも前のサイクルのことを知らず、何度くりかえし同じ相手に電話しても、迷惑がられることはなかったからだ。ときには時間の罠のことも話したが、彼らの理解を超えていたし、毎回、酔っ払って電話してきたと思われるだけなので、やがてその話は持ち出さないことを学んだ。

知り合いと電話するのに飽きると、彼は電話帳の一ページ目から、すべての番号にかたっぱしから電話をかけはじめた。一度も会ったことのない女の子とデートの約束をとりつけ、水際立ったセールストークを暗記して、存在しない掃除機や車を売りつけた。ときにはクイズ番組の司会者のふりをして問題を出し、だれかが難問に正解すると、賞金一ドルを進呈しますと宣言した。さまざまな反応がおもしろく、退屈をまぎらわしてくれたが、二、三日たつとそれさえも退屈になってきた。

ホテルの十四階を離れようとしたが、ちょうどその時間には、エレベーター・ボーイが勤務していないことがわかった。無数のサイクルの最初にエレベーターまで走っていって《下》ボタンを押しても、十分のあいだには階数表示の針が動くことはなかった。

廊下のつきあたりにある階段を使ってべつの階に行き、だれかと出会うことに望みをつないだ。だれかの姿を見るか、だれかに面と向かって話すことができれば、単調さをうち破る大きな変化になるだろう。しかし、十三階と十五階には行けないことが判明した。階段室からその階に出るためのドアは押しても動かず、引いて開けようにも、こちら側にはノブもなにもついていなかった。ホテル側は明らかに、こうすることで、不法侵入者が人目を忍んでばかばかしいほど簡単に住居フロアへと入れるルートをふさいでいる。だれでも、自分がいるフロアを出て、階段室を使ってホテルのロビーまで降りることはできる。しかし、ロビーからある特定のフロアへ、もしくはあるフロアからべつのフロアへ行くには、エレベーターを使わざるをえない仕組みになっている。

不運を呪いながら、何時間もすわったまま過ごし、なにができるか考えた。彼は、連続しているけれど、個々に分割された、まったく同一の時間の中に閉じ込められている。それは事実上、特定の空間に閉じ込められているのと同じことだった。十分という時間内では、ホテルのこのフロアを離れることができない。

いまでは、退屈が、あらゆる場所に潜む醜い怪物のように思えてきた。いたるところで待ち伏せして、無気力という鋭い歯で襲ってくる……。

ほかの人間の姿を見たいと思うあまり、彼は他のアパートメントに入ることをためしはじめた。十四階には、ぜんぶで五戸のアパートメントがある。しかし、そのうち三戸までは留守のようで、住人が在宅しているのは、彼自身のアパートメントのとなりの一戸だけだった。その家も、ノックに返事はなかったが、ドアに耳を押し当てると、水が流れるかすかな音が聞こえた。住人である彼または彼女はシャワーを浴びていて、どんなに激しくノックしても、その音が聞こえないらしい。

すぐとなりなのに入れないことで、なおさらいらいらが募った。住人となんとか接触することさえできたら、各サイクルの最初に、電話の声でも、TV画面の映像でも、窓から見える十四階下のちっぽけな点のような人影でもなく、血肉の通ったその人物とじかに会って、退屈と闘う援軍になってもらえるのに。

ホテルのフロントに電話して、1403号室を借りているのがメアリ・ジェファーズという女性であることを知り、電話帳で調べて番号を突き止めた。

その番号をダイヤルしてみると、二、三分で彼女が電話に出てくれたのでほっとした。ノックの音は聞こえなくても、電話のベルは、シャワーのノイズを貫いて聞こえるくらい大きかったらしい。

「メアリ・ジェファーズさん？」と彼はたずねた。

「はい？」

「メアリさん、あなたはカレッジの卒業生ですか？」

「ええ。どちらさまですか？　なんの用？」

「こちらは警察です。非常に重要な用件です。あなたはどちらのカレッジに通われていましたか？」

情報を得るにはお粗末すぎる口実だが、不意をつかれた彼女は、とっさに「デラウェア大学です」と答えてくれた。

彼は電話を切り、次のサイクルまで待った。同じ番号をダイヤルし、相手が出ると、「メアリ？　ハリー・オグデンだよ」と切り出した。

時間の罠の性質上、彼女は前回の会話を覚えていない。聞き慣れない声に対する彼女の自動的な反応は、「オグデン？　きっと番号まちがいだわ。オグデンなんて名前の知り合いはいませんから」

「覚えてない？　デラウェア大学でいっしょだった。ぼくは覚えてるよ。きみはブロンドで——」

「いいえ。わたしはブルネットです」

電話を切り、次のサイクルを待ち、またダイヤルして、

「メアリ？　ハリー・オグデンだよ」

「オグデン？　きっと番号まちがいだわ。オグデンなんて名前の知り合いはいませんから」

「覚えてない？　デラウェア大学でいっしょだった。ぼくは覚えてるよ。きみはブルネットで、体重は六十キロ弱くらいで——」

「ちょっと、そんなに重くなかったわよ」

何十回か電話しているうちに、彼はこのシステムを利用して、メアリ・ジェファーズに関する情報をどんどん集め、電話がつながってほんの二、三分で、彼女の忘れている大学時代の友だちが連絡してきたのだと納得させられるようになった。

トータルで数週間にもおよぶさまざまなサイクルのあいだずっと話しつづけているうち、だんだん彼女が友だちだったような気がしてきて、じかに会いたいという欲求が高まってきた。相手がだれだろうと、生身の人間の姿を見ることは、変化のないこの単調さを打ち

破るのに目覚ましい効果を発揮するだろうが、他のアパートメントがすべて留守である以上、メアリ・ジェファーズが唯一の可能性だった。

「ぼくはとなりのアパートメントに住んでるんだよ」あるサイクルで、彼はそう切り出した。「寄ってもいいかな？」

「服を着てないのよ」と彼女は答えた。「シャワー浴びてたから。着替える時間をちょうだい」

彼は腕時計に目をやった。このサイクルの残りは四分しかない。メアリが服を着る時間がないことを知り、彼は絶望的な気分になった。これまでの努力はすべて無駄に終わった。とてもじゃないが、時間が足りない。彼女に電話をかけ、周到に記憶した台本どおりの会話で自分が旧友であることを納得させ、急いで体を拭いて服を着た彼女にアパートメントのドアを開けてもらう。

これだけのことを十分間で済ませるのは不可能だ。

つづく数サイクルを椅子にすわってやり過ごすあいだ、退屈は、飢えた獣のように彼の耳の中で沈黙の咆哮をあげて呼吸していた。

アパートメントを見渡す彼の耳の中に、沈黙がこだまするように思えた。おまえは闘いに敗れたとささやきかけてくる気がした。火星人の罠は作動しつづけている。彼はひたすらじっとすわったまま、待ち、考え、はてしなく考えつづけて、とうとうそれがいかれた考えになって、正気を失ってしまう。そうなれば、火星人は復讐を果たしたことになる。なぜなら、狂気とは、生きながら死んでいる状態だからだ。

彼は決断した。これまで退屈と合法的に闘って、考えつくかぎりすべての方法を試しつくした。もうこれ以上、ほかに合法的な方法がないなら、これからは退屈と非合法に闘ってやろう。どのみち、彼がなにをしようと、警察は十分間ではやってこられない。

次のサイクルの最初、メアリ・ジェファーズの番号にダイヤルしてから、受話器をデスクに置くと、窓に駆け寄って外に出た。

窓のすぐ下の張り出しは幅がせまかったが、その上をじりじり進んで、1403号室の開いた窓までたどりついた。

窓から中に入ると、メアリ・ジェファーズが受話器を片手で持ったまま、反対の手のタオルで体を拭いているのが見えた。

「もしもし」と彼女は受話器に向かっていった。

こちらに背中を向けているが、タオルがあまり役に立っていないのはわかった。体からぽたぽたしずくが垂れ、足のまわりに小さな水たまりができている。

彼はにやっと笑って口を開いた。「もしもし」

彼女は顔だけでぱっとふりかえると、ダークブラウンの瞳を大きく見開き、受話器をとり落とした。

「ハリー・オグデンだ。覚えてる?」

そうたずねた瞬間、莫迦げた質問だったと気がついた。時間の罠は、彼ひとりの罠であって、サイクルの反復を意識しているのは彼ひとりだけ。彼女はいままでの会話をまったく知らないし、彼はまったくの赤の他人だ。

彼女はあとずさり、悲鳴をあげた。

悲鳴は気にならなかった。彼の耳には音楽のようだった——彼の特異な世界の沈黙を破る音、退屈と闘うための武器。それを聞きながら、1403号室にこうやって何度も来ることになるんだろうなと考えた……。

ルビーがテーブルを転がって、床に落ちた。

床からルビーを拾い上げてにっこりした。彼の見積もりでは、十分間の反復の中で、もう二十年ほど生きてきたことになる。つまり、この罠は、死の罠ではない。彼は、退屈と闘う無数の方法を発見し、けっしてそれに屈することはないとわかっていた。張り出しを使い、窓を破って他のアパートメントにも侵入した。留守宅の中で、合計すると数百冊におよぶ本を発見した。それに双眼鏡もひとつ。それを使って、自分のアパートメントの窓からたくさんの新しいものを観察した。タイプライターも一台。それを使って本を書きはじめたが、原稿が完成する見込みはなかった。チェスセット……カード数組……さまざまな趣味……。

まだ探索していない可能性はたくさんあるし、火星人は貴重なプレゼントをくれたのだと彼は思った。すなわち、人生のボーナス。

機械が二十年にわたってずっと作動しつづけているというのは信じられないことに思えた。しかし、古代の火星人は、動く部品のない装置をつくるエキスパートだった。彼は、科学にあまりなじみがなかったが、時空連続体に通じる一種のゲートがあり、あのルビーをとりはずすことでそれが開いてしまったのだということはなんとなく想像がついた。たぶん、二十分間のサイクルのあいだに、あらかじめ決まった量のエネルギーがそのゲートから流れ込み、放射性物質に衝突して、数個の原子を過去へと押しやり、そのエネルギーがまだ存在しなかった時点へと戻すことで、サイクルが完成するのだろう。

動く部品があるなら、機械は二十年も倦《う》まず弛《たゆ》まず動きつづけることはないだろう。なにかが壊れていたはずだ。たとえ動く部品がなくても、この機械が永遠に動きつづけることはない。材質そのものが、遅かれ早かれ劣化しはじめる。あるいは、機械がどんなに強靭でも、時空連続体から流れ込むエネルギーによってしだいに脆弱化しはじめる。しかし、この装置が作動しつづけているかぎり、彼は年をとることなく生きつづける。装置が百年作動するなら、彼は百年生きる……。

ルビーがテーブルを転がって、床に落ちた。

彼はずきずき痛む頭をこすった。十分間のサイクルのくりかえしがはじまって、およそ三十年を生きてきたが、頭痛がはじまり、ひどくなってきたのは、去年のことだった。いままでにしてきたことを思い出したり、それについて考えたりするのが困難だった。

ルビーがテーブルを……。

何年生きてきただろう？　五十年？　百年？　もう計算できなくなっていた。もっと単純なことを考えるのさえむずかしい。彼の心は記憶でいっぱいになっている……数百万……数十億……数兆年の、はてしない、数え切れない記憶。心に安らぎを与えてくれる眠りも……休息もなく……

ルビーが……。

彼はもうアパートメントの中を歩くことはなく、ただ椅子にすわったまま、来るサイクルも来るサイクルも、はてしなく転がるルビーを眺めていた。記憶は、心を押しつぶし、麻痺させる重りのようだった……その重さはどんどんどんどん大きくなり、やがて……。

彼が殺した老火星人は、復讐を果たした。この巧妙な機械が、贈りものや死の罠をはるかに超えるものだと、彼はさとった。それは、拷問機械だった。何世紀も作動しつづける拷問機械。それは、彼の心をしだいに押しつぶし、殺してしまう。記憶のみの重さによって……。

彼は悲鳴をあげた。

ノックス・マシン

法月綸太郎

主人公は、数理文学解析を使って二〇世紀の英米本格ミステリを分析する論文で文学博士号を取得した上海大学の研究者、ユアン・チンルウ。一九二九年に考案された「ノックスの十戒」と呼ばれる推理小説作劇上のルールをもとにして、探偵小説の興亡の歴史的必然を解き明かすことに成功した。その彼が国家科学技術局から呼び出され、人類史上初の双方向タイムトラベル実験に協力を求められる。目的の日付は、一九二九年二月二十八日だった……。

時間SFのアンソロジーにどうして本格ミステリ作家が混じっているのかといぶかしむ人がいるかもしれないが、本篇は、マニアックな本格ミステリネタとディープな本格SFネタを融合させたタイムトラベル小説の傑作。本篇の十五年後に起きた事件を描く続篇「論理蒸発　ノックス・マシン2」と、「引き立て役倶楽部の陰謀」「バベルの牢獄」を加えた作品集『ノックス・マシン』(角川文庫)は、「このミステリーがすごい！2014年版」の国内篇1位に選ばれている。

細かいくすぐりに反応するにはそれなりの下地が要求されるが、べつだんむずかしい話ではなく、必要な知識は作中で懇切丁寧に解説されているうえ、全体としては意外と正統派の時間SFとして決着する。

著者は、一九六四年、島根県松江市生まれ。京都大学法学部卒。一九八八年、『密閉教室』でデビュー。以後、本格ミステリ作家として、また批評家として活躍している。本篇と近い系列の作品集としては、PKDがリュウ・アーチャーと対決する「ロス・マクドナルドは黄色い部屋の夢を見るか？」を含む『パズル崩壊』や、〝読者への挑戦〟を九十九パターンで変奏する『挑戦者たち』がある。

初出：〈野性時代〉2008年5月号

No Chinaman must figure in the story.
―― Ronald A. Knox

1

上海《シャンハイ》大学パラ人文学部のユアン・チンルウが、国家科学技術局からの召喚メールを受け取ったのは、二〇五八年四月のことである。

召喚メールには、二日後に首都北京《ペキン》の科技局オフィスに出頭し、リウ・フーチェン長官と面会すべしと記されていた。大学のデータベースに登録されたユアンの博士論文について、いくつか確認したいことがあるという。移動の便を図るため、国内の交通機関を自由に使えるパスカードの暗証入力コードが添付されていた。

畑ちがいの科技局のトップが、なぜ自分のような無名の文学研究者に会いたがるのだろう？　何かのまちがいではないかと、ユアンは首をかしげた。

ユアン・チンルウは二十七歳のオーバードクターで、専攻は数理文学解析。二十世紀のアングロサクソン探偵小説に関する論文を提出して、文学博士号を取得したばかりだったが、研究者としての将来は明るくなかった。彼の研究テーマは、ただでさえ先細りがちなパラ人文系学問の中でも、輪をかけてマイナーな分野に属するもので、アカデミックなポストに就ける見込みは著しく低かったからだ。

数理文学解析は、もともと詩や小説作品に用いられる単語や成句の頻度分析から始まった学問である。計算機テクノロジーの飛躍的な進歩にともなって、研究の対象は語句のレベルから文章のクラスタ、さらに作品構造の解析にまで引き上げられ、作家固有の文体を統計学の手法によって記述することが可能になった。そうした動きと並行して、アメリカ西海岸のサイバネティック文学の遺産相続人たちは、人間の手を借りない、完全に自動化された物語創作の夢を追い求め、着々と成果を挙げていった。
「オートポエティクス」と名づけられたコンピュータ文学制作の試みは、二〇一〇年代後半に至って、ようやく商業的な軌道に乗り始める。二〇二〇年代には、ハリウッドのシナリオライターがほとんど職を失い、ベストセラーリストの大半がプログラム・エージェントを介した作品で占められるようになった。ゴーストライターという職業が、文字通り「機械の中の幽霊《ゴースト・イン・ザ・マシーン》」に取って代わられたということだ。シェイクスピアやドストエフスキーの「新作」が次々と出版され、権威ある評論家たちが口をへの字に曲げながら、その質の高さを認めざるをえなくなったのも、この時期のことである。

人間中心主義を標榜《ひょうぼう》する作家たちは自らの存亡をかけて、文学のオートメーション化の流れに抵抗したけれど、二〇三八年、クンマーとヒューマヤンが最初の物語生成方程式を発表すると、人間の脳と手によって産み出される文学は、質的にもコスト的にも、「オートポエティクス」の敵ではなくなってしまう。クンマーとヒューマヤンは、ハイペースで彼らの方程式を拡張し、二〇四七年、ついにノーベル文学賞の栄冠に輝いた。

そうした時代の追い風を受けて、二〇四〇年代、数理文学解析という学問がめざましい発展を遂げたことはいうまでもない。一時はパラ人文系学問の中でも、もっとも論文発表数の多い分野として脚光を浴び、研究者を志す学生が引きもきらなかったが、栄枯盛衰は世の習い。マニュアル化された論文の発表競争が激しくなった分、研究対象となるリソースが消費されるスピードも加速度的に上昇した。

その結果、二〇五〇年代の前半までに、過去の文学史の遺産は有名無名、あらゆる時代と言語を問わず、ことごとく食いつぶされていた。ゴールドラッシュに乗り遅れた若い研究者の前には、絶滅した少数言語で書かれた誰も知らない作品か、ごく一部の古臭いジャンル小説ぐらいしか残されていないという、見るも無残な状況になっていたのだ。

ユアン・チンルウも、そうした乗り遅れ組のひとりだった。

ユアンの専攻は二十世紀の探偵小説、とりわけアガサ・クリスティやエラリー・クイーンといった作家の手になる古典的なパズラーである。第一次世界大戦と第二次世界大戦の戦間期、主にイギリスとアメリカで流行したゲーム小説で、その多くが謎めいた殺人事件を扱い、名探偵の鮮やかな推理によって、一癖も二癖もある容疑者たちの中から意外な犯人が指摘される。読者との知恵比べに勝つため、作家たちは次から次へと奇抜な謎を考案し、密室やアリバイの不可能トリック、さまざまな犯人隠蔽《いんぺい》テクニックを編み出した。

読者との知的ゲームに特化しすぎたため、古典的なパズラーは一度すたれたが、一九九〇年代の日本で、華々しく復活する。それからさらに六十年のインターバルを経て、二〇五〇年代の中国・インドで、三度目の探偵小説ブームが巻き起こった。ユアンが探偵小説の面白さに開眼し、数理文学解析の道を志したのも、このブームに接したからだ。

ただし、中国・インドでの第三次探偵小説ブームの担い手となったのは、クンマーとヒューマヤンの方程式を実装したコンピュータ・プログラム（「クリスティⅡ」や「QED」の名称で知られる）だった。こうした「オートポエティクス」製品は、マーケティングやリバース・エンジニアリングのサンプルとして用いられることはあっても、アカデミックな研究対象とは見なされていない。ユアンが探偵小説史を遡《さかのぼ》り、いわゆる「黄金時代」の英米探偵小説に注目したのは、そのためである。

しかし、後進のユアンにできることは限られていた。読者との知的ゲームを高らかに宣言し、フェアプレイの精神に則《のっと》って、厳格なルールが適用される探偵小説という形式は、数理文学解析の創始者たちが真っ先に手をつけたジャンルだったからだ。

　初期の研究者たちは、さまざまな約束事からなるゲーム探偵小説を、数学的な構造体としてモデル化し、その自律的な進化プロセスを法則化しようと試みて、一定の成果を挙げていた。ユアンの指導教官であるホイ教授も、そうした研究で名をあげた人物だ——が、多くの先達と同様、彼の業績はすでに過去のものとなっている。

　草創期の数理文学解析の論文には、恣意《しい》的なデータの取捨選択と、厳密さに欠ける数学理論の我田引水が目立ち、現在の研究水準から見ると、首をかしげるようなものが多かったせいだ。初期の探偵小説関連の論文の多くで、そうした欠陥が指摘されたため、第二世代以降の研究者たちはこのジャンルの数理解析を避けるようになった。

　ホイ教授らのグループは、理論の欠陥を埋めるべく、その後も探偵小説モデルの改良に努めていたが、時代遅れのレッテルを返上するほどの結果は出ていない。改良の試みが頓《とん》挫《ざ》したのは、モデルの選択を誤ったからだ、とユアンは考えていた。

　ホイ教授を始めとする先達の多くは、『グリーン家殺人事件』『僧正殺人事件』等で知られるアメリカの作家、S・S・ヴァン・ダインが一九二八年に発表した「探偵小説作法の二十則」を解析モデルとして使用している。しかしユアンの考えでは、ヴァン・ダインの定めたルールはあまりにも杓子《しゃくし》定規なうえ、厳密さに欠ける記述が多く、数学的なモデルに適用するにはふさわしくないものだった。

ユアンはもっと柔軟な公理モデルを求めて過去の文献を読みあさり、興味深いテキストを発見した。「ノックスの十戒」――イギリスの作家ロナルド・ノックスが一九二九年、アンソロジーの序文として発表した探偵小説のルール集である。

これはまさに自分が探し求めていたものだ、とユアンは直感した。それと同時に、ホイ教授らがノックスのテキストを意図的に無視していた理由もわかった。

「ノックスの十戒」には、政治的に正しくない記述が存在している。

2

ユアンが「ノックスの十戒」を博士論文のテーマに選んだことを告げると、指導教官のホイ教授は案の定、不快の表情を隠さなかった。

「それは得策ではないね、ユアン君。ロナルド・ノックスが、英国人特有のひねくれたユーモアの持ち主だったことは、きみもよく知っているだろう。彼の十戒も手の込んだジョークで、真に受けることはできない。そもそも、政治的に不適切な項目がある」

「第五項のことですか?」

ユアンがおそるおそるたずねると、老教授はため息をついて、

「聞くまでもなかろう。〈探偵小説には、中国人を登場させてはならない〉。ほかの九つの項目に関してはそれなりに首肯できるものだが、第五項だけは別だ。あのような人種差別的記述を含むテキストを受け容《い》れることはできない」

「その記述がわれわれの先祖に対する侮辱であることは認めます。しかしノックスの意図は、別のものだったかもしれません」

「別のもの、というと?」

「二十世紀初頭の低俗スリラーに、数多くの〈東洋の怪人〉が登場していることは、あらためて指摘するまでもありません。当時の黄禍論の影響で、中国人にまつわる歪曲《わいきょく》された悪役イメージが流布していたからでしょう。だとすれば、ノックスがあえてあのような項目を入れたのも、探偵小説の世界で不当にゆがめられた中国人イメージが蔓延《まんえん》していることに対して、警鐘を鳴らすためだったと考えられないでしょうか?」

ユアンの反論に、ホイ教授は鼻を鳴らして、

「たしかに、そうした解釈があるのは認める。だが、ノックス自身が中国人に対する偏見から自由だったとは思えない。第五項に付された説明の文章を読めば、彼の誤謬《ごびゅう》が明らかになるのではないかね」

痛いところを突かれて、ユアンは切れ長の目を伏せた。ノックスは次のように書いてい

る。

(5)「探偵小説には、中国人を登場させてはならない」

その根拠は定かではないが、おそらく「中国人は頭脳に関しては知識を身につけすぎるが、道徳の点になるとさっぱり身についていない」という西洋に古くから伝わる臆説《おくせつ》のせいかもしれない。実際に調べてみた結果申し上げたいことは、本を開いてみて、「チン・ルウの切れ長の目」などという記述が目にとまったなら、ただちにその本を閉じるのが得策だ、ということである。それは、まず駄作と考えてよい。思いあたる限り、駄作でなかったのは(他にも何冊かあるかも知れないが)、アーネスト・ハミルトン卿《きょう》の『メムワスの四つの悲劇』のみである。

「なるほど、そういうことか。ユアン・チンルウ君、きみは百三十年前のテキストに自分の名前が記されていることに、何らかの意味を求めようとしているのだな」

ユアンの頬が赤くなる。教授の指摘は当たっていたからだ。

ユアンが黙っていると、ホイ教授は突き放すようにかぶりを振って、

「ノックスがそう書いたのは、おそらく清王《セレスティアル・エンパイア》朝の乾隆《チンルウ》帝を意識してのことだと思うがね。だがどうしてもそうしたいなら、好きにすればいい。きみの性格からして、私が

反対しても、どうせ論文のテーマを変えようとはしないだろう。そのかわり、博士号を取得した後の就職口に関して、私に期待するのはあきらめた方がいいな」

教授はすげない身ぶりで、それ以上議論する気がないことを伝えた。

ユアンは一礼し、研究室を辞したが、老いた指導教官の最後の台詞《せりふ》が、精一杯の強がりであることを見抜いていた。教授の推薦があろうとなかろうと、ユアンが望ましいポストを獲得できる見込みはなかった。

ホイ教授だけでなく、数理文学解析という学問自体が斜陽化しつつある現状では。

ユアンの覚え書きより――ロナルド・アーバスノット・ノックスは、一八八八年二月十七日、イングランドのレスターシャー州で生まれた。ノックス家は英国国教会《アングリカン・チャーチ》の信徒で、彼の父親はマンチェスター主教の地位に就いていた。

語学と詩才に秀でていた若きノックスは、イートン校からオックスフォード大学のベイリオル・カレッジへ進み、一九一〇年、トリニティ・カレッジの特別研究生となる。大学を卒業した後、彼は国教会の牧師に叙任され、母校のチャプレン（付属の礼拝堂で宗教行事を執り行う役職）を務めたが、一九一七年、宗教上の理由からその職を離れた。国教会派の信仰に飽きたらず、ローマ・カトリックへ改宗したためである。

やはり国教会派からカトリックへ改宗した同時代人に、ブラウン神父シリーズで有名な作家G・K・チェスタトンがいる。青年時代のノックスがカトリック信仰に目覚めたのは、チェスタトンの思想に感化されたせいだが、実際に改宗に踏みきったのは、聖職に就いていたノックスの方が先だった。それ以来、両者の影響関係はすっかり逆転し、一九二二年、チェスタトン自身がようやくカトリック教会に帰依した際にも、その決断を強く後押ししたのは、十四歳年下のノックスだったという。

一九一八年、あらためてカトリックの司祭に叙任されたノックスは、セント・エドマンズ・カレッジに赴任した後、古巣のオックスフォード大学へ呼び戻され、以後十三年間、母校のカトリック学生のため、ふたたびチャプレンを務める。この間、ノックスはキリスト教に関するさまざまな著作を出版し、またラジオ番組に出演して信仰を説いた。一九三六年、教皇付きの名誉最高聖職者（英カトリック教会のナンバー2）の地位に就いたことからも、卓越した彼の知性と精力的な活動ぶりがうかがえるだろう。

ノックスが出演したラジオ番組に関しては、彼の人柄をしのばせる、人騒がせなエピソードが伝えられている。

一九二六年一月十六日、ノックスはBBCラジオのレギュラー番組中で、革命勢力にロンドンが占拠され、暴動が発生しているという設定のフェイク・ドキュメンタリー「バリケードから生中継」を放送した。迫撃砲の攻撃でビッグベンが倒壊し、サヴォイ・ホテルは炎上、暴徒と化した群衆が政府首脳を血祭りに上げている——リアルな演出を施したまことしやかな疑似中継が、十二分間にわたってオンエアされたのである。

BBCは再三、番組内容がフィクションであることをアナウンスしたが、多くのリスナーはノックスの仕組んだいたずらを真に受けた。たまたま大雪で新聞の配達が滞っていたせいもあり、英国全土で小規模なパニックが続発したという。オーソン・ウェルズという名のアメリカ人俳優が、CBSラジオの番組で、H・G・ウェルズのSF小説を脚色した「火星人襲来」というフェイク・ドキュメンタリーを放送し、全米を恐怖のどん底に陥れたのは、ノックスの企てに遅れること十二年、一九三八年の出来事である。

少年時代から探偵小説に親しみ、とりわけシャーロック・ホームズのファンだったノックスは、カトリック改宗前の一九一二年、『「ホームズ物語』についての文学的研究」という エッセイを雑誌に発表した。後年、多大な発展を遂げるシャーロック・ホームズ学の嚆矢《こうし》とされる論文で、その内容には原作者のコナン・ドイルすら舌を巻いたほどである。探偵小説というジャンルに対するノックスの旺盛《おうせい》な批判精神とひねくれたユーモアは、すでにこの頃から片鱗《へんりん》を見せている。

第一次世界大戦が終わってから、イギリスの探偵小説界は長編主体の黄金時代を迎え、読者の知的水準も底上げされた。当時のイギリスでは、他分野で名をなした知識人が余技として探偵小説に手を染めることが珍しくなかったが、ノックスもその例に洩《も》れない。探偵小説というジャンルの機微に通じていたノックスは、偉大なるパロディ精神を発揮し、聖職者だったことが信じられないほど人を食った作品を発表する。

ゴルフ場のはずれで遭遇した死体をめぐって、四人の素人《しろうと》探偵が見当ちがいの推理合戦を繰り広げる一九二五年の探偵小説デビュー作、『陸橋殺人事件』がそれだ。すれっからしのマニアをからかうために書かれたような風刺ミステリで、そのアイロニカルな結末はマゾヒスティックな英国人気質を巧妙にくすぐるものだった。

デビュー作の好評に気をよくしたノックスは、保険調査員マイルズ・ブリードンをシリーズ探偵に据えた質の高いパズラーを書き続ける。ユーモアたっぷりの筆致で手の込んだ謎解きを披露し、『閘門《こうもん》の足跡』（一九二八）や『サイロの死体』（一九三三）といった作品は、几帳面《きちょうめん》な手がかりと隙のないロジックを求めるうるさがたの読者を唸《うな》らせた。本業の宗教関係の著作より、格段に売れ行きがよかったらしい。ノックスは国教会派の父親に勘当され、遺産相続から排除されていたが、探偵小説の収入のおかげで、生活に困ることはなかった。一九三〇年にロンドンで設立された探偵《ディテクション》クラブのメンバーとして、二冊の合作長編にも参加している。

ノックスは一九三七年までに六作の長編と、珠玉の短編を残した後、探偵小説の筆を折った。二十世紀イギリスを代表するカトリック作家で、ノックスの評伝を書いたイヴリン・ウォーによれば、彼のよき友人で著作の最大の理解者でもあったレディ・アクトンが、最後の長編 Double Cross Purposes を酷評したせいだという。それを機に探偵小説から足を洗ったノックスは、一九三九年、オックスフォードからハートフォードシャー州アルデナムへ移り、ラテン語で記されたウルガタ聖書の翻訳に専念する。九年がかりで仕上げた入魂の英語訳は、「ノックス聖書」として斯界《しかい》の絶賛を浴びた。

一九五七年、隠遁《いんとん》先のサマセット州メルズで体調を崩したノックスは、旧友ハロルド・マクミラン首相に招かれ、ダウニング・ストリートの首相官邸に滞在中、医師から末期ガンの宣告を受ける。彼がメルズの自宅で永眠したのは、その年の八月二十四日。ウェストミンスター大聖堂で盛大な葬儀が行われ、ノックスの遺体はサマセット州のセント・アンドリューズ教会に埋葬された。

3

「ノックスの十戒」として後世に知られるエッセイは、ヘンリー・ハリントンと共編したアンソロジー『探偵小説傑作集』一九二八年版(刊行は翌年)の序文として書かれた。このアンソロジーでは、読者がいったん本のページを閉じて、謎解きの作業に移るべき箇所をゴシック体で示すという、「読者への挑戦」の趣向が取り入れられている。この趣向は、

「探偵小説とは、作家と読者という二人の競技者間のゲームにほかならない」というノックスの信念を具体化したものといえるだろう。

それがゲームである以上、勝敗を左右する手がかりは、フェアな形で読者に提示されなければならない。「したがって」とノックスは書いている。「探偵小説にルールがある、という場合には、詩にルールがあるというのとは意味が異なり、むしろクリケットにはルールがある、というのに近い。イギリス人にとっては、クリケットのルールの持つ意味は重大である。そこでフェアでない探偵小説を書く作家は、単に審美眼に欠けると非難されるだけでなく、反則を犯したかどで、レフリーに退場を命じられるであろう」。

このいかにも英国人的なレトリックに続けて、ノックスは自らの見識に則って定めた探偵小説の十のルールを、注釈とともに書き記していく。

(1)犯人は小説の冒頭あたりですでに登場していること、ただし読者が簡単に心を読めるような人物であってはならない。
(2)言うまでもないことだが、あらゆる超自然現象の類《たぐい》はいっさい排除すべし。
(3)秘密の部屋や通路は複数存在してはならない。
(4)未発見の毒物や最終章でくどくどしい科学的解説を要する装置や設備は使ってはならない。

(5)探偵小説には、中国人を登場させてはならない。
(6)探偵は偶然の出来事や、後になって正しさの証明される根拠のない直感で、事件を解決したりしてはならない。
(7)探偵が犯人であってはならない。
(8)探偵が手がかりを発見した場合は、すぐに読者の検討に委《ゆだ》ねられなければならない。
(9)探偵の間抜けな友人——いわゆるワトスン君——は頭に浮かんだ考えをすべて読者に公表する義務がある、またその知性は少しばかり、ほんの少しばかりだが、読者の平均を下回る。
(10)あらかじめ読者が予知できない限り、双子の兄弟や瓜二《うりふた》つの人物などを登場させるべきではない。

博士論文に取りかかったユアンは、かつてホイ教授らのグループが「ヴァン・ダインの二十則」の数理解析に用いた手法を試してみることにした。

まず「ノックスの十戒」の各項を数式で記述した十次元のマトリクスを構成し、これをノックス場と名づける。このノックス場に、作者と読者の対戦を定式化した「二人ゼロ和有限確定完全情報ゲーム」のアルゴリズムを埋め込み、クンマーとヒューマヤンの物語生成方程式を再帰的に走らせて、ウィーナー過程（連続時間確率解析）における解の分布をマッピングする。

ユアンの目算が正しければ、出力される解の分布は、黄金時代の探偵小説作家たちが、日々賢くなっていく一方の読者を出し抜くため、知恵を絞って考案したトリックやプロットのイノベーション曲線に近似していくはずである。

ところが、当初の結果はさんざんだった。解の分布はてんでんばらばら、グラフは迷走を繰り返し、ユアンにできるのは、解析データをゴミ箱へ放り込むことだけだった。

どうやらホイ教授が問題視した中国人ルールが、物語生成方程式の阻害要因になっているらしい。ユアンは第五項を除いた九次元のマトリクスで計算をやり直してみたけれど、その結果はさらに悲惨なものになった。九次元のノックス場は、どういうわけだか、物語生成空間としての完全性を維持できず、どんなにパラメータを調整しても、アルゴリズムが堂々めぐりに陥って、計算がフリーズしてしまうのである。

度重なる失敗に、ユアンはひどく落ち込んだ。

ホイ教授が示唆した通り、ノックスは手の込んだジョークを披露しただけで、「十戒」に何らかの意味があると直感したのは、買いかぶりにすぎなかったのだろうか。ユアンはノックス場そのものを放棄しようかと思い詰めたが、ある日ふとしたことから、とんでもない解決法を思いついた。

ノックスの第五項（中国人を登場させてはならない）は、ただでさえ唐突で、不自然なルールである。それ以外の規定が、探偵小説という形式を支えるフェアプレイの原則と密接に結びついているのに対して、第五項には（ノックス自身が認めているように）合理的な根拠がいっさい見当たらない。にもかかわらず、これを欠いた九次元のノックス場は、物語生成空間として体をなさないのである。ということは、中国人ルールから生じる不可解なゆらぎが、ゲーム探偵小説の自律進化プロセスにおいて、何らかの積極的な作用を及ぼしていると考えざるをえない。

そこでユアンは第五項から導かれる数式に虚数i——マイナス1の平方根——を掛け、ノックス場を複素数次元に拡張した。乱暴なたとえで言うと、No Chinamanという実体を持たない虚構の人格《イマジナリー・パーソン》を、探偵小説に必須《ひっす》のキャラクターないし「隠れた変数」として裏口から導き入れるようなものだろうか。

窮すれば通ず。半ばやけくそで思いついた考えだったが、このアイデアは予想をはるかに上回る成果を挙げた。それまでてんでんばらばらに散らばっていたクンマー＝ヒューマヤン方程式の解が、有意なカオス軌道を描き始めたからである。ノックス場によって数値化されたゲーム探偵小説の自律進化モデルは、プラスマイナス四パーセント以内の誤差で、現実の探偵小説史が描いたイノベーション曲線と一致した——あたかもNo Chinamanという観測者が、量子力学で用いられる波動関数を「収縮」させたかのように。

はっきりした理由はわからないのだが、中国人ルールは一種のメタ規則として、ほかの九つのルールを暗に統御しているらしい。たとえば、第七項（探偵が犯人であってはならない）という規則は、単独の公理としては強すぎる。ノックスは注釈の中で、作者が真の探偵役をほかに用意していれば、犯人が探偵に偽装することを妨げないと補足しているけれど、ある種の狡猾《こうかつ》なプロットでは、どうしても真の探偵が犯人を兼任せざるをえないケースも出てくるからだ。そのようなケースにおいては、No Chinaman が隠れた真の探偵であるかのようにふるまって、従来のものより巧みに構成された再帰的プロットが、ノックス場からはじかれないようカバーする。

ユアンはこの事実に驚きを隠せなかった。はたして「十戒」に中国人ルールを加えたノックス自身、このような効果が生じることを予見できただろうか？

それだけではない。No Chinaman 変換（とユアンは自らの論文の中で定義した）を施した十次元のノックス場は、その構造から固有のソリトン波を発生させる。その波のスケールを実時間に換算すると、ほぼ六十年という数値になることが明らかになった。

一九二〇〜三〇年代の英米、一九九〇年代の日本、そして二〇五〇年代の中国とインド……。期せずしてユアンは、時代と国境を超えたゲーム探偵小説のブームが、ほぼ六十年周期で繰り返される数学的根拠まで、突き止めてしまったのである。

博士論文に目を通したホイ教授は、渋々ながらユアンの研究の成果を認めた。しかし、自分の忠告に耳を貸さなかった教え子を許したわけではない。

教授は宣言通り、ユアンの就職の斡旋《あっせん》を拒んだ。

自分より能力の劣る学生が、卒業後の進路を決めていくのを尻目《しりめ》に、ユアンは大学に残ってノックス場の研究を続ける決意を固めた。さらに研究を深めたところで、学者としての将来が開ける見込みは低かったが、そうするよりほかに選ぶ道がなかったのだ。

4

メールを受け取った翌々日、北京に飛んだユアンは、指定された時刻きっかりに国家科学技術局のオフィスに出頭した。

セキュリティゲートの係員がアポイントメントを確認し、ユアンの内耳に埋め込まれた生体IDチップを人民情報センターのデータと照合する。ユアンは無事チェックをパスしたが、ものものしい警備体制を目の当たりにして、不安が募る一方だった。

ゲートを通過すると、マーという名の秘書官が彼を迎えた。

「ユアン・チンルウ博士ですね。私が最上階の長官室へお連れします。そこでリウ長官とスタッフが待っています」

「その前にひとつ質問が。私はなぜここに呼ばれたのですか？」

「私の口からはお答えできません。でも、じきにわかりますよ」

マー秘書官は顔色も変えずに言って、ユアンをエレベーターに乗せた。

科技局長官がどうして自分に興味を持ったのか、ここへ来るまでの間、ユアンはずっとその理由を考え続けていた。だが、いくら考えても思い当たることはない。むしろ彼の想像は悪い方、悪い方へとばかり傾いていく。

数理文学解析という学問は、厳密さを重んじる理工系の研究者の間では、未《いま》だにまっとうな科学分野として認められていない。草創期の論文に理論の飛躍や、不正確なデータ処理が多かったせいもあるだろう。

二〇四〇年代、数理文学解析が新しい「知」の代表として脚光を浴びていた時期には、多くの数学者や計算機科学者がその研究手法のいかがわしさを厳しく批判して、たびたび論争（いわゆる「第三次サイエンス・ウォーズ」）が繰り返されている。クンマーとヒューマヤンの物語生成方程式がノーベル賞の栄冠に輝いた時も、彼らの反応は冷ややかなものだった。あんなものは「文学賞」がせいぜいだ、というわけである。

数理文学解析という学問が斜陽化するにつれて、その種のバッシングは下火になっていったが、今でも同世代の理工系研究者がユアンらに向ける目は冷たい。ユアン自身、そうした差別を受けるのも仕方がないと、最初からあきらめているところがある。

ノックス場の解析から導き出された結果には、自分でも満足していたが、かといって、それが理工系の研究者から本気で評価されるとは思っていない。国家科学技術局のエリートがユアンの論文に注目することなど、どう考えてもありえなかった。

だとすれば、今日の召喚の目的も好意的なものではないだろう。ひょっとしたら、ユアンにはうかがい知れない何らかの政治的な思惑から、科技局のお偉方は「第四次サイエンス・ウォーズ」――パラ人文系学問に対する総攻撃に着手しようとしているのでは？　その先制攻撃のきっかけとして、たまたま彼の論文が目に留まったのではないか？

上昇時間はわずかだったが、ユアンにはとてつもなく長く感じられた。長官室の扉の前で足を止め、マー秘書官がたずねる。

「どうかしましたか、ユアン博士？　顔色が悪いようですが」

「いや、何でもありません。ちょっと緊張しているだけで」

ユアンはそう答えたが、魔女狩りや焚書《ふんしょ》といった連想が頭を離れない。中国人に対するノックスの時代遅れの見解は、ユアンの論文を非科学的と弾劾するのに、格好の材料となりうるからだ。ホイ教授の忠告を頭から無視したことが悔やまれたが、今となってはその後悔も手遅れだった。

「よく来てくれた、ユアン博士」

国家科学技術局のリウ・フーチェン長官は、打ち解けた様子でユアンを迎えた。短く刈り上げた髪に、旧式のメガネと白衣をモチーフにした長官服。前世紀半ばのレトロな科学者を模したいでたちは、国営ホロビデオ・ニュースなどでもおなじみの姿である。

「そうしゃちほこばることはない。まあ、かけたまえ」

ユアンはためらった。坐《すわ》ったとたんに、身体の自由を奪われるのではないかと思ったからだ。しかし、長官の勧めを断るわけにもいかない。覚悟を決めて腰を下ろしたが、ユアンの身には何も起こらなかった。客用の坐り心地のいい椅子である。

リウ長官は執務デスクの上方に浮かんだバーチャル・モニタのウィンドウを閉じて、

「きみの博士論文は面白く読ませてもらったよ。実は私も、二十世紀前半の英米探偵小説の密かな愛読者なのだ。とりわけ、ジョン・ディクスン・カーの」

「長官がそのような趣味をお持ちとは知りませんでした」

ユアンが意外の念を口にすると、リウ長官はにやりとして、

「いろいろと差し障りがあるので、私の趣味に関しては、ここだけの話にしておいてもらいたいのだがね。しかしだ、ユアン君。趣味の問題は別にして、もし私がきみの指導教官だったら、この論文は突き返したにちがいない。ノックス場を構成する十次元マトリクスの記述は、いくつかの点で厳密さに欠けるし、クンマーとヒューマヤンの物語生成方程式

にしても、今ではすっかり時代遅れで、錆《さ》びついているのではないか」

まるで博士論文の口頭試問みたいな口ぶりである。なぜ科技局長官の口からそんな問いが発せられるのか、ユアンは戸惑いながらも、自尊心に突き動かされて、

「たしかに、マトリクスの構成に改良の余地があることは認めざるをえませんが、ノックス場の働きそのものがそれによって左右されるとは思えません。さらにお言葉を返すようですが、長官もご存じのように、クラシックな探偵小説のテキストは、ある種の紋切り型を多用していることが特徴のひとつです。したがって、最新の物語生成方程式を適用するより、古典的なクンマー＝ヒューマヤン方程式を用いた方が、ジャンル解析にとっても有用なのではないでしょうか？」

「そうムキにならないでくれ、ユアン君」

リウ長官が苦笑しながら言う。ユアンは思わず顔を赤くして、

「――失礼しました、長官」

「いや、謝ることはない。こちらも余計なことを言った。今日きみに来てもらったのは、論文のアラ探しをするためではないんだよ。きみの論文は非常に興味深い――とりわけ、No Chinaman 変換というアイデアには、敬意を表する」

ユアンの頬が自然に緩む。さっきまでの不安は雲散霧消していた。よもや国家科学技術局のトップの口から、そんな言葉が聞けるとは。

「身に余る光栄です、長官」

「ただし、きみを呼んだ理由はもっとほかにある。われわれの注意を引いたのは、数理文学解析という学問ではなくて、きみの論文の註《ちゅう》に記された、ある特定の日付なのだ」

リウ長官の声のトーンが急に変化する。ユアンはおそるおそるたずねた。

「ある特定の日付、といいますと？」

「一九二九年二月二十八日」

「――オックスフォード、オールド・パレスにて。『探偵小説傑作集』に掲載されたノックスの序文、その末尾に記された日付のことですね」

ユアンの返事に長官がうなずく。

「百三十年も前の日付に何か、重要な意味があるのですか？」

「非常に重要な意味がある。おそらくきみが考えている以上にね。科学の発展、いや、人類の歴史を書き換えるほどの、画期的なブレイクスルーの可能性だ」

ユアンは首をかしげた。

「人類の歴史を書き換える？」

「文字通りの意味でだよ、ユアン君。われわれの仮説が正しければ、史上初の双方向タイムトラベルを実現できるかもしれない」

「双方向タイムトラベル？」

ユアンは耳を疑った。話の脈絡がつかめない。悪い冗談、いや、彼を陥れる罠《わな》ではないのか？ だが、リウ長官はユアンの困惑などお構いなしに、

「話の途中だが、スタッフ・ルームに席を移そう。今からこの分野の専門家が、最新の報告を行うことになっている。きみにも同席してもらいたい」

5

スタッフ・ルームには、量子力学と時間工学、宇宙物理学等を担当する各部署の代表が集められていた。いずれもユアンの専門領域から遠くかけ離れた、先端科学とテクノロジーの最前線に立つ精鋭ばかりである。作戦司令室のようにセットされた円卓には、新人民軍の制服を着た物静かで、眼光の鋭い人物も加わっていた。諜報《ちょうほう》部の連絡将校で、この集まりが国家の最高機密を扱っていることを暗に示している。

リウ長官の隣りが、ユアンの席だった。特等席である。スタッフの紹介が一巡して、最後にユアンが氏名と専攻分野を述べると、列席者たちは互いに意味ありげな目配せを交わした。どうやらこの場にいる全員が、彼の論文に目を通しているらしい。この顔ぶれの中で、ユアンの存在は明らかに浮いていたが、単なる外野のオブザーバーというより、もっ

と重要な役割が期待されているようだった。

それがどういう役割なのか、まったく想像がつかない。それでも魔女裁判の法廷に引き出された被告人ではなさそうだ、とユアンは思った。

リウ長官が開会を告げ、最初の発言者を指名する。時間工学の権威として知られるチャン・スーホン教授。チャン教授はタイムトラベルの原理と、タイムマシン製造計画の歴史に関する簡単なレクチャーを行った。

一九六三年、ニュージーランドの物理学者ロイ・カーは、一般相対性理論におけるアインシュタイン方程式から「カー解」と呼ばれるブラックホール解を導き出した。これは高速回転するドーナツ型ブラックホールの存在を予測するものである。

カー・ブラックホールの回転速度が増大し、角運動量が質量の値を超えると、事象の地平面が開いて特異点(通常の因果法則が作用しない領域)がむき出しになり、リング状の超空間が出現する。この超空間に飛び込んで、回転方向に進めば未来へ、逆方向に進めば過去へのタイムトラベルが可能になるという。

アメリカの物理学者フランク・ティプラーは「ティプラー・シリンダー」と呼ばれる装置を考案し、実験施設内に超小型ブラックホールを発生させることで、タイムマシンが製造できると考えた。これがタイムトラベルの原理である。EUの共同研究機関が実験に着手したのを手始めに、各国がタイムマシンの研究開発競争を開始する。

二〇三〇年代には、ロシアで最初の試作機が完成、二〇四二年にはユーリと名づけられたライカ犬を過去に送り込むことに成功した、という衝撃的なニュースが全世界を駆けめぐった。史上初の有人タイムトラベルの成功も、時間の問題……。ところが、その発表から一年後、ロシア政府は突如として、タイムマシン計画からの撤退を宣言する。開発競争に後れをとった各国——もちろん、中国も含まれる——は、突然の計画中止に驚きを隠せなかったが、やがてその理由を知ることになる。

「後に公表されたことですが、すでにロシアはその段階で、三度にわたる有人タイムトラベルの実験に成功していました。しかし、その結末は悲劇的なものだった……。カー・ブラックホールに生じる裸の特異点を利用した過去へのタイムトラベルには、致命的な欠陥があったのです」

チャン教授の説明が続く。まるで個人授業のようだ。教授の視線はさっきからずっと、ユアンひとりに向けられていたからである。ユアン以外のスタッフにとっては、今さら聞く必要もない初歩的な内容だったにちがいない。

「——タイムパラドックス？　いや、そうではありません。過去へのタイムトラベルに成功しても、パラドックスは生じない。なぜなら時間旅行者が赴く過去とは、出発前の彼が属していた世界とは別の、パラレルワールドにほかならないからです。あるいはこう言い換えてもいいでしょう。タイムトラベラーが過去のある時点へ到着した瞬間に、世界は二つに分岐する——未来からのタイムトラベラーが出現しなかった世界Aと、タイムトラベラーが出現した世界Bに。

言うまでもなく、前者がわれわれの属しているこの世界であり、後者がパラレルワールドに該当します。そして一度分岐した世界Aと世界Bの時間線は、どれだけ未来に延長しても、二度と交わることがない。したがって、世界Bへ移動したタイムトラベラーが過去の時点でどんな行為をしでかしても、世界Aの歴史にはいかなる影響も及びません。パラドックスが生じないとは、そういう意味です」

「待ってください。それは要するに、過去へのタイムトラベラーはパラレルワールドへ行ったきりで、元の世界へは戻ってこられないということですか？」

ユアンが質問すると、チャン教授はうなずいて、

「その通りです。ロシアを始めとする各国の時間旅行者たちは、誰ひとり、過去から戻ってこなかった。二〇四〇年代には、わが国でも未来へのタイムトラベルが実用化され、装置のコンパクト化も進んだのですが、その技術は何の役にも立ちませんでした。理論上、未来への移動は同一の時間線上でしか行えない。分岐した過去の世界Bから未来方向へのタイムトラベルを行っても、それは世界Bの未来にしか行き着けないことが証明されてい

るのです。だから過去へのタイムトラベルに成功しても、世界Aに属するわれわれの現在に戻ってくることはできません。

未来へのタイムトラベルの場合でも、同じ不都合が生じます。同一の時間線上にあるといっても、いったん未来に移動したタイムトラベラーは、ふたたびこの現在に戻ってくることができない——未来の時点から現在へのタイムトラベルを行えば、到着した時点で現在が二つに分岐し、やはり世界Aと世界Bが生じてしまうからです。未来から逆戻りしたタイムトラベラーは、その時点で世界Bに属することになり、われわれの世界Aとは永久に無縁の存在となる。ロシアを始めとする各国がタイムマシン計画を放棄してしまったのも、当然の結果といえるでしょう」

「しかし、それはあくまでも現在の科学技術の限界にすぎないのでは？　未来の科学者たちなら、問題の解決法を見いだしているかもしれません。だとすれば——」

「われわれは、すでにその可能性を検討したのだ」

隣席のリウ長官がユアンの発言をさえぎり、悲しげな口調で言った。

「タイムトラベル理論に精通した熱意ある若者たちが、何人も何人も、重要な任務を帯びて未来へと旅立っていった。遠い未来の科学者が達成しているかもしれない、双方向タイムトラベルを実現する画期的な技術を、われわれの現在へ持ち帰るために……。だが、彼らの誰ひとりとして、われわれの元に戻ってはこなかった」

長官が口を閉じると、スタッフ・ルームに沈黙が訪れた。

6

「タイムトラベル理論が抱える問題については、理解できたと思います」

沈黙の重さに堪えかねて、ユアンはあえぐように声を発した。

「ですが、肝心の疑問が解けません。なぜ私のような駆け出しの文学研究者が、今日の会合に呼ばれたのですか？　先ほどの長官のお話では、ノックスの序文に記された日付に重要な意味があるということでしたが」

円卓の向こうで手が挙がった。

「あなたの疑問はもっともです、ユアン博士。私がその疑問に答えましょう」

宇宙物理学者のホアン・リー博士。スタッフ・ルームの中の紅一点である。リウ長官があらためて発言の許可を与えると、彼女は起立して列席者に一礼した。

「簡潔に要点だけ述べましょう。わが国のタイムマシン計画が頓挫した後、山東省《さんとう》にあるティプラー・シリンダーの施設を引き継いだのは、私たち宇宙放射線研究者のグループでした。引き継ぎが承認されたのは、今から八年前のこと。カー・ブラックホールに生じるリング状の特異点を、過去から飛来するニュートリノの捕獲装置として再利用するためです」

「ニュートリノの？」

　話題が予期しない方へ転じたので、ユアンは戸惑いを隠せない。ニュートリノは天文観測に用いられる素粒子だが、それが序文の日付とどう関係するのか。ホアン博士はゲストの心配を打ち消すように、ユアンに微笑みかけて、

「ええ。ティプラー・シリンダーの回転速度を調節することで、超小型ブラックホール内に生じた超空間を、任意の過去の時代に接続することができます。しかし、すでにチャン教授が説明した通り、私たちの時代からタイムトラベラーを過去へ送り込めば、世界はAとBに分岐し、元も子もなくなってしまう。ところが、それとは逆向きに、接続面の向こう側から裸の特異点に飛び込んできた過去の情報は、世界の分岐を生じさせることなく、同一の時間線を保ったまま、私たちの手元に届けられます」

　ユアンはうなずいた。未来へのタイムトラベルと同じ理屈だ。

「ただし、この逆タイムトラベル方式では、過去の時代の生物や物品を現代に持ってくることはできない。カー・ブラックホールのリング状特異点には、一方通行的な特性があるため、こちら側で人工的に作り出した超空間を、接続面の向こう側から逆向きに通過する際、原子から構成された物質は、素粒子レベルに崩壊してしまうからです。

でも、裸の特異点に飛び込んでくるのが、ニュートリノのような素粒子ならどうでしょう？　それらは破壊や変形を被ることなく、過去の時代の情報を保持したまま、時間の壁を突き抜けて、じかに私たちの検出装置に飛び込んでくるのです。私たち宇宙放射線研究者のグループは、こうした利点に目をつけて、過去の世界から飛来するニュートリノの観測実験に着手しました。ちなみに技術的には、未来のニュートリノを捕獲することも不可能ではありませんが、タイムトラベル理論の抱える致命的な欠陥と同じ理由で、捕獲された瞬間に、未来のニュートリノ情報は意味を持たないものになってしまう。ですから、私たちは過去の情報のみに集中したわけです。

それから今日までの間、ティプラー・シリンダーは休むことなく、過去の情報を満載したニュートリノ群を捕獲し続けました。シリンダーの精度が上がり、最近の観測データは以前にも増して、実りの多いものになっている。そうやって過去のニュートリノ情報を詳しく分析していくうちに、私たちはある奇妙な事実を発見しました」

「奇妙な事実というと？」

「ニュートリノ情報を時系列に沿ってグラフ化し、連続した時間線を遡っていくと、過去のある特定の座標にどうしても観測できない盲点が存在するのです。時間線そのものが途切れているわけではないと思いますが、その観測上の挙動が明らかにおかしくて、タイムトラベル理論と突き合わせても、説明できない矛盾が生じてしまう。カー・ブラックホールのそれとは区別して、時間線上の特異点と呼んでもいいでしょう」

ユアンは動悸《どうき》が激しくなるのを感じながら、ホアン博士にたずねた。

「その時間線上の特異点というのは、具体的にいつの時代ですか？」

「――今からおよそ百三十年前」

とホアン・リー博士は言った。

「最新のデータに基づく計算では、一九二九年三月二十八日に相当します」

ユアンはごくりと唾《つば》を呑《の》んだ。「ノックスの十戒」が書き留められた日だ。


三番目の、そして最後の発言者は、量子力学者のマオ・ラウピン教授。マオ教授は有名な「シュレディンガーの猫」の思考実験を例に出し、いわゆる「観測問題」に関する量子力学の二つの立場――コペンハーゲン解釈と多世界解釈――について語った。

量子力学はミクロの世界で起こる出来事を、波動関数と呼ばれる数式で記述する。これを用いると、ある系を観測した時、さまざまな結果がどんな確率で得られるかを予言することができる。しかし予言が可能なのは、あくまでも確率のレベルでしかない。だから、マクロな現実世界に量子力学の理論をそのまま適用すると、不条理としか言いようのない奇妙な状況が生まれてしまう。

「シュレディンガーの猫」は、その奇妙さを示すたとえ話だ。半減期一時間、すなわち一時間の間に五十パーセントの確率で崩壊する放射性原子と、放射能検知器（原子の崩壊を検知すると毒ガスの入った瓶が割れる仕掛けをしたもの）を用意し、生きている猫と一緒に密閉された箱の中に入れる。一時間後に箱を開け、猫の生死を確かめる……。この実験を波動関数で記述すると、箱を開けて中をのぞいてみるまでは、生きている猫と死んでいる猫が、半々の確率で重なり合った状態になっているという。にもかかわらず、いったん箱を開けて、猫の生死を確認すると、その観測結果は生死のいずれかに決定してしまう。

どうしてそうなるのか？　コペンハーゲン解釈を支持する学者たちは、観測という行為によって、波動関数が「収縮」すると主張した。これは別々の可能性を表現する二つの波の干渉状態が、単一の波によって示される固有状態に変化することをいう。だが、観測という行為がなぜ、そしていつ波動関数を収縮させるのか、そのメカニズムはまったく明らかにされていない。そのせいで、量子力学という理論の整合性を保つために、肝心なところをブラックボックスに入れただけ、という批判が後を絶たない。

これに対して、一九五七年、プリンストン大学の大学院生だったヒュー・エヴェレットは、多世界解釈というアイデアを着想した。多世界解釈においては、波動関数は「収縮」する必要がない。宇宙全体が、ありとあらゆる観測結果のそれぞれについてひとつずつ、いくつものパラレルワールドに分岐するからだ。そして分岐したそれぞれの宇宙は、お互いに影響し合うことなく、どこまでも重なり合った状態を維持したまま、無限の分岐を続けていく……。ちょうど過去へのタイムトラベルによって、世界Aと世界Bが分岐してしまうように。

「タイムトラベル理論の問題点が明らかになって以降、それまで量子力学界の主流だったコペンハーゲン解釈は、一挙に劣勢に立たされた。パラレルワールドの発生は、エヴェレットの多世界解釈の正当性を示す証拠と見なされたからだ」

マオ教授はしかつめらしい表情で、説明を続ける。

「しかし、私はそう思っていない。コペンハーゲン解釈と多世界解釈の対立は、あくまでも視点のちがいから生じたもので、どちらが正しいと言いきれるものではないからだ。そもそもわれわれは、過去へのタイムトラベルによって生じたとされる世界Bを実際に見たわけではない。タイムトラベル理論の不具合を、過去の世界の分岐という仮説によって解釈しているだけで、本当のところ、タイムトラベラーの身に何が起こったか、具体的なことがわかっているわけではないのだよ。

むしろ問題は、多世界解釈が優位を占めたせいで、量子力学の研究が袋小路《こうじ》に突き当たってしまったということだ。波動関数の収縮を否定すると、先人たちが築いてきた輝かしい成果のほとんどが、紙くず同然になってしまう。実際、この十年間で、才能ある研究者の多くが意欲を失い、次々と現場をリタイアしていったのだ。無限に分岐を続ける並行世界という宇宙観は、個人のアイデンティティや自由な意思決定という信念を土台から脅かすために、ある種の諦念《ていねん》と無気力《アパシー》に結びつきやすい。今の状況が続けば、過去百三十年にわたる量子力学の発展も、いずれ無に帰してしまうだろう。

だが、ホアン博士らの研究グループの発見は、こうした状況を一変させる可能性を持っている。というのも、観測データを詳しく分析した結果、問題の日時、すなわちわれわれの世界を貫く時間線上の特異点には、世界の分岐を許さないような固有の性質があるという結論が出たからだ。一九二九年二月二十八日、仮にわれわれが現在の時点から、この特異点にタイムトラベラーを送り込んでも、世界は分岐せず、同一の時間線を保ち続けるにちがいない。ホアン博士らのデータは、この仮説を立証しているのだ。

ところでユアン君、きみはノックス場に関する論文で、No Chinaman 変換というアイデアを披露していたね？　きみはその中で〈あたかも No Chinaman という観測者が、波動関数を『収縮』させたかのように〉という表現を用いている」

マオ教授に見つめられて、ユアンは身を硬くした。

「厳密さに欠ける、不正確な比喩《ひゆ》だということは認めます」

「きみを責めるつもりはない。むしろその表現は、ある面で真理を突いている。というのも、ノックス場における中国人ルールの奇妙なふるまいは、時間線上の特異点に関するデータの解析パターンと驚くほどの相似を示しているからだ。われわれの計算が正しければ、一九二九年二月二十八日に飛んだタイムトラベラーは、あたかも No Chinaman という仮構の人格が、物語生成空間を統御するようにふるまって、過去の世界分岐を阻止し、時間線を同一のものに保つ作用を果たすと予想される。

もちろん、こうした予想はあくまでも仮説のレベルを出ない。どうしてこの日付に限ってそういう計算結果がはじき出されるのか、それとノックスの序文との間にどのような関連性があるのか、私には未だに理解できない。それでも、理論的には完全に整合しているのだ！　さらに重要なのは、このNo Chinaman仮説が正しければ、一九二九年二月二十八日に飛んだタイムトラベラーは、同一の時間線上を往復して、われわれの属するこの現在に戻ってくることができる――すなわち、今まで不可能だと考えられていた双方向タイムトラベルが実現できるということだ。同時にそれは、エヴェレットの多世界解釈に対する、コペンハーゲン解釈サイドからの強力な反証になるだろう」

ようやく話し終えたマオ教授は、精根尽きたようなしぐさで、リウ長官にあごをしゃくった。長官はうなずいて、何度か咳払《せきばら》いすると、それまでとは打って変わった堅苦しい口ぶりでユアンにたずねた。

「今の話を聞いてどう思ったかね？」

「どうかとおっしゃられても、私にはとてもついていけない議論です」

「今のは聞き方が悪かった。率直に言おう。ユアン君、われわれはきみにNo Chinamanの役割を引き受けてもらえないかと思っている」

ユアンは絶句した。

きみが驚くのも無理はない、と長官は言った。

「——だが、これはけっして根拠のない思いつきではない。熟慮の末の判断なのだ。どういう理由かはわからないが、この時間線上の特異点は、ロナルド・ノックスという前世紀の英国人と深いつながりを持っている。しかも、そのことを突き止めたのは、われわれ科学者ではなく、数理文学解析の研究者であるきみなのだよ。一連の出来事の奇妙な符合を考慮に入れると、ノックスと彼の十戒に関する専門家でなければ、双方向タイムトラベルという難事業を成功に導くことはできないだろう。私にはその確信がある。きみならできるはずだ、いや、この国家的プロジェクトはきみにしか任せられない」

長官だけでなく、円卓を囲む全員の視線が自分に注がれているのを感じた。あまりにも突然の宣告と、その国家的規模の重圧に、気が遠くなる……。奇妙なことに、真っ白になったユアンの脳裏に浮かび上がったのは、指導教官のホイ教授の顔だった。

彼は自分の現状と将来について考えた。ホイ教授の不興を買ったユアンに、研究者としての未来はないだろう。今のままだと、自分にはもう行くところがない。

だが、もし過去の世界へ飛んで、ノックスに会うことができたら。

中国人に関する奇妙なルールを記した真意を、本人に問うことができたら。

「——わかりました、リウ長官」

突然われに返ったユアンは、自分の声がそう答えているのに気づいた。

「過去へのタイムトラベルに志願します」

エピローグ——オックスフォード、一九二九年二月二十八日

「だが、これ以上はいうまい」

その日、八時のミサを終えたロナルド・ノックスは、オールド・パレスの書斎に閉じこもり、後に「ノックスの十戒」として知られることになる序文の最後のパラグラフをタイプしていた。カトリックに改宗する前からタイプライターを使ってきたが、今では思考の道具として欠かせないものになっている。

「花束にして手渡す以前に、集めた花の蜜《みつ》とその芳香を、不器用な手で搾《しぼ》り取ってしまうようなことは、編集者のなすべきことではない。推理小説というかくも繊細な花を扱う場合には、特にそういうことがいえるだろう。その花は、一度しか芳香を放つことはなく、

もし水分を搾り取ってしまえば、生物学的な興味以外には何ひとつ残らないからである。かつて私が現代探偵小説の中の、傑作のひとつを読もうとしていたとき……」

ふと奇妙な気配を感じて、タイプライターのキーを打つ手が止まった。消える寸前だった暖炉の火が、いきなり音を立てて燃えさかったような気がしたからだ。

暖炉の方へ目をやったノックスは、信じがたい光景を目の当たりにした。火床《しんえん》が虹《にじ》の七色に輝いたかと思うと、暖炉そのものが陽炎《かげろう》のように揺らいで、そこに無限の深淵さながらの黒い裂け目が開く。

その裂け目から、ひとりの人間が出てきた。顔全体を覆い隠す、珍しい形のヘルメットをかぶり、銀色の潜水服めいたつなぎを身につけている。背中には大きな箱のようなものを背負っていた。

ノックスは両肘《りょうひじ》を宙に浮かせたまま、ぽかんと口を開けて、その人物がヘルメットをはずすのを見つめた——出てきたのは、切れ長の目をした東洋人男性の顔。

「きみはいったい、どこから入ってきたのだ?」

ノックスが抑えた声でたずねると、男はやっと気づいたようにこちらを見て、

「あなたは、ロナルド・ノックス司祭《ファーザー》ですか」

と聞き返す。職名の司祭《プリースト》と敬称の神父を混同している点を除けば、東洋風の訛《なま》りのない、きれいな発音の英語だった。肌のつるんとした若者で、柔弱な印象が拭《ぬぐ》えないものの、瞳《ひとみ》

には知性の輝きがある。

「たしかにその通りだが、きみはまだ私の質問に答えていない」

「すみません。説明する前に、もうひとつだけ聞かせてください。ここは一九二九年二月二十八日のオックスフォードですか？」

妙ちくりんな質問をする男だと思いながら、ノックスはうなずいた。男はずいぶん嬉《うれ》しそうな顔をして、安堵《あんど》のため息を洩らす。

「では、無事に着いたんだ！　執筆中のところをお邪魔してすみません、ノックス司祭。申し遅れましたが、私の名前はユアン・チンルウ。二〇五八年の中国から時空を飛び越えてきた未来人で、この世界に現れた時間旅行者の記念すべき第一号です」

ノックスはかぶりを振った。どうやら頭のおかしい男のようだが、こちらに危害を加えるつもりはないらしい。こういう手合いは話に付き合ってやるふりをして、相手が油断したところで警察に突き出すのが一番である。

「ミスター・チンルウ、きみの素性はわかったが、まだ私の最初の質問に答えてくれてないようだ。いったいどうやって、この部屋に入ってきたのかね？」

「二十一世紀のタイムマシン技術です。カー・ブラックホールに生じる裸の特異点を通過して、この世界にやってきました。ちょうどこの部屋に時空の接続面がつながるように、パラメータを調整したのです」

若い中国人はそう言うと、背負っていた箱を床に下ろしてカバーを開けた。彼の言動から察するに、H・G・ウェルズ氏の空想科学小説の熱烈な信奉者らしい。念の入ったことに、中にはテレタイプのような機械装置が入っている。男はその装置を暖炉の前に据え置いて、複雑な操作を行い始めた。

「何をしているのかね、ミスター・チンルウ？」

「未来への帰り道を確保しているところです。この装置から発生する磁場で接続面を包んでおくと、短時間ですが裸の特異点を固定することができる。そこへ陽電子を注入して、正の電荷を与えてやると、特異点の持つ一方通行的な特性が逆転《コンバート》し、安全に未来に帰れるようになるんです。この方式を使えば、ティプラー・シリンダーと比べてはるかに少ないエネルギーで、効率よく未来へのタイムトラベルが可能になります」

「――改宗《コンバート》か。それがよりよい信仰への道だといいのだが」

とノックスは応じた。男が口にしたたわごとの中で、唯一理解できる単語だった。

「それで？　きみはいったい私に何の用があって、この時代へやってきたのかね」

「私は未来の大学で、二十世紀の英米探偵小説を研究しています。ノックス司祭、あなたがお書きになった作品にもすべて目を通していますが、その中にどうしても解けない謎があるのです。まさに今、あなたが書いている序文の中の一節なのですが」

「私の序文？」

ノックスはデスクの上のタイプ原稿に目をやって、

「きみはこの原稿の内容を知っているというのか？」

「はい。たぶんあなた以上に、その内容に通じていると思います。あなたが記した十戒を元に、博士論文を書いたほどですから。（１）犯人は小説の冒頭あたりですでに登場していること、ただし読者が簡単に心を読めるような人物であってはならない。（２）言うまでもないことだが、あらゆる超自然現象の類はいっさい排除すべし。（３）秘密の部屋や通路は複数存在してはならない。（４）未発見の毒物や最終章でくどくどしい科学的解説を要する装置や設備は使ってはならない。問題となるのは、次のルールです……」

ノックスは驚愕《きょうがく》した。いま書いたばかりの序文の内容は、自分以外には知りえないはずである。だが、彼はその文章を一字一句正確に暗記している。

この男は妄想に取り憑《つ》かれているのではなく、真実を告げているのではないか？　一瞬、ノックスの脳裏をそのような怖るべき考えが占めた。だが、男の次の言葉を聞いて、それが杞憂《きゆう》であることがわかった。彼はこう言った。

「（５）探偵小説には、中国人を登場させてはならない」

「残念だが、ミスター・チンルゥ。私はそういう理不尽なルールを定めた覚えはない。五番目のルールはこうだよ。（５）物語の中心となる事件は、マフィア、秘密結社、国際陰謀団といった集団の組織的犯行であってはならない」

「まさか！」

と男は叫んだ。そして、デスクの上のタイプ原稿をわしづかみにすると、食い入るような目つきで該当の箇所を読んだ。

「――本当だ。ここには中国人について、ひとことも書かれていない。ということは――マオ教授の仮説はまちがっていた！　やはり世界は二つに分岐してしまったのだ！」

男は原稿を手放して、がっくりとその場に膝《ひざ》をついた。

彼が洩らした言葉は相変わらず意味不明だが、その落胆ぶりは本物で、傍《はた》で見ていても憐《あわ》れみを覚えるほどだった。

「きみの話はさっぱりわからないことだらけだ。差し支えなければ、私の原稿のどこに問題があるのか、具体的に説明してくれないか？」

ノックスが肩に手を置いて促すと、若い中国人はおもむろに顔を上げた。切れ長の目の縁に涙がたまっている。

「原稿そのものが問題なのではありません。私は迷子になってしまったのです。ここは、私の目指している目的地ではなかった。よく似ているけれど、私の知っている過去とはまったくちがう、別の世界だということがわかりました。要するに、私は二度とふたたび、元の世界に戻れなくなったということです」

ノックスは不同意のしぐさをして、暖炉の前に置かれたテレタイプのような機械装置に目を向けた。先ほどからずっと、ラジオの空電を思わせる雑音を発しながら、赤いランプが点滅を繰り返している。

「だが、きみはその装置を使って、故郷への帰り道を確保したのではないかね。機械は正常に機能しているようで、故障したわけでもなさそうだが」

男は目の縁を拭うと、何か話し出そうとするように息を吸い込んだ。しかし、じきにその顔にあきらめの表情が浮かび、ため息をつきながら首を横に振る。

「——説明しても、理解してはもらえないでしょう。あなたがアインシュタインの相対性理論や、ハイゼンベルクの不確定性原理について熟知しているのでなければ」

男の返事に、ノックスは思わず眉《まゆ》をひそめた。

彼がチャプレンを務めるオックスフォード大学の学生の間で、現代物理学の最新の成果が議論の的になっていることは知っている。だが、カトリックの護教者として論陣を張るノックスは、科学者たちが繰り広げる突飛な学説を真面目に受け取ってはいなかった。計算の帳尻《ちようじり》を合わせるために時空が伸びたり縮んだりするとか、あらゆる物質の基礎がサイコロ博打《ばくち》のような偶然によって構成されているなどと主張するのは、造物主に対する身の程知らずな冒瀆《ぼうとく》でしかないからだ。

ノックスは言葉に詰まり、二人の間に気まずい沈黙が訪れる。

沈黙を破ったのは、暖炉の前の機械装置だった。装置はかん高い笛のような音を発し、点滅していた赤いランプが緑色に変わる。

「何が起こったのだ、ミスター・チンルウ？」

「特異点のコンバートが終了した合図です。じきに未来へ通じる裂け目が開きます——その先に待っているのは、もはや私の知らない世界のはずですが」

暖炉の周りがまた陽炎のように揺れ、真っ黒な裂け目が出現した。若い中国人は身じろぎもせず、魂の抜けたような目つきでその光景を見ている。

ノックスは胸の痛みを感じた。そして、男を叱咤《しった》した。

「何をしている！　その裂け目は、短時間しか保《も》たないのだろう？　早く帰り支度を整えて、自分の属していた世界に戻りたまえ」

「ですが、ノックス司祭、すでにこの世界は——」

「言うことを聞きなさい、迷える若者よ」

ノックスは男をさえぎって、説得を続ける。

「私は物理学に関しては門外漢だが、世界はそうやすやすと枝分かれするようなものではない。神の創りたもうたこの宇宙が、いかに不条理に満ち満ちているように見えても、私はそれが、人間の知識など及びもつかない、完全な調和によって保たれていることを知っている。だからきみも迷いを捨てて、今すぐ自分の属する世界に戻るのだ」

脱ぎ捨てられたヘルメットを拾い上げ、男に手渡した。それでもまだ躊躇《ちゅうちょ》している相手を勇気づけるため、ノックスは迷わず十字を切った。

「ミスター・チンルウ。父と子と聖霊の御名《みな》において、汝《なんじ》に祝福を与える。汝の前に開いた道が、真実の故郷にたどり着かんことを」

若い中国人は目を見開いて、抱擁と接吻《せっぷん》を受けた。その瞳が意志の光を取り戻す。

「あなたの導きに感謝します、ノックス神父《ファーザー・ノックス》」

そう告げると、彼はヘルメットをかぶり、暖炉の前の機械装置を手早く回収した。その間にも、裂け目の状態は見るからに不安定になっている。

「もう消えかけている。急ぎなさい」

とノックスが叫ぶ。若い中国人は東洋風の別れのしぐさをしてから、踵《きびす》を返して暗い深淵に向かって飛び込んだ。彼の姿が吸い込まれるのとほとんど同時に、裂け目は大きく身震いして、そのまま影も形もなくなった。


今のは悪い夢か、それとも一時的な幻覚ではなかったか？

ノックスは半信半疑の思いで、タイプライターの前に戻った。最後のパラグラフで執筆を中断された原稿が、キャリッジにはさまったままだ。

序文の原稿は、今日中に出版社に届ける約束になっている。とにかく、これを仕上げてしまわなければ。ノックスはあらためてキーボードに指を置き、続きの文章を書こうとしたが、先ほどの中国人青年との会話がどうしても頭を離れない。

「——よりによって、タイムマシンとは！」

ノックスは声に出して、そうつぶやいた。奇妙な機械装置や裂け目の出現は、断じて舞台奇術めいたトリックの仕掛けではなかったし、ユアン・チンルウと名乗った青年も、けっして自分を騙《だま》そうとしているようには見えなかったが……。だとしてもやはり、未来からの時間旅行者などというたわごとを、真に受けることはできない。百三十年後の科学技術がどれほど進歩を遂げていようとも、タイムマシンなどという発明は、物語の中でしか存在を許されない、空想の産物のはずである。

だが、ノックスにとって何より皮肉に感じられたのは、その出来事が、探偵小説のフェアプレイを論ずる原稿を執筆している最中に起こったということだった。もし未来の人類が本当にタイムマシンを発明したら、誰も探偵小説の謎解きなどには振り向かなくなってしまうだろう。どんなに謎めいた犯罪が発生したところで、警察は事件の起こった時間まで逆戻りして、犯人を現行犯で捕らえることができるからだ。

いや、それぐらいならまだ罪は軽い、とノックスは考えた。

もし犯人がタイムマシンを使いこなせば、アリバイや密室、どんな不可能犯罪だって思いのままだ。探偵が事件の真相を見破った後でも、過去に戻っていくらでも現場の状況や手がかりを作り替えることができる。そのような万能の道具——機械仕掛けの神《デウス・エクス・マキナ》を用いることが、フェアプレイの名に値するだろうか？

ノックスは十戒の内容を書き直す必要を感じて、ひとしきり原稿を読み返した。しばらく考えた後、ペンを取って、四番目の項目に次のような注記を書き加える。

（4）未発見の毒物や最終章でくどくどしい科学的解説を要する装置や設備は使ってはならない。とりわけ、H・G・ウェルズ氏が考案したタイムマシンのごとき装置の使用は（たとえそれが遠い将来、実現可能な技術だとしても）、絶対に禁じられるべきである。

いや、これはだめだ。ノックスは手書きの文章をすぐに消した。こんなルールを活字にしたら、読者の笑いものになってしまう。それだけならまだしも、H・G・ウェルズ氏を筆頭とする科学万能主義者たちに付け入る隙を与えかねない。カトリックの護教者として彼らに立ち向かう者が、たとえ冗談であっても、タイムマシンの存在を認めるようなことを書いてはならないのだ。

では、どうすればいい？

不意にひとつの着想が浮かんで、ノックスはほくそ笑んだ。彼の前に現れた青年は、自分が時間旅行者の第一号だと言っていた。その言葉が真実なら、タイムマシンを発明するのは、未来の中国人ということになる。だとしても、時間旅行という魔法の技術を手に入れた者は、よほどのことがなければその秘密を公開しないだろう。

ということは、ある程度の時間が経過するまで、タイムマシン装置を利用できるのは、未来の中国人に限られるにちがいない――十戒の五番目のルールについて、チンルウ青年は何と言っていた？

ひねくれたユーモアの感覚が、その着想を後押しした。マフィアや秘密結社、国際陰謀団に関するルールは十戒からはずし、一般論として序文の前半で触れることにしよう。ノックスはまっさらな紙をキャリッジにはさむと、空席となった五番目の項目を埋めるため、思いついたばかりの新しいルールを次のようにタイプした。

（5）「探偵小説には、中国人を登場させてはならない」
その根拠は定かではないが、おそらく「中国人は頭脳に関しては知識を身につけすぎるが、道徳の点になるとさっぱり身についていない」という西洋に古くから伝わる臆説のせいかもしれない。実際に調べてみた結果申し上げたいことは、本を開いてみて、「チン・ルウの切れ長の目」などという記述が目にとまったなら、ただちにその本を閉じるのが得策だ、ということである。それは、まず駄作と考えてよい。思いあたる限り、駄作でなかったのは（他にも何冊かあるかも知れないが）、アーネスト・ハミルトン卿の『メムワスの四つの悲劇』のみである。

ノー・パラドクス

藤井太洋

ブラックホールを使ったタイムトラベル技術が確立してひさしい二二三四年。創業一三四年の老舗時間旅行代理店《タイムゲート・カンパニー》〈カブラギ・タイムゲート〉を経営する〝おれ〟は、きょうも注文の多い客の相手に忙しい。そこに、緊急事態だとやってきたのは、もうひとりのおれだった……。

というわけで、藤井太洋の「ノー・パラドクス」は時間ＳＦの王道、タイムトラベルもの。過去に旅行してうっかり歴史を変えてしまったばかりにたいへんなことに――というのが従来の定番だが、ご心配なく。原因なんかなくても結果は生じる！　題名のとおり、〝パラドクスなんて存在しない！〟というのが本篇の基本原理。その結果、どんなすさまじいことになるのかは、この小説を読んでじっくり確かめてください。アクロバティックなスクリューやループを決めまくる超高速ローラーコースターなので、くれぐれも振り落とされないように。

著者は、一九七一年、奄美大島生まれ。国際基督教大学中退後、舞台美術やＤＴＰ制作、ソフトウェア開発などを経て小説を書きはじめる。自身で電子出版した作品を大幅改稿した『Gene Mapper -full build-』で二〇一三年にハヤカワ文庫ＪＡから商業出版デビュー。翌年二月、早川書房から刊行された第二長篇『オービタル・クラウド』は「ベストＳＦ２０１４」国内篇第1位に選ばれ、第35回日本ＳＦ大賞を受賞した。一五年には近未来経済ＳＦサスペンス『アンダーグラウンド・マーケット』とサイバー警察小説『ビッグデータ・コネクト』、一七年には待望のＳＦ短篇集『公正的戦闘規範』（ハヤカワ文庫ＪＡ）を刊行。最新刊は、自伝的要素を交えて現在進行形の未来を描くビジネス小説連作集『ハロー・ワールド』。

初出：『ＮＯＶＡ＋　バベル』河出文庫／2014年10月刊

オリエンテーション

いまから百九十六年前の二〇三八年、当時はスイスとフランスと呼ばれていたあたりにあった大型ハドロン衝突型加速器、LHCを改修して作られた光速ワームホール持続型加速器に、量子的に重ね合わせられたワームホールの片割れが流し込まれた。光速の99%まで加速されたワームホールは、27㎞ある回廊《コリドー》を一億一千百九十二万二千三百四十六回――ざっと一週間ほど回ったところで側道に導かれて、炭素とアルミニウム、メタンからなる直径一インチほどの有機準結晶アイスに吸いこまれる計画だった。鉛直からぴったり54度の角度をつけてアイスに撃《う》ち込まれたワームホールは、ペンローズ・タイルの形に並ぶ原子の隙間《すきま》を通り抜けて、アイスの中央で動きを止める。

加速器の外にあるもう一方のワームホールもまた、実験室でアイスの中に固定してあった。封じ込めた方法も同じ。大事なのは角度、54度だ。

この角度が大事なんだ——ちょっとお客さん、マルドゥーンさん。寝ないでくれよ。まだたった二分しか話してないじゃないか。時間旅行者には、必ず聞かせなきゃいけない決まりになってるんだ。ほら、温かいチャイもある。もう少し我慢してくれ。そんなに長くかからないから。

いいかい？　ここからが大事だ。

別々のアイスに閉じ込められたふたつのワームホールは、ひとつのものだ——意味が分からない？　じゃあいいや。空間を跨《また》いで繋《つな》がっている、ってことにしとこうか。この、ふたつでひとつのワームホール。違いは、流れた時間だ。加速器に放り込まれた方は七倍ほど遅く流れる時間の中にいる。一週間飛び続けても、一日しか経《た》っていないことになるわけだ。

この実験を行った研究者、時間旅行の父と呼ばれることになったジョージ・ハインツ博士は、一週間後、加速器の中を飛び続けたワームホールを閉じ込めたアイスに、X線のレーザーを当てる計画を立てていた。準結晶にX線をあてると綺麗《きれい》な写真が撮《と》れるんだぜ——寝ないでくれ。いいとこなんだから。

ハインツ博士は、加速器にワームホールを流し込んだらすぐに、もう片割れを封じ込めたアイスを、X線感光板に載せた。何が起こったと思う？

綺麗な、放射状の回折格子《こうし》が映し出されたんだ。

一週間後に放射されるX線が、時間を超えて飛んできたんだよ。

これが、人類が初めて観測した時間旅行だ。

レシピは驚くほど簡単だった。

量子的に重ね合わせられたふたつでひとつのワームホールを用意しておいて、片方を光速でぶん回し、片方はとどめおく。光速で突っ走っているほうのワームホールをとりだしてものを入れれば、止まっていた方から出てくるって寸法だ。


止まっている方のワームホールに何かしようとすると、加速器の中を突っ走ってるワームホールは揺らいでしまい、とんでもない速度で壁にぶつかっちまうから過去にしかものを運べない。それでも時間旅行の第一歩がここに生まれたわけだ。はい拍手——もう結構。

ここからが、本当に大事なんだ。


博士はワームホールが走っている加速器を止めて、ワームホールを蒸発させた。そして、もう一度、写真を見た。綺麗な回折格子はそのままだった——なあ、マルドゥーンさん。


驚いてくれよ。

一週間後、X線は照射されなかったんだ。

なんで写真が消えないのかって？　物理法則に反するからさ。因果の因は、別の時空で行われたって構わない。

そのとき博士は叫んだ。

「No cause, No Paradox!（原因なんてなくていい、矛盾はない！）」

人類が、ついに時空を手に入れた瞬間だった。

オリエンテーションはこれで終わりだ。今はご存じのようにX線だけでなく、人間だって運べる時代になった。

じゃあ本題に入ろうか。持続性繊維《サステイナブル・ファブリック》の製造法を二一三九年に持ってって大儲《おおもう》け、だったかな——。


「残念だなあ、マルドゥーンさん。その計画は難しいと思うよ」

「難しい？ ただの門番に言われる筋合いはないね」

マルドゥーンは不満そうに漏《も》らすと、申し訳程度に尻《しり》を乗せたソファの上で居心地悪そうに身じろぎした。

二〇九五年の創業から百三十九年にわたって客の尻を温めてきたソファは、本物の牛皮を持続処置したものだ。時間旅行の窓口、タイムゲート・カンパニーの調度品としては悪くないと思うのだが、動物の死体を使った家具の評判はよろしくない。とはいえ、この程度を乗り越えられない客は苦労する。一世紀も遡《さかのぼ》れば女性だって死体から剝《は》いだ皮のバッグを肩にぶら下げて街を歩く。

おれの心配をよそに、ケースを膝《ひざ》に載せたマルドゥーンは上半身だけで余裕のある態度を作ろうとして——失敗していた。ダルマという置物が揺れているようだ。

「わたしは二十年もこのアガサ複合施設《コンプレックス》で衣料品店をやってるんだ。持続性繊維《サスティナブル・ファブリック》のメンテナンスもやれるし、来世紀からやってくる時間交易品も扱ってる。それに、今回の件にはもう十万カッツも投資してるんだ。だいたい、ゲートキーパーってのはコンサルタントもやるのか？　有料ならお断りだ。さっさと、二一三九年へ連れてってくれ。日付は問わないから片道百カッツのやつでいい。わたしの体重なら二回往復はできるだろう」

マルドゥーンはテーブルの上に表示させていたワームホールの価格・在庫表を指さした。

二一三九年に〈カブラキ・タイムゲート〉の二代目、おれのひいじいさんが作ったワームホールはたっぷり残っている。旅行費用も概《おおむ》ね安い。

一万カッツという高額で目立っているのは、一月の最終週に喜望峰の沖合《おきあい》で体験できる完全日食とオーロラの同時鑑賞イベント。ほかに千カッツ以上の値をつけているのはジャーナリスト向けの自然災害が四つだけ。第二次統合戦争の火種《ひだね》を見にいけるワームホールは、先代が仕掛けたキャンペーンでとうの昔に売り切っていた。

ワームホールをこじ開ける〈アイス〉の持続時間は一週間で、通過できる質量は五百テラジュール分——四百四十キログラムに定められている。太めのマルドゥーンが安全に行き来できるのは二往復というところだろう。それなりに勉強はしているらしい。

「まあまあ、そんなに急がないで。過去はどこにもいかないから」

おれは真っ白な壁のいたる所に貼《は》りつけられている、従業員用の層化視界《レイヤード・ビュー》に目をやった。様々な情報に混じってひときわ大きく表示されているのが、額に入った〝情けは人のためならず、ただカブラキのために〟という墨書だ。〈カブラキ・タイムゲート〉の創業者矢《や》代鏑郎《しろてつお》が二代目に店を譲《ゆず》るときに書いたものだ。

「うちの家訓には〝情けは人のためならず〟てのがあるんだ。損する人をほっといちゃいけないってのが創業者のお達しでね。お節介かもしれないが、もう少し説明させてくれないか」

おれはマルドゥーンの目の前に共有視界《シェアード・ビュー》を設定して、水平に一本の線を引いた。右端から時間旅行の始まった〝紀元《オリジン》二〇三八年〟、中央に〝現在：二二三四年〟、そして左端には〝地平面《ホライゾン》：二八〇〇年〟という文字が浮かんだ。マルドゥーンの目的地である二一三九年のあたりを拡大すると、そのあたりで起きた大きな出来事が線の下にぶら下がっていく。なかなか騒がしい時代だ。二つの統合戦争の間に二一四〇年の東京大震災があり、二一四五年には時空拡散協定。その後も二一六三年には北アメリカ大陸で起こったシェール層の大沈下などが並んでいく。

マルドゥーンは時間線に次々と追加されるイベントに目を見張っていた。

「念を押すわけじゃないんだが、目的地は二一三九年。いいんだね」

「そうだ。持続性繊維の特許は二一四四年に、マダム・サビールが出願したんだ。彼女が核になるアイディアを思いつくほんの少し前に行って売り込めば、マダムの代わりにマルドゥーン・アファマドの名が残るだろう。持っていくのはマダムが出した一連の特許の文書とサンプル、それに小型化してもらった織機と原料のC92だ」

「特許の巻き戻し《リワインド》申請をはかるわけか。本来の特許が提出される五年前なら、特許の基礎技術はできあがってるはずだ、ということかな」

マルドゥーンはにんまりと笑った。

「察しがいいじゃないか。原料になるゴールドバーグ多面体のフラーレン、C92は二〇八三年に製造法が確立してるからな。あとは──」と言ってケースを叩《たた》いたマルドゥーンは、合成繊維のクロスが覆《おお》っていることを確認してから背もたれに身体を預けた。

「このミニチュア織機があれば、持続性繊維を作ってみせることができる。百年前のエンジニアにも分かるはずだ。売り込み先も決まってる。特許を取る直前までマダム・サビールが勤務していた会社に行くんだよ。あそこには、サビール女史が使っていた設備もあるからな。どうだ、よく調べてるだろ」

マルドゥーンは、第二次統合戦争の前までフランスと呼ばれていた地域に本拠地をおいていた、化学工業企業の名を挙げた。

さあて、どこから納得していただこうか。

太平洋の西エリアで初めてタイムゲート・カンパニーを開いた老舗《しにせ》、〈カブラキ・タイムゲート〉が無知な旅行者につけこんで百カッツ程度の小銭を稼いだと吹聴されちゃあ、五代目の名が廃《すた》る。

「マルドゥーンさん、どうやってヨーロッパまで行くつもりなの？」

「そりゃもちろん飛行機だ。まだユーラシア・チューブは開設してない時代だよな」

「よく調べてるね。でも〝パスポート〟って知ってる？」

「なんだ？　それ」

「当時の、もっと強かった国家が発行する身分証のようなもんだよ。二一三九年は、まだ物理的なIDを見せて国境を越えていたんだ」

「これ、使えないのか？」

マルドゥーンは太い人差し指で左手首を叩いた。量子メモリを組み込んだ生体シートが浸透している部分だ。地方行政を担う〝国家《ステーツ》〟が個人を特定する情報を埋め込んでくれている。

「残念。そのシートは二〇年ぐらい後にならないと使えない。目的地の二一三九年は、パスポートがないと外国には行けない時代なんだよ」

「じゃあ、今からフランスってのがあった場所まで行って、そこのタイムゲートで時間旅行すればいいんだな？」

「いやいや、それだけじゃないから」

腰を浮かせようとしたマルドゥーンを制する。

せっかくの客だ。逃がしてたまるか。どうせパリのタイムゲートに行ったところで、こんな安易な密輸がうまくいくわけがない。時間旅行のファンになってもらうのが先だ。

「もうひとつ大事なことがあるんだよ。二一三九年に行くと、あなたは人権のない難民《リフュジー》になる。ビジネスの相手にしてもらうのは難しいだろうな。悪くすると殺されても文句を言えない。まだ、時間旅行者狩りがある時代だよ」

「……ちょっと待ってくれ。難民？　おかしいだろう。未来から発明を持ってくる拡散民《ディアスポラ》は市民権を持ってるじゃないか」

「拡散民を受け入れてくれるのは、二一四五年から。つまり、マダムの特許が申請された直後だな」

おれは時間線に浮かぶ〝時空拡散協定〟というインデックスを指さした。

「ここがタイム・ディアスポラ法の成立年だ。この協定で、未来や過去からやってきた人や他の知性体の人権が保障されるようになった。二一四五年以降なら、行き先のタイムゲート・カンパニーが滞在証明を発行して、ＩＤシートや物理《ドギー》的なトークンに埋め込んであげられる」

マルドゥーンは手首と時間線を見比べた。

「じゃあ、行っても……」

「そうね。商売は難しいと思うぞ。統合戦争前に密輸するのは大変なんだ」

密輸という言葉に顔をしかめたマルドゥーンは、肩をすくめて言った。

「じゃあ、ジャカルタの誰かに売るよ。持続性繊維がその後百年でどれだけ重要な役割を担うか伝えてやれば、アイディアだけでも買い手はいるだろう。大成功するかどうかはそいつの才覚次第だ」

「売るったって、お金、どうやって持って帰るつもり？」

「あっ――」

やっぱりだ。

密輸で一番大変な、利益の確定方法を考えていない。

時間旅行が好事家《こうずか》と国家機関だけのものだった時代、二一四〇年に勃発《ぼっぱつ》した第二次統合戦争では、遠未来に発明される兵器や、ワームホールを用いた論理戦術が投入されたため、混乱の極みとなった。

最も影響が大きかったのが、反戦活動家が行った通貨システムに対する論理戦だった。

物質的な紙幣《しへい》や硬貨はワームホールを使って増殖できる。スーツケース一杯のドル紙幣を用意してワームホールの前に立ち、翌日、一日前と繋がったワームホールへ放り込むつもりになればいい。ワームホールの向こう側からは、翌日投げ込まれたスーツケースがドル紙幣を満載してやってくる。翌日になってカネを投げ込まなくても、手に残るドル紙幣が消えるなんていう、物理法則に反することは起こらない。

矛盾《ノー・パラドクス》なんてない。

因果は必要だが、原因は、別の時空にあっても構わない。

未来技術を隠蔽《いんぺい》しても意味がないことを悟《さと》った国家群は、国連の最後の仕事として、ワームホールからもたらされる知恵と技術をオープンな市場に流すことに決めた。

時空拡散協定——タイム・ディアスポラ法が制定されたのだ。

通貨もこのときに統一された。ワームホールを超えられない量子ビットを用いた通貨には、ラテン語で〝猫〟を意味するカトゥス・ダラーという名がつけられた。通称、カッツだ。

量子的《キティ》なカッツは古風な半導体メモリを内蔵したプラスチック製のトークンに、物理的《ドギー》なビットで一時保存することもできるが、換金量は厳しく制限されている。特許の密輸に見合うような額ではない。

時間旅行ではカネを持って帰れない。だから密輸を行うものたちの多くは、行き先で拡散民《アスポラ》の富豪として生きる道を選ぶが、牛革のソファに嫌悪感を示すマルドゥーンには無理な相談だ。

「それにさ、マルドゥーンさん。そのミニチュア織機とやらは、量子的《キティ》な原理を使ってるんじゃない？　量子メモリとか、単原子層モーターとかさ」

「使っているとは思うが……」

「じゃあ、動かない。ワームホールを通せないのは、通貨——カッツだけじゃない。量子的《キテイ》なものはゲートをくぐると量子状態がでたらめになっちゃうんだ。巨視的に安全《ドギー・セーフ》でなきゃならない」

まばたきを数度繰り返したマルドゥーンは、ケースに目を、続けて肩も落とした。考えが足りないことを、ようやく分かってもらえたようだ。

タイム・ディアスポラ法のおかげで時間旅行が自由になった二一四五年から後を、拡散時代と呼ぶ。ほんの一カッツで買える民生品であっても、二四世紀や二五世紀生まれの未来技術がふんだんに取り込まれているため、何を過去に持っていけば大儲けできるのかわかりにくい。

マルドゥーンが拡散以前《プレ・ディアスポラ》の発明に目をつけたのは、そのあたりまでは技術が直線的に進化していくからでしかない。未来が平たくなった拡散時代、真にイノベーションをもたらす時間密輸を行うのは、生きている世界でヒット商品を作るのと大差ない努力と投資を必要とする。

時間旅行がアングラだった二〇九五年に創業した〈カブラキ・タイムゲート〉の加速器にはプレ・ディアスポラ時代へ行けるワームホールが数千個は走っているので、問い合わせは毎日のようにやってくる。だが、ちゃんとした計画を立ててくるやつなんて年に二人もいない。

だが、そこで帰ってもらってはおれの時間が無駄になるだけだ。ここからが、旅行代理店としての腕の見せ所だ。

「マルドゥーンさん、気を落としなさんな。あなた、衣料のプロなんだろ。アイディアってのは実際に現地を見てみなきゃ湧《わ》いてこないもんだよ。二一三九年のジャカルタってのは、目の付け所としては悪くない。なあ、技術は無理でも、流行のデザインやなんかは持っていけるだろう？　行くなら、デザインのデータをドギー変換してくれる奴を紹介してもいい。まずは楽しんでくるといいよ」

二一〇〇年頃のジャカルタ市街地の写真を時間線の上に並べてみせると、マルドゥーンがようやく顔を上げた。

「プレ・ディアスポラは楽しいよ。ほら、地面が見えるでしょう。道路だ」

活気にあふれたジャカルタには、まだ二一世紀の香りが十分に残っている。

海面上昇がまだ堤防で食い止められている時代、複合施設《コンプレックス》もまだ建っていないジャカルタの道路は、化石燃料で動く自動車で埋め尽くされていた。

「二三世紀からの旅行者もそれほど多くないから、マルドゥーンさんの話はみんなが聞きたがるよ。おれのひいじいさんが、時間旅行好きの実業家に紹介してくれるさ」

「ひいじいさん？　代々、この商売やってるのか」

「〈カブラキ・タイムゲート〉は、二〇九五年の創業から時間旅行の地平面《ホライズン》、二八〇〇年までずっとカブラキ一族が経営してるよ。超優良なタイムゲート・カンパニーだ」

「そうだったのか」

一族経営が八世紀も続くってことは事業が拡大しなかった証でもあるのだが、おれは余裕の笑いを作ってみせた。

「それに、ウチはジャカルタで唯一のセルフサービスもやってる。廊下にもうひとつ扉があったろ。複合施設《コンプレックス》の防犯機構が出入りまでは撮影してるが、おれと顔を合わせずに帰ることができるんだ。持ち帰るものについてとやかくは言わないが、気まずいこともあるだろう」

「ほう……」

「服飾なら、そうだな。今だと天文学的な値段になった手染めのバティックを持ち帰ってみるのはどうだ。二一三九年ならまだ職人がいるはずだ」

身を乗り出してきたマルドゥーンが写真をいくつか引き寄せようとしたところで、入り口の、鏑矢《かぶらや》とワームホールを示す漏斗《ろうと》を染め抜いた紺色《こんいろ》の暖簾《のれん》が揺れた。

「よう、五代目」

ベージュのレインコートを着た初老の男が立っていた。

「今度は死体が出たんだって？」

「今度とか言うな！　お客さんが来てるんだ——死体？」

「さっき、あんたから連絡があったんだよ。あんたは接客中だったのか。こりゃ失礼」

庇《ひさし》のような眉毛《まゆげ》の奥で目を細めた男は、中折れ帽をつまみあげて会釈《えしゃく》する。

目を丸くしたマルドゥーンが男の足下から帽子まで、何度も視線を往復させた。

「二〇世紀風のストレートチップに羊毛のスーツ、アクアスキュータム風の安物レインコート……。あなた、まさか——」

古くさいとしか見えないフォークの格好だが、服飾の専門家にとっては垂涎《すいぜん》ものなのだろう。なんせ、すべてが二一世紀初頭から持ち込まれた本物なうえに、ほつれた襟《えり》やネクタイの雑な結び方。節制のきいていない緩《ゆる》んだ体型に引っかけただらしないスーツの着こなしも完璧だ。

この時空には数名しかいない二〇世紀生まれ。本物が放つ存在感は、俳優が演じる時代劇なんかとは格が違う。

「フォーク・ドミトリ調停官？　映画——そうだ。〝ファースト・スリップ〟は観ましたよ。子供も大好きな映画だ。この時代にいらっしゃったんですか」

「まあね、居心地がいいんだ」と言ったフォークは、コートのポケットからつまみ出したしわくちゃのパッケージからタバコを取り出し、緩んだ腹を撫《な》でてみせた。マルドゥーン、もそうなのだろうが、この時代は外見に関わるような遺伝的調整を施さずに出生した自然人がまだ多い。もう一世紀も後になれば、今で言うところのモデル体型が普通になり、体臭も制御下におかれた調整型人類のほうが多くなってしまう。肥満は奇異な目で見られてしまうだろう。

フォークが銀色のライターで火をつけると、いがらっぽい香りが部屋に満ちる。酔狂の極みだ。一九九八年生まれのフォークは、この時代では調停官ぐらいしか持たない夢の機械、自動創製機《オートマター》を使ってタバコを複製している。

フォークが天井に向かって煙を吐き出すと、部屋の浄化機構が異変を察知して、ゆるい風で煙を人のいない方の壁に押し出していった。

「フォーク。客の前でタバコはやめてくれ。あんたの時代でも、屋内での喫煙は禁止されてただろう」

「そんなことはないさ。このあいだ、層化視界用《レイヤード・ビュー》にリマスターされた〝ゴジラ〟を一緒に観たじゃないか。会議室はタバコで真っ白だったぜ」

「映画の舞台は一九五〇年代だろうが。あんたの生まれる半世紀も前だ」

「そうだったかな」と、とぼけたフォークはタバコを携帯用灰皿でもみ消しながら、層化《レイヤー》視界《ド・ビュー》に浮かぶジャカルタの写真に目を走らせた。

「二二世紀か。楽しい旅行の相談をしてるとこをすまないね。これから店主と調停に入るんだ。後にしてもらえるかな」

「フォークさん、さっき、死体……っておっしゃっていましたか？」

「ああ。この店じゃあ、よくあるトラブルだ」

「ないよ。営業妨害はやめてくれ。マルドゥーンさん、トラブルなんてそうそう起こるものじゃあないですよ――おい、フォーク。にたにた笑ってないで取り消してくれ」

フォークがわざとらしく肩をすくめてみせると、その向こうで再び暖簾《のれん》が揺れ、見覚えのある銀色の髪の毛が揺れた。首を伸ばしたマルドゥーンの顔が引き攣《つ》っていく。

もうだめだ。

「なあにが滅多に出ない、よ。今月に入ってわたしたちを調停に呼んだの、これで四度目じゃない」

金属的な足音を立てて部屋に入ってきたのは、おれよりも頭ひとつ高い女性、二六世紀からやってきて帰れなくなった拡散民《ディアスポラ》。木星種《ユピトリア》のアイシア・M・ユピテリウムだ。名前の後ろには識別符号がついていたのだが、不自然だというおれの忠告を受け入れて、製造企業の名を姓としている。

ホットパンツの他に何も身につけていないように見える肌は、ライムイエローとブルーのゆったりと動く渦《うず》で彩られていた。逆立てた銀色の髪の毛を中央に集めた髪型と、細身の身体にぴっしりと貼りついた、自然人とは違う筋肉が美しい。

注意すれば親指のような指が小指側にもついていることや、ハイヒールのように踵《かかと》を浮かせている支持棒が踝《くるぶし》から直接生えていること、脇腹《わきばら》に畳《たた》まれたもう一対の腕にも気付くだろう。肉眼では分からないが、ボディペイントのように見える渦が描かれているのは、磁気嵐の吹き荒れる木星大気の中でも防護もなしに活動できる強靭《きょうじん》な第二皮膚《ひふ》だ。遺伝子工学とサイバネティクスが生み出した、木星の大気鉱山を支える作業体だ。この時空にはたった一体しか存在していない。

髪の毛と同じ銀色の瞳《ひとみ》に見据えられたマルドゥーンは、極限まで目を見開いてソファにへたり込んでいた。

「ば、ば──」

化け物、とでも言いたいのだろうが、やめておけ。変えられない属性を侮辱《ぶじょく》するのは犯罪になる。二八〇〇年までが平たく透明になったこの世界では、人の姿をとどめ、人語を話すアイシアなんて十分〝人間〟に属する存在なのだ。

慣れれば笑っていると分かる表情を作ったアイシアが肩をすくめて、さらに後ろから入ってきた、おれと同じオレンジ色のジャンパーを羽織《はお》った男に場所を譲った。

──なんで入ってくるんだよ。

マルドゥーンの喉《のど》から変な音が漏《も》れる。

「ヤシロ。お客さん、驚いてるわよ」

そりゃそうだろう。おれは男を睨《にら》みつけた。無視した男は、いやというほど耳に覚えのある声でマルドゥーンに話しかけた。鏡の前で何度も練習して身につけた営業用の作り笑顔と立ち姿が気持ち悪い。

「ようこそ〈カブラキ・タイムゲート〉へ」

マルドゥーンが首を振っておれの顔を、すぐに振り返って新たに入ってきた男の顔を見る。驚くのも無理はない。男の外見と、おそらく内面までもが、おれと同じなのだ。

震える指があがり、男をさした。

「ふた、ふた――」

「ぼくたち、双子なんですよ」

「そんなわけがあるか！」

マルドゥーンはスーツケースを抱いて立ち上がり、アイシアと男を大きく回り込んで、入り口のほうへじりじりと歩いていく。

「マルドゥーンさん、あのですね、これにはちょっとした事情がありまして――」

「いい、もういい」と繰り返したマルドゥーンは暖簾《のれん》をかきわけて、足をもつれさせながらオフィスから出ていった。見送りにいった男は暖簾を持ち上げて手を振っている。

「お客さん、また来てくださいね――ああ、慌てちゃって。もう来てくれないかな」

「来るわけないだろうが。あのな、二人同時に客の前に出るのはやめようって言ったのはそっちだぞ」

「違う、そっちだ」と、男はまじめくさった顔で見つめてきた。

思わず記憶を探ったが、提案してくる〝おれ〟の姿は映像のようにはっきりと覚えている。黙り込んだおれに、もう一人の〝おれ〟は言った。

「後にしよう。緊急事態なんだ」

アイシアと同じ頃、いきなり未来からやってきて居座りやがった〈カブラキ・タイムゲート〉の五代目、カブラキ・ヤシロ。すなわち、未来のおれ自身だ。

まったく、とつぶやいたアイシアがテーブルを囲む位置で、中空に座るような姿勢をとった。姿勢の固定にエネルギーを使わない彼女だからこその座り方だ。

〝おれ〟はフォークにも座るよう促して、マルドゥーンの座っていたソファに腰を下ろした。

「今日は休業だ。暖簾は入れといた」

「そうかい。ご苦労さん」

「オフィスの壁は消すぞ」

うなずくと右手の壁が消えて〈カブラキ・タイムゲート〉本来の設備が立ち並ぶ長い廊下と、管が這《は》い回る巨大な金属のドーナッが現れた。光速の九九・九九九九九パーセントの速度でワームホールを回し続ける一周五メートルの加速器と、設備に安定した電源を供給するための小型原子炉だ。幅十二メートル、奥行き六十メートルの廊下には気密チェンバーが整然と並んでいる。

手前から七つめあたりのチェンバーを、層化視界《レイヤード・ビュー》のスポットライトが照らしていた。

「問題が起きたのは、あのチェンバーか？」と聞くと、顔をしかめた〝おれ〟はまだ表示されていた時間線と前世紀のジャカルタの写真を腕で払いのけて、男性がうつ伏せに倒れている立体像をテーブルの上に浮かべた。

身体の下にうっすらと見えるペンローズ・タイル風の結晶構造と鏑矢のマークは、間違いない。〈カブラキ・タイムゲート〉のワームホールが展開する〈アイス〉の床だ。

中性的な身体にフィットしたシャツの背中には、小さな穴が開いていて赤黒い染みが広がっていた。袖口《そでぐち》から伸びる腕のほどよい濃さの肌色と、毛穴の見えない滑らかな皮膚、そして頭髪に混じる完璧な白髪《しらが》のバランスから、遺伝子調整がメーカーのプリセットであることがわかる。

何が起こったのか分からないというふうに見開かれた目が、床の模様を見つめていた。

「もうフォークから聞いてるよな。四日前、一年前に送り出したペトロさんだと思われる人物が、〈アイス〉に死体で帰ってきたんだ」

＊

「間違いない。ペトロさんだ」

接客時の映像と〈アイス〉の中で伏せた顔を見比べたおれは断言した。

四日前、ジャカルタの北部にある新火山複合施設《グヌンベラピバル・コンプレックス》からやってきて一年前に旅行に行きたいと申し出てきた客だ。新市城複合施設《ベンテンバル・コンプレックス》にあるもうひとつのタイムゲート・カンパニー〈ワンズ・トリップ〉に行ったが、セルフサービスの〈アイス〉がなかったため〈カブラキ・タイムゲート〉にやってきた。

ペトロがおれに語る旅行の目的は支離滅裂だった。

昨年の妻に会えば、二八〇〇年問題が解消するのだと〈ワンズ・トリップ〉の経営者、レイファンに聞かされたというのだ。

おれはレイファンに抗議することを決めた。新興のタイムゲート・カンパニーはいろいろな無理をするが、客に詳細な未来線を見せるのが彼女のやり方だ。子孫が将来大物になるという妄想で承認要求を満たしたうえで、時間旅行の意義を語る。

しかし二八〇〇年問題とはまた、しようもないものを持ち出したものだ。

この時代への出口となる、加速機の外にあるワームホールは永遠に保存できるわけではない。保存期間は徐々に短くなっている。この時代なら二十九日。光速の九九・九九九九パーセントの速度で凍った時間の中を飛ぶワームホールが、未来のある時点で蒸発してしまうからだ。二〇三八年に行われた実験から今に至るまで、世界中のタイムゲート・カンパニーで数十億個ものワームホールが加速器に投入されているが、加速器に入れなかった方の片割れは必ず消えてしまう。保存できた期間から逆算したワームホール消滅時点はいつも、二八〇〇年の一月一日、UCTの午前零時。だから、それ以降の未来から旅行者はやってきていない。

　人類が滅亡するのか時間旅行が全人類的に禁止されるのか、理由は分かっていない。この半世紀ほど巷間《こうかん》に囁《ささや》かれているのは、二八〇〇年から仕掛けられている何らかの論理攻撃を防ぐためにタイムゲート・カンパニーが結託してワームホールを消しているという説だが、勝手に消える〈アイス〉を毎日見ているおれたちにとっては迷惑な話だ。過去の記憶を宿した幽霊が出てくる、という話まである。

　とにかく、二八〇〇年でぷっつりと切れる未来はすべての人の子孫が関わるイベントだ。やり手のレイファンがそんな遠い問題に繋げなければならないほど、ペトロの子孫は平々凡々な日常を送っていたのだろう。

　妄想にとりつかれた男が珍しいのか、アイシアとフォークは真剣にペトロの映像を見つめていた。

「五代目、なんでこいつ送り出したんだ？」

「あんたのは妄想だ、なんてのは止める理由にならないだろ。別れた奥さんと仲直りするヒントでも掴《つか》めればいいじゃないか。それに、時間旅行には多かれ少なかれリスクがある。

それは、ペトロに言ったよ」

ため息をついたフォークは再び映像に見入り、紙の手帳を取り出した。

犯罪は、それが行われた世界で裁く。両方の時空にまたがる今回のような場合に判断を下すのが調停者の仕事であり、フォークはその第一人者だ。

二〇四〇年、たまたま二三世紀から開かれたワームホールに、殺人を犯した研究者が逃げ込んでしまった。それを追って飛び込んだのがロス市警の捜査員だったフォークだ。時間旅行の理屈も分からずに未来世界に行ってしまったフォークは、元の世界に戻るために、時空間で起こるトラブルを解決する名目で無数の時空を駆け回った。あまりに飛び回りすぎて、自分がワームホールに飛び込まなかった時空にやってきたのが、人類で初めて経験した時空の横滑り《スリップ》と呼ばれる現象だ。

人類が絶滅するはずだった戦争を四度も止め、ヤウ・ポション次元に潜んでいた知性体とのファースト・コンタクトに立ち会い、木星から海王星までも飛び回ったフォークの冒険譚《たん》は〝ファースト・スリップ〟という映画シリーズにもなり、彼の口癖であった〝うろたえるな。常識で考えろ〟というポリシーは二一四五年の時空拡散協定の理念にも影響を与えている。二八〇〇年までの誰もが知るベテランの調停者だ。

「問題は、どっちで殺されたのか、だな」

手帳を上着の内ポケットに収めたフォークが、煙を天井に吹き上げた。

客もいないので、慣れっこのおれも〝おれ〟もフォークの悪習を止めはしない。アイシアに至っては奇妙な風習ぐらいにしか思っていないことだろう。そもそも彼女は呼吸すらしていない。細胞の活動に必要なATPループを閉鎖系でまかなえるように設計されたアイシアの胸郭《きょうかく》には、肺の代わりに原子力電池が埋め込まれている。

二〇世紀生まれの生粋《きっすい》の人間と、二六世紀に木星で製造された作業体。半年前に誕生した不思議な調停官コンビは、なぜかうまくいっているようだ。

おれは説明を続けた。

「こっちのカメラでは、あのチェンバーを四日間だれも使ってないことが確認できた。向こうの管轄《かんかつ》だと思うんだがな」

「向こうのヤシロから、連絡はあった？」

今度は〝おれ〟が「ない」と答え、連絡用のメモは投げ込んだと続けた。

ワームホール越しの連絡は、投げ文《ぶみ》が一般的だ。紙や物理ビット《ドギー》を保存できる記憶媒体を投げ込んで、相手が拾うのを待つ。未来の情報を過去のタイムゲート・カンパニーに伝える重要な伝達手段だ。

「まだ寝てるんじゃないかな。向こうはまだ午前五時だ。フォーク、こういう場合はどっちが動けばいいんだ？」

「常識で考えろ」と言ったフォークは新たなタバコを咥《くわ》えて唇を歪《ゆが》めた。

「向こうが寝てるなら、こっちが動けばいいじゃないか。二世紀前ならともかく、一年前なら勝手も変わらん。それに被害者のペトロさんに会ったのはこっちの五代目だ。調停はおれたちがやった方がいいだろう。何時間も死体を放置すると向こうに迷惑がかかるしな。五代目、ワームホールの容量はどんだけ残ってる？」

「出発前に計ったペトロさんの体重は六十キロだった。四日前に一人で旅立ったのは確認してるから、そこの死体も合わせて百二十キロ。余裕をみて、あと三百キロ分の質量が通過できるはずだ」

アイシアが鼻で笑った。

「ばーか。死体が勝手に入ってくるわけないじゃない。犯人の分も足さなきゃだめよ」

向かいに座る〝おれ〟も「しまった」とつぶやいた。足りないところまで同じで、それをこうやって見せつけられるのはたまらない。

ふはは、と笑ったフォークは太鼓腹《たいこばら》を見下ろした。

「しかし参ったな。残り三百キロだと、おれとアイシアが行って帰るのにギリギリってところか」

フォークの体重は、彼の申告を信じるならば九十五キログラム。往復すれば百九十キロの質量が通過してしまう。残りは百十キロしか通せない。

通過質量の制限を超えると、時空を超えたワームホールの重ね合わせはほどけてしまう。

本来は光子ひとつ分ほどのサイズしかないワームホールを拡げている〈アイス〉が機能を失ってしまうためだ。ワームホールの中に入っていた物体がどちらの時空に残されるのかは、量子的《キティ》なランダムさで決まる。そうやって元の世界へ戻れなくなってしまった拡散民《ディアスポラ》も少なくない。

「なんで容量増やさないのよ。鉱山から地球に物資を送ってたワームホールは、一個あたり十トンまで行けたわよ」

「四百年も未来の空間輸送ホールと一緒にするな。タイムゲート用の〈アイス〉は、その規格に決めてあるんだ」

フォークは意味ありげな顔で、〝おれと〝おれ〟を交互に眺めた。

「おれが行って戻れなくなると、無様《ぶざま》なことになっちまうな」

「無様？」

「まさか、かっこいいと思ってるの？」とアイシアが即座に口を挟んだ。言葉をなくしたおれと〝おれ〟に意味深な笑いを投げたフォークが言った。

「アイシア、悪いがおれは行けない。一年前なら君はまだ来ていない。もし帰れなくなっても、こんな、しようもないことにはならんだろう」

「そうね」

おれたちもうなずいた。

時間旅行のプロ、調停官とゲートキーパーが揃《そろ》うこの場では〝予定通りにアイシアがやってきたらどうする？　二人になるじゃないか〟なんて質問は出てこない。オーバーテクノロジーの塊《かたまり》であるアイシアが一年前の世界で人目に触れれば、彼女を産んだ要因はすべて消え失せる。アイシアの故郷――二六世紀の木星に浮かぶ大気鉱山浮遊体と木星開発は、全く異なる形で実現し、このアイシアは生まれない。

六本の指を器用に絡《から》め、高電圧の火花を散らせたアイシアは長い首を曲げた。

「こういう荒事で済むならいいけど、今回のは、犯罪の予備捜査よね。わたし一人だと不安だわ。まだ、この時代の行動原理には慣れてないの」

「いい水先案内人がいるぞ。二人もいるんだ。一人ぐらい減ったって構わんだろう」

フォークがおれの顔を見つめた。

「おい、無茶言うなよ。だいたい、なんでおれなんだ。あいつだって――」と言いかけると〝おれ〟が手をひらひらさせて遮《さえぎ》った。

「そりゃいいや。二人もいるのは無駄なんだよね」

「そんなこと言うなら、お前が行けよ。後から来たくせに」

「またか。その話は――」

「とぼけるな。だいたい、お前が来た理由も聞かせてもらってないぞ」

〝おれ〟はため息をついた。

「事情はちゃんと説明したぞ。やっぱり忘れてるのか、本当に都合のいい奴だ」

「いつ？」

〝おれ〟は口を開いて何かを言おうとしたが、おれたちのやりとりを真剣な表情で見つめていたアイシアとフォークに向かって肩をすくめてみせる。どうして〝おれ〟の方を信用するんだ。

「ほらね」と言った〝おれ〟にアイシアたちがうなずく――ように見えた。

「やっぱり後にしよう。同行する方を決めなきゃならん。いっそ、アイシアに選んでもらおうか」

「わかった。わたしたちが選ぶわ。もしも通過質量の制限が近くなったら、わたしが向こうに残るつもりよ。永住する先が三百二十八年前から一年ぐらい前倒しになったところで大差ないし」

「わかったよ。じゃあ、選んでくれ」

「ちょっとフォークと話し合うわ。歩きながらでいい？」

筋肉をピシリと鳴らしてアイシアが立ち上がり、スポットライトで照らされたチェンバーを指さした。よっこらせ、と両膝に手を当てて立ち上がったフォークも帽子を頭に載せて、おれたちに笑いかけた。

「どっち選んでも、恨《うら》むなよ」

アイシアと向き合ったフォークが唇を微《かす》かに震わせてさえずりのような音を立てると、アイシアの瞼《まぶた》が普段目にするものとは異なる速度で瞬《またた》いた。層化視界《レイヤード・ビュー》のプライベート層で交わされる会話だ。主感覚での体感時間を圧縮し、暗号化も施されているので第三者がその内容を盗み取ることはできない。

チッ、チチッというさえずりを交わしながら歩く二人の前に立って、スポットライトで照らされたチェンバーの前に歩を進めた。

どこと繋がるか分からないワームホールからの影響を閉じ込めるための小部屋《チェンバー》の出入り口は、気圧差で開かなくなるドアではなく、絞り状のシャッターを用いている。

シャッターを開くと、台座に載った七色の干渉縞《かんしょうじま》に包まれた銀色の球体と対面する。

ワームホールを抱えたピカール型〈アイス〉だ。炭素とアルミニウム、メタンからなる準結晶の紐《ひも》を七次カラビ・ヤウ空間で編み上げた膜《ブレーン》は、加速器の側道に導かれたワームホールの衝突エネルギーで直径二・五メートルの球体に展張する。

一見金属に見える膜は三次元空間で結合していないため、人体を含む物理的な物質を素通しさせるが、量子的《キティ》な情報だけはでたらめに再配置してしまう。

二三八五年から送られてきた製造法に従って、初めてこのタイプの〈アイス〉が作られたのは二〇六五年のことだった。発案者はルイス・ピカールというスイス在住の物理学者だったというが、多くの未来技術がそうであるように、この時空の二三八五年に彼はいない。手の届かない並行宇宙の彼方《かなた》で、彼は自分が送り込んだ〈アイス〉のアイディアがどれだけ世界を変えたのか知ることもなく過ごしているだろう。

〈アイス〉の右側には現在を示す二二三四年、という立体文字と矢印が浮かんでいる。この方向から入って反対側に抜ければ、一年前に出ることになる。

角度が重要だ。

適当な方向から出入りすると、量子的《キティ》なランダムさでどちらの時空に出るかが決まってしまう。

まだフォークとさえずりを交わしているアイシアに声をかけた。

「話の途中で悪いけど、どっちを連れてくか、決まった？」

「ええ。ちょっと一年前の状況について聞いてたの」と言ったアイシアは、銀色の瞳をチェンバーの中に向けた。「いつ見ても緊張するわね」

磁気嵐の吹き荒れる中で作業するために作られた、幅広い電磁波を直接〝見る〟ことのできる目には、ワームホールの被膜をかぶった〈アイス〉が全く異なって見えていることだろう。

「そうだろうな。何千回も飛んだおれでも緊張するよ」と言ったフォークは、封を切っていないタバコのパッケージを取り出した。「あっちのフォークに会えたら渡してくれないか。いいのができたんだ。自動創製機《オートマター》のレシピも入ってる。ドギーは持ったか？」

脇《わき》から伸ばした補助肢でタバコを受け取ったアイシアは、同じ指先でオレンジ色の小さな円盤をくるりと回す。

「あたりまえじゃない」

指先を斜めに額《ひたい》に当てたフォークが目を細めた。

「じゃあ。気をつけて。向こうの五代目にもよろしく」

「それはヤシロに任せるわ。同じ顔同士、仲良くやってもらうわよ」

アイシアは長い腕を〝おれ〟に伸ばして抱き寄せた。肌に描かれたブルーの模様がプロミネンスのように大きな渦を巻く。〝おれ〟も背伸びしてアイシアの首に腕を回す。

「行ってくるわね、ヤシロ」

「ああ、待ってるよ。必ず戻ってこい。どうしようもなくなったら、あいつは置いてきてもいいから」と頰《ほお》にキスをする。

――え？

「ちょ、ちょっと待て。おれを連れていくつもりか？　オリジナルだぞ」

違うだろう、とあげた腕が、脇から展開したアイシアの補助肢に捉えられた。信じがたい力で引き込まれる。対向する四本の長い指は、振り払おうとするおれの動きにピクリとも緩まない。まるで金属だ。

「決めたのよ。あんたの方を連れてくわ」

横に立ったフォークが、捉《とら》えられたおれの手首に自分の掌《てのひら》を押し当てた。

「すまんね、五代目。そういうことになったんだ」

IDシートの浸透する部分に〝補助調停官〟の文字と円形のコードが浮かび上がった。

「今回の同行は調停官からの正式な依頼だ。どっちの時空でも使える保険はつくし、規定の料金も払う。安心して行ってきてくれ」

アイシアから身体を離した〝おれ〟が、おれの身体を〈アイス〉に押した。

「じゃあ、いってらっしゃい」

おれの腕を引いたアイシアは躊躇《ちゆうちよ》なく〈アイス〉に歩を進め、銀色の球体に身体を入り込ませた。おれの身体も引きずり込まれていく。

「ちょっと待て。なんで――」

鼻の下を伸ばして笑う〝おれ〟がウィンクして言った。

「大丈夫。矛盾なんてない――」

再び強く腕が引かれ、視界が銀色の膜を通り抜けた。

おれは転がっていた物体に足を取られた。死体が転がり、驚きに歪《ゆが》むペトロの顔が上を向く。

〈アイス〉に入ってしまった。ワームホールの転送容量は減った。鉄輪のようなアイシアの腕をふりほどければ元の時空に戻れるが、もう一人を往復させる容量は残らない。

頭ひとつ高いところから、アイシアの声が降ってきた。

「腹は決まった?」

「……ああ」

仕方がない。さっさと向こう側へ殺人の事実を伝えて、調停を終わらせるとしよう。

お先に、と膜を通り抜けたアイシアを追って〈アイス〉を出ると、そこには目を見開いた〝おれ〟と、さっきまでと寸分違《たが》わぬ格好のフォークが立ちすくんでいた。

一年前の二人はアイシアと、おれが未来でダブっていることとを知らない。

頭ひとつほど高いアイシアを見上げた〝おれ〟がゆっくりと口を開く。

「あなた……が、調停官?」

「ええ。アイシア・M・リーム。二二三四年のドミトリ調停官に遣わされてきました」

アイシアが長い腕をフォークに差し出すと、おれにスタンプされたものと同じコードが手首に浮かび上がった。ちらりと目を走らせたフォークは、逆立てた銀色の髪の毛から、ふくらはぎに沿わせた足の第六指までをたっぷりと眺めて、無精《ぶしょう》ヒゲの目立つ顎《あご》に手を当てる。

「こりゃあ、久しぶりに見たな。確か、二六世紀の木星種《ユピトリア》か。リーム型作業体、というんだったかな」

「その言葉を聞くの、二回目なのよ。フォーク・ドミトリ調停官ですね。ユピテリウムのトロヤ侵攻を止めてくれてありがとう。お名前は、わたしが生まれた浮遊構造体《フローター》でも有名よ」

首を曲げたアイシアが握手を求めると、フォークは「電撃は勘弁してくれよ」と口にしながらも六本の指を器用に握りこんだ。

握手する二人を見たとき、全く同じ台詞《せりふ》を放ったフォークの姿が映像のように蘇《よみがえ》った。半年前、〈カブラキ・タイムゲート〉のチェンバーに現れて掌から放つアーク放電で何者かを切り刻んでいたアイシアとフォークは同じようなやりとりを交わしたのだ。

アイシアの第六指がフォークの手を小指側から握りこむのを、おれは——見上げていた気がする。

握手する二人を見ている一年前の〃おれ〃が呆然《ぼうぜん》とつぶやいた。

「なるほど……。二六世紀。なるほど、木星種《ユピトリア》か……」

ふむ、と納得したような声で考えるのをやめた——そんなことがわかってしまうのも面白くないが——〃おれ〃はようやくおれに目を向けた。

「……なんで、おまえ——ついてきたの。会社は？　まだ営業時間だろ」

「大丈夫、オフィスは〃おれ〃が守ってるよ。営業に支障はない」

「おれ？」と言った〃おれ〃の顔から怪訝《けげん》に思う表情が溶けていき、口が開いていく。

「まさか、お前——」

「ちゃんと説明してやるから、その、だらしない口を閉じてくれ。矛盾《ノー・パラドクス》なんて、ない」

＊

アイシアがテーブルの上を指さした。

「旅行先、こちらの時空で起きた自分殺しね。管轄はこの時空ってことでいいかしら」

テーブルの上に浮かべた層化視界《レイヤード・ビュー》の映像には、重そうなスーツケースを引いたペトロが長い廊下を歩いてきているところが映し出されていた。タイムゲート・カンパニーに関連する問題だといえば、調停官の権限で閲覧《えつらん》することができる、新市城複合施設《ベンテンバル・コンプレックス》の保安設備が撮影した映像と情報だ。ケースの内部までは見ることができないが、床の圧電センサーはその重量が七十キログラムだと告げていた。死体が入っているのだろう。ペトロを殺した犯人はペトロ。〝自分殺し〟だ。

「そうだな」とつぶやいたフォークは、懐《ふところ》から紙のメモ帳を取り出して言った。

「もう少し付き合ってくれないか。手を借りなきゃならんかもしれん」

映像が進むと、青緑色に着色された夜間用の照明から顔を隠すようにして歩くペトロは、セルフサービス用に二十四時間空《あ》けている扉にオレンジ色の物理トークン《ドギー》を押し当てて鍵《かぎ》を開けた。

「映像を停止。ちょっといいかな」

おれはテーブルに身を乗り出してペトロの指先に目を寄せ、トークンの表面に書かれたコードを層化視界《レイヤード・ビュー》のリーダーで読み取った。

「間違いないな。これは、一年後の時空でおれがペトロに渡したトークンだ。こっちでの滞在費を五百カッツほど物理《ドギー》的に入れてやった。こっちではなにやった？」

「戻るときはセルフサービスにしたいってんで、量子《キティ》的鍵を埋め込んだ。滞在証明もこのトークンに書き込んである」

マニュアル通りの対応のはずだが、説明を聞いたフォークが「やらかしたな」とつぶやくと、〝おれ〟は意外にも、素直《すなお》に「すまん」と頭を下げた。

渋い顔でメモ帳に何かを書き付けたフォークがおれたちの顔を見渡した。

「なあ五代目さんたちよ。いい加減に、アイスのセルフサービスはやめてくれんか？　問題の温床になってるぞ」

喉まで出かかった言葉を飲み込むが、同じ台詞が〝おれ〟の口から流れ出す。

「辞めたいのは山々なんだが、家訓なんでね」

「いつかえらい目に遭うぜ」

「大丈夫だよ。地平面《ホライゾン》の二八〇〇年まで、〈カブラキ・タイムゲート〉は続く」

〝おれ〟は壁の時間線を指さした。

タイムゲート・カンパニーが旅行者を送るときに交わす〝投げ文《ぶみ》〟が蓄積された未来年表だ。気候変動や天変地異から戦争、技術開発情報まで、およそ思いつくものはなんでも含まれる。どこかのタイムゲートで投げ文が飛ぶ度《たび》に年表は書き換えられていくが、おれたちにとって重要なのは世紀を超えてワームホールを保存するタイムゲート・カンパニーの経営情報だ。〈カブラキ・タイムゲート〉を示す水色の線は、今日のこの世界でも、地平面《ホライゾン》と呼ばれる二八〇〇年までまっすぐ伸びていた。オフィスの場所は二四〇〇年にはジャカルタのグデ山噴火を回避するために火星へ、そしてその一世紀後には木星の開拓地へと移っているが、ここまで安定して継続するタイムゲート・カンパニーは他にない。もちろん、定款《ていかん》で謳《うた》っているセルフサービスが変更された形跡もない。

「ほらな？　商売繁盛。セルフがあっても安泰の優良企業だ――どうした？」

腕を組んで立っていたアイシアが、ふらりと壁に歩み寄った。時間線の上から三十センチほどの位置に両手の人差し指をあて、大きく拡げる。

二六世紀の木星開発に関するイベントが壁を覆った。

「……未既《シンスティル》にダーグンのコマンドは、時地点から送られてみたの――」

崩れに崩れた未来の英語が壁に反射して耳に届く。一言目の未既《シンスティル》だけはかろうじて分かる。来世紀あたりから使われはじめる、〝since〟と〝until〟を合成した言葉だ。その他の意味はほとんど追うことができない。

脇の補助肢も拡げて時間線を操るアイシアは、蜘蛛《くも》のように壁にへばりついて、めまぐるしく変わる壁の情報に魅入《みい》られていた。

──フォークの野郎。

素人《しろうと》じゃあるまいし、なんで一年前にアイシアを送りやがった。

一年前の〈カブラキ・タイムゲート〉に送り込めば、オフィスの壁に浮かぶ時間線には彼女が永遠に失った故郷の名が浮かぶ。それぐらいのことが予見できないはずはない。

アイシアが姿を現したのは、この時代から半年後。一風変わった木星からの旅行者はタイムゲート・カンパニーの間でちょっとしたニュースになった程度だが、未来へ送った蝶《ちょう》の羽ばたきはほんの数日でアイシアの故郷を消し去った。二四世紀に始まるはずだった大気鉱山の開発が一世紀も早まったのだ。新たな未来では彼女を作った開発会社〈ユピテリウム〉は生まれず、現在火星を緑の沃野《よくや》に変えようとしている〈マーシャン・ランダーズ〉が、彼女のような人造作業体ではなく人間とロボットを使って木星の大気鉱山をやることになる。

だが、この一年前。ここから見える未来には、彼女の故郷が在《あ》る。

帰れなかったアイシアの前に、時空帰還の窓が開いたのだ。この時空で人目を避けてひっそりと待てば、二六世紀からの旅行者がどこかのタイムゲート・カンパニーに現れるかもしれない。そこに飛び込めば故郷へ帰れる。未来が書き換わったら、また少し過去に戻って待てばいい――そんなことを考える人は少なくない。

だが、うまくいったという話は聞かない。

蝶の羽ばたきは急速に拡散し、未来を書き換えていくからだ。

豹変《ひょうへん》したアイシアに、ボールペンの尻《しり》で白髪頭をかいたフォークが話しかけた。

「アイシアさん。事情は……何となく分かる。だが、もう見るのはやめたほうがいい」

行けと言ったのはお前だぞ、と言いたい気持ちを抑え込む。アイシアを送り出したのは
このフォークじゃない。

動きを止めたアイシアに向かってフォークは続けた。

「一度旅立つと同じ時空は拝めないんだ。旅立った世界に戻っても、必ず何かが違って感じられる。不思議なもんだがね。それに、二六世紀の木星からだなんて――」

ふっと力を抜いたアイシアが振り返った。

「分かってる。わたしが二六世紀の浮遊体《フローター》に戻れる可能性は、大赤斑《だいせきはん》が十回生まれて消えるまでの間に三度ほどあるかないかね。考慮すべきじゃない。それに、戻れた場合でも、そこにいるアイシアとわたしはダブることになる。そんな無様《ぶざま》な状態には耐えられないわ」

フォークはポケットからしわくちゃになったキャメルのパッケージを取り出して、手首のひと振りで紙巻きを三本滑り出させた。一本を自分の唇にはさんでから、パッケージを

アイシアに差し出した。

「――吸うか？」

「アルカロイドは一ミリ秒で分解しちゃうから意味ないし、わたし、肺がないの」

肩をすくめたフォークが「息吸い野郎《ブリーザー》じゃないってことか」と言うと、アイシアは「成長しない《グロースレス》は未　既《シンスティル》に完全」と返し二人は顔を見合わせて笑った。二六世紀の土星あたりで通用するジョークなのだろう。

続けてフォークは「じゃあ」と言っておれの方にパッケージを差し出す。

「吸わないよ、知ってるだろ」

「そうか。あんたは吸うかもと思ったんだが――まあ、いいや。仕事に戻ろうか」

パッケージをポケットにねじ込んだフォークは、トークンを扉に押し当てて部屋に入ろうとしているペトロの映像を指さした。

「こっち側で起こった〝自分殺し〟なのは決まりだ。だが、こいつは誰なんだ？」

そうだ。犯罪の現場に気をとられて、それを考えていなかった。

「死体はどっちのペトロなんだ？　来年から来た方、それともずっとここで住んでいた方か？　両方のペトロ《ドギー》は物理的に同じと考えていい。ＤＮＡも一致する。時間をかければ見分けられるだろうが、送り込んだあんたたちがいれば、もっと手早く分かるはずだ。手伝ってくれないか」

フォークの言う通りだ。手首のIDシートに刻まれた量子的《キテイ》な個人情報は〈アイス〉を通過するときに破壊されているため、同定には使えない。なぜ〝おれ〟がトークンの話をしたあとで素直に謝ったのか、ようやくわかった。IDシートに物理的《ドギー》な滞在証明を書き込んでいれば、死体を調べるだけで済んだのだ。身体と分離できるトークンに滞在証明を書き込んではならない。社のマニュアルにこの件はしっかり書いておこう。

そんなことを考えていると「どうするの？」とアイシアが話しかけてきた。

「彼はあなたに聞いてるのよ。ペトロさんに会ったのはあなたなんだから」

「おれを選んだのは――」

「そう。あなたがペトロさんの接客をしたでしょう。だから連れてきたのよ」

フォークが顔をほころばせた。

「なんだ、そういうことか。ダブリなんか連れてきて驚いたが、助かるよ。二人で会いにいってくれないか。住所は調べておいた」

フォークがメモ帳をちぎって、テーブルの上に置いた。手書きの文字が層化視界《レイヤード・ビュー》でフォントに置き換わり、地図と、樹木のような建築物の立体映像が開く。

市街の南東、グデ山頂の火口脇に建つ新火山複合施設《グヌンベラピバル・コンプレックス》だ。百年後、二四二五年に起こる大噴火で跡形もなく消し飛んでしまうために二束三文で売り出された土地には、貧困者を中心として九十万人の生活の場がそびえ立つ。

フォークは複合施設《コンプレックス》の葉層番号《リーフ》と、最寄《もよ》りのフードコートを地図にマークした。

「普通に暮らしてれば、そろそろ朝飯の時間だろう。すまんが、先に二人で行ってくれないかな。おれと五代目は警察を呼んで、死体を処理させてから行く」

「ここ、時間旅行者だけでうろついていいぐらい安全なのか？」

「あんたは普通の旅行者じゃない。それに、アイシアさんがいりゃ大丈夫だろ」

パチリという音に首を振ると、掌の間に物騒な火花を散らせたアイシアが笑っていた。

「まかせて」

＊

海からの風が吹くプラットフォームで、オレンジ色のジャンパーをはためかせた〝おれ〟が笑いかけてきた。

「なんだか、奇妙なことになってるんだな」

「ああ」

「こっち側の未来では、起こってほしくないもんだが……」

腕を組んだ〝おれ〟が気まずそうに顔を逸《そ》らして、海の方へ目をやった。

気持ちは分かる。

一緒に暮らす半年の間に慣れたが、自分自身と向き合うと言いようのない不安に襲われる。身体はだれよりも知っている呼吸で動くというのに、全く思い通りにならない。今のように空気を挟んで話すときはまだいいが、骨伝導フォノ越しに耳の中で囁かれるときは自分の声に聞こえてしまうことも多い。それどころか、別々に行った業務について層化視界《レイヤード・ビュー》の没入型映像で情報交換していると、なにをどちらが体験したのかすら曖昧《あいまい》になることもある。

おれがこっちの世界に連れてこられた理由は、殺された――または殺したペトロを接客したからということなのだが、暖簾《のれん》の外で入店しようかどうか迷っていたペトロへ声をかけたのは、レイシュンが彼に吹き込んだ雑な説明をやり直したのは、かさついた掌へトークンを押しつけたのは――本当に自分自身でやったことなのだろうか。

海を見ていた〝おれ〟が風を避けるようにジャンパーの襟を立てて、フォークとアイシアが高速言語で立ち話しているプラットフォームの端へ誘った。

二人はこの時代のペトロが住むという、新火山複合施設《グヌンベラピバル・コンプレックス》を見つめていた。四十キロメートルを隔てて霞《かす》む、高さ二千四百メートルの樹木のようなシルエットは遠近感を狂わせる。

層化視界《レイヤード・ビュー》では、青白く霞む新火山複合施設《グヌンベラピバル・コンプレックス》から市街地までまっすぐに、空路を示す緑色の線が伸びていた。海面上昇で地面を失ったジャカルタの複合施設《コンプレックス》と主要な建物を結ぶ空路ネットワークは、二四二五年に起こることがわかっているグデ山噴火を逆手にとった〝ミラクル・ダンピング〟という資本投下キャンペーンで整備されたものだ。いまでは無数に空に放たれた格安の無人ヘリコプター、〈バンガウ〉が市民の足になっている。おれたちが立つ新市城複合施設《ベンテンバル・コンプレックス》のプラットフォームにも〈バンガウ〉乗り場が整備され、何本もの空路ネットワークが接続されていた。

アイシアが空を仰ぐ。

「来たわよ」

上空でアイドリングしていた高速飛翔《ひしょう》用の〈バンガウ〉が二機、ネットワークに降りてくるところだった。五つのローターを囲むガードはインドネシア語でバンガウと呼ぶ鳥、コウノトリを模して、白と黒のツートンカラーで塗り分けられていた。ローターガードの下部には、変形するシートを収めた透明な風防がぶら下がっている。

五ミリカッツを支払うか、それを物理的《ドギー》に封じ込めたトークンを押し当てれば――しまった。ポケットの中を漁《あさ》るが、持って来なかったトークンが出てくるわけもない。

展開した補助肢にトークンを挟んだアイシアがこちらを向いた。

「ヤシロ、あなたトークン持ってこなかったの？」

「……ああ、じゃないよ。なんだその言い方。いきなり〈アイス〉に引っ張り込んだのはアイシアだろ。準備する余裕なんかなかったぞ」

「わたしのせい？　あんなに話し合ったんだから、準備してるかと思ってたわ」

——話し合った？

銀色の瞳が絞り込まれた。

「——なるほどね。ごめんなさい、話したのはもう一人のあなただった」

「……勘弁してくれよ」

風で煽《あお》られたレインコートが視界を遮《さえぎ》った。

「しょうがねえな、五代目。トークン常備してないのか」

「無理言うな。カッツの物理化《ドギー》には制限があるんだよ。それに、出てくるときはドタバタしてたんだ」

「わかったよ。おれが貸してやる」

フォークがポケットからゲスト用のトークンを取り出して手首に当てると、二〇カッツという立体文字が浮き上がってトークンに吸いこまれていった。

「いつの間に生体シート埋めたんだ」

「カプセルだよ」と言ったフォークが尺骨の間を親指で押すと、皮膚の下で堅いものが動いた。遺伝的に全く調整されていない自然人のフォークは、おれたちのようなサイバネティクス駆動体《プロモーター》を持ち合わせていないため、生体シートが体組織に浸透しない。

「後処理で遺伝子いじっちまうのは怖いし、機械仕掛けのほうが知らない時空で融通が利くんだ。シリコン封入のカプセルでもIDやなんかのインフラは使えるし、こうやって時間旅行の素人さんに、物理《ドギー》ビット入りのトークンを渡すこともできる」

皮肉の向こう側で、気まずそうな顔をした〝おれ〟が頭を掻《か》いていた。

「すまんね。素人で」

「礼は要《い》らないよ。もう、こっち側の事件だってことは確定したんだ。経費はおれが警察に請求するさ」

唇の端をあげたフォークは、親指でトークンを弾《はじ》いて寄こした。

宙で摑んだトークンを風防に押し当てると、曲線で構成されたシートが体型にあわせて形を変える。横を見ると、標準から大きく異なる体型のアイシアもリラックスした姿勢でシートに収まり、シートベルトを使わずに脇から伸ばした補助肢でシートに身体を固定していた。骨格筋の中にヒトデやナマコのようなキャッチ結合組織が編み込まれたアイシアならではの方法だ。一ヶ月でも二ヶ月でも疲労なしに同じ姿勢をとり続けることができるというが、話を聞いたときは、そんな機能が必要なほど過酷な業務を作り出した企業があったことに肝《きも》を冷やしたものだ。

〈バンガウ〉が風防に浮かぶコンソールから行き先を聞いてくる。コピーしたフォークのメモを取り出すと、新火山複合施設《グヌンベラピバル・コンプレックス》のF35プラットフォームが目的地に設定されてローターが回り出す。

浮遊感を感じたところで、風防に顔を寄せたフォークが言った。

「気をつけてくれ。ペトロが何かするとは思えないが、問題があったら――」

風で浮き上がりそうになった帽子を押さえたフォークは、声を張り上げた。

「常識で考えろ」

アイシアの乗った〈バンガウ〉が前に滑り出すと、こちらもプラットフォームの端へ動き、数メートル下から伸びる空路へ降り立った。路と名は付くが、物理的な構造物はない。完全な無人システムである〈バンガウ〉のために設定された中空の路だ。〈バンガウ〉を利用する予定でもでなければ層化視界《レイヤード・ビュー》にも表示されることはない。

おれたちが乗った新市城複合施設《ベンテンバル・コンプレックス》への引き込み空路はすぐに高度を上げ、上空五百メートルに設定された幹線空路へと繋がっている。早朝の空いた空路の周りに帯宙モードの〈バンガウ〉が留まっている中、二機の〈バンガウ〉は幹線空路へ向かっていく。

風防に浮かぶ層化視界《レイヤード・ビュー》のコンソールが高度五百メートルを告げて水平飛行に移ったとき、真横と、斜め下からまばゆい光が投げ込まれた。

朝日と水面からの照り返しだ。

巨大な複合施設《コンプレックス》の隙間《すきま》をびっしりと伝統的なビルディングが埋め尽くすジャカルタ市に、地面を走る道路はない。かつてそう呼ばれていた筋には運河が巡らされ、のぼりはじめたばかりの朝日を照り返していた。

まばゆい金色の水面から生える構造体が、長い影を落としていた。

三十メートルほど前をゆく〈バンガウ〉の中で、アイシアはシートから身体を浮かせ、補助肢で支えて朝日の方へ身を乗り出していた。

『よう、珍しいじゃないか。熱心に何を見てるんだ』

彼女の層化視界《レイヤード・ビュー》に、向き合う姿勢でアバターを送り込むと、長い首を捻《ひね》った彼女はゆっくりとシートに身体を戻した。

『太陽よ。朝の街はこんな色になるのね』

『なんだ。見たことなかったのか』

〝ミラクル・ダンピング〟のおかげで化石燃料を使う旧《ふる》いエネルギー源が一掃されたジャカルタは、清涼な大気を手に入れることができた。運河に面した二一世紀の風景をそれなりに残す旧市街は、今や観光の目玉でもある。

『この色合い、大気鉱山の浮遊構造体《フローター》に似てるのよね』

太陽に向けた銀色の瞳がゆっくりと小さくなり、滑らかな唇が尖った。

『全く別物だけどね。空気が透明すぎるし、太陽も近い』

以前、アイシアに見せてもらった浮遊構造体《フローター》の風景は、木星大気によって眼下のジャカルタのように一色に染まっていた。永遠に失われた未来のひとつだ。

柔らかな表情を浮かべたアイシアは、ヘッドレストに頭をもたれた。

『さっきはごめんなさい。取り乱しちゃって』

『いや、いいよ』

『帰ろうなんて——。ここに留まろうなんて思ってないから安心して。どうせ、この時代の未来からも、効率の悪い浮遊構造体《フロータ ー》を使った木星開発なんてすぐに消えちゃうわ。さっさとペトロを押さえましょう』

言葉とは裏腹に、銀色の瞳は透明な風防の下を流れるジャカルタの市街に注がれたままだった。

『今度でいいから、浮遊構造体《フローター》での話が聞きたいな』

銀色の瞳がゆっくりと、続けて顔がこちらを向いた。

『長さ百五十キロメートルもある浮遊構造体《フローター》から凧《たこ》で木星にダイブする大気鉱山に、一億体の木星種《ユピトリア》が作るコミュニティ——だったよな。その記憶を持つのはアイシア一人なんだろ。なんか、うらやましいぞ。独《ひと》り占めするなんてズルくないか？』

銀色の瞳は、見開いた瞼《まぶた》の奥からおれのアバターを見つめていた。

『飯でも食いながら、聞かせてくれよ。どう？』

『ええ、いいわ。今度も5Gレストランでいい？』

『今度？』

細い銀色の眉がひそめられた。

『ごめん、もう一方のヤシロと勘違いしてた』

『いや、おれは構わないよ。だいたい同じだ』

『だめよ。混同するのは良くない。それに、もう着くわよ』

アイシアはアバターを透かして前方を見つめた。振り返ると、新火山複合施設《グヌンベラピバル・コンプレックス》の幹《みき》にあたるねじれた管束《パイル》が壁のようにそそり立っていた。管束《パイル》は一本の直径が百メートルほどあり、一人用の居住区が隙間なく収まっているはずだ。家族を持つものが住む葉層《リーフ》は頭上を覆うように広がっている。

『行くのはF35よね。治安のグレードからすると、時間旅行者には厳しいわ』

明瞭さが格段に上がった声に振り返ると、アイシアは様相を変えていた。装飾のために浮かべていた渦巻き模様は複合施設《コンプレックス》の居住区に溶け込むかのようなグレーのブロックパターンに置き換わり、こめかみと頬、そして身体の各所には電極が浮き上がる。脇と腕の間には幾筋《いくすじ》かの青白い火花が走っていた。肌は硬質な膜に覆われて、朝日に輝くジャカルタ市街を頬に映し出す。

苛烈環境モードというやつだ。半年前、チェンバーに現れたアイシアは、この姿で何かを切り刻んでいた。

二六世紀に作業体として作られたアイシアは想像を絶する機能を搭載していたはずだが、その半ば以上は動いていない。量子的《キティ》な動作原理に基づく機構が〈アイス〉を超えたときに動作を止めていたためだ。自動創製機《オートマター》を持つフォークが調停官の仕事をさせるために、生命維持に関わる機能だけを巨視的に安全《ドギー・セーフ》なものとして復活させたと言っていたが、あのおっさんの与太話を真に受けるのは危険だ。

宙に焦点を合わせたアイシアは、口を閉じたままで層化視界《レイヤード・ビュー》に音声を送ってきた。

『フォークが手を回してくれた、新火山複合施設《グヌンベラピバル・コンプレックス》の管理機構から防犯システムの映像が届いたわ。いまペトロは女性と連れだって、F35のフードコートに向かうリフトに乗ったところ――』

『〈バンガウ〉が降りるところだな』

アイシアの身体が震え、層化視界《レイヤード・ビュー》にうなずく仕草が重なった。話だけでしか聞いたことのない特殊機能。並行意識だ。自分自身とも対話できるという。

『〈カブラキ・タイムゲート〉で現場検証が始まった。フォークは警察を連れてこっちに向かってるけれど、逮捕前に見分けておいてほしいそうよ』

フォークの意図は読めた。もしもこのペトロが一年後から送り込んだペトロならば、こちらの時空へ拡散民申請しておくことで、逮捕後の手続きがスムーズに進む。一時滞在者のままで逮捕されると、こっちの〝おれ〟が証人として呼ばれる回数も増えてしまう。

『了解』といったおれはアバターを解除して肉体に主観を戻した。

身体に戻ったシートの感覚で、尻から背筋に震えが走る。ありふれた遺伝子調整しか施されていないはずのペトロは、殺人やなんかのプロではないだろう。だが、どちらのペトロであっても、一度は同等の肉体と頭脳を持つ人物を殺せた相手だ。殺意を持って立ち向かわれたら、しがないゲートキーパーがかなうはずもない。

シートの中で震えそうな膝を押さえると、眼の前にアイシアのアバターが現れた。

『怖がらなくていいのよ。普段通りにしてて。周りはわたしが守るから。貴重なのはあなたも同じなのよ』

半ば透けたアバターの向こう側で、複合施設《コンプレックス》の壁が上に流れはじめていた。おれたちを乗せた〈バンガウ〉は、眼下に小さく見えるF35プラットフォームへ高度を下げていく。

*

初めて来た新火山複合施設《グヌンベラピバル・コンプレックス》のフードコートは、おれのよく知るものと全く異なっていた。樹木を模した複合施設《コンプレックス》で枝の先に作られる大空間、葉層《リーフ》を丸ごと使っている。

F35の葉層《リーフ》がこの複合施設《コンプレックス》のなかで最大のものかどうかなど知らないが、幅と奥行きが三百メートル以上ある空間が、すべてフードコートのために使われているとは思ってもみなかった。

高く、全面が空を映し出す天井も開放感の助けにはなっていない。フィルタリングしない層化視界《レイヤード・ビュー》にはびっしりと店の看板と属性が浮かんでいる。三日月やダビデの星など、宗教食の屋台を示すマークから純粋な化学合成食まで、およそ考え得るすべての食に対応しているかのようだ。一世紀も前に禁止された野生動物の肉が食べられる店もあるかもしれない。

『現在の来場者数、一万人を超えてるわ』という声が耳の奥で響いた。アイシアだ。ざわめきの中で確実に声を通すために層化視界《レイヤード・ビュー》で語りかけてきた。並行感覚のないおれには無理な芸当だ。

「この中からどうやって探すんだよ」

『もうすぐ、リフトを降りてくる』

葉層《リーフ》が管束《パイル》と繋がるあたりに、アバターの腕を伸ばしたアイシアが矢印を浮かべた。意識を矢印の周囲に向けて視界を拡大すると、今まさに葉層《リーフ》の床に達しようとしているリフトに、白髪《しらが》の交じった中性的な体つきの男が、これもまた中性的な女性と腕を組んで立っていた。

『ここからで、ペトロがどっちかわかる?』

「無理だよ。物理的《ドギー》に同じだ。話すなりしなきゃ」

アイシアの身体がぶれ、背後で肉を打つ音が聞こえた。振り返ると、呆然《ぼうぜん》とした顔の男が鼻を押さえてうずくまっていた。足下にはナイフが転がっている。

『どうしても狙われるわね。急ぎましょう』

「大丈夫か？」

『わたしは平気。自分の方を心配して。オーバーテクノロジーの身体組成を扱うディーラーがいるみたいね。彼らに、あなたのことを知られたくない』

あいよ、と返してファスナーを胸元まで引き上げる。いつでも気密バブルが展開できるように襟を立てた。タイムゲート・カンパニーの制服みたいなものだが、危険物が出てくる可能性があるワームホール作業にも使える防護服だ。小口径の銃弾やナイフぐらいなら防いでくれる。

似たような遺伝子調整を施された人が集《つど》うこの葉層《リーフ》では、アイシアほどではないにせよ、ベースとなる日本人の人種的な特徴を意図的に残したおれの姿は孔雀《くじゃく》のように目立っているはずだ。

「大変なところに来ちまったな」

アイシアの身体が再びぶれ、正面に立っていた盆をさげた男がつんのめる。香辛料をたっぷりと含んだ黄色い汁が舞った。迷惑そうな声があがるなか、盆を抱えた男は悪態をついて人混みに姿を消した。

『組織採取用の針を持ってたわ。ターゲットはあなた。でも大丈夫。気を楽にして』

「なんで、おれ？」

脇の補助肢が腕を摑み、信じがたい力で身体の位置がずらされる。今まで立っていた場所を何かが通過する音がした。

『だって――』

『言ったでしょ？　あなたも貴重品なのよ。ブラックマーケットでは――』

アイシアが口をつぐんだ。どのみちはじめから唇を動かしていないので、音声が途絶《とだ》えただけではあるのだが、
矢印の示す男――ペトロの姿が肉眼でもはっきりと見えるところまで近づいていた。リフトはいまにも床に着こうとしていた。ペトロは腕を組んだ女性に話しかけている。

「あれが、ペトロの奥さんか？」

『ええ。知らなかったわ。アイコさんはあなたと同じ系統だったのね』

中性的だと思ったのは勘違いだった。まっすぐな黒い髪や、安価な遺伝子調整で手に入れられるグラマラスな体型からほど遠い小さな身体は、フォークのような自然人か、でなければおれと同じようにオーダーメイドの遺伝子調整が施されている証《あかし》だ。

『二八〇〇年問題――マザー――』

アイシアの声が途絶えた。

「いま、なんて言った？」

『行くわよ。リフトの正面で押さえるわ。前を開けるから、走ってついてきて』

ふくらはぎの第六指を展開して床に突き立てたアイシアが、数歩前に飛び出した。立ち止まったアイシアの身体がぶれて、葉層の共有視界《リーフシェアード・ビュー》に複数のアバターが出現した。

周囲から驚きの声があがり、人垣《ひとがき》が割れた。慌てて後に続くと、アバターたちは前に進み、行き交う人々の歩みと視界を遮って新たな空間を作り出す。

「おい、なんて言ったんだよ」

『いいのよ。わかったから』

「なにが――」

後ろ向きに伸びたアイシアの腕が、アバターを突き抜けて目の前に飛び出してきた男を突き飛ばす。

『このままリフトの前で押さえるわ。マザー・アイコはわたしが保護する』

「マザー？」

『いい。ペトロに集中して。リフトが着くわよ』

アバターたちが激しく動き、錐《きり》を揉《も》むようにリフトの降着エリアまで空間を作っていく。身体の表面に火花を走らせたアイシアはアバターを突き抜けてくる人たちへ軽いショックを与えながら歩を進めていった。

リフトが降着し、柵が下がる。

バチンと空気を震わせる音が響き、天井へ稲妻《いなずま》が走った。

リフト前に集っていた人の動きが止まり、一瞬だけ静寂がおりたところへ、全身を震わせたアイシアが大音声を響かせた。

「時空調停に入る！　場所を空けなさい」

同時に、ペトロの頭上に層化視界《レイヤード・ビュー》の矢印がひらめく。

最前列に立っていたペトロはアイコの肘《ひじ》を掴んで後じさろうとしたが、周囲の人々は二人をリフトの降着口にできた空間へ押し出した。

長い髪を振ったアイコが、顔色をなくしたペトロにすがりつく。

「ねえ、なんなの？　何があったの？　あなたたち、だれ？」

「調停官のアイシア・M・ユピテリウム。アイコさん、あなたには関係がない。ペトロさんに用があるの」

アイシアは小柄なペトロを見下ろした。

「ペトロさん。希望するならプライベート視界《ビュー》で話を聞くわ。どうする？」

アイコの肘に絡めていた腕を力なく落としたペトロは、ゆっくりと頭を下げた。

「お願いします」

層化感覚フォノが周囲には聞こえないアイシアの声を震わせた。

『あなたの出番よ。わたしはプライベート視界《ビュー》の外でアイコさんを確保してる』

おれはペトロの前に立った。

「おれに見覚えがあるかい？」

ペトロは表情の消えた顔をあげた。安物の感情制御で作られたポーカーフェイス。そんなものに頼るということは、嘘《うそ》をつこうとしている証明にしかならない。

「黙秘したいならもちろん権利はあるから、勝手に話すよ。なあ、奥さんとよりを戻すんじゃなかったのか？」

ペトロは首をかしげた。

「一年後の世界で、あんたは〈カブラキ・タイムゲート〉にやってきた。旅行の目的は、離婚したアイコさんを取り戻したいということだったよな。それで、夫婦げんかをした時代に戻って、原因を調べたいんだってことだった。まあ、あんた自身はよりが戻せるって最後まで信じてたみたいだったが——」

「違う」

「何が違うんだ。あんたは一年前のこの世界にやってきた。そこで気付いたんだ。夫婦げんかをこの時空で消したって、一年後のあんたが幸せになれるわけじゃない。離婚したままだ」——

掌を向けたペトロは表情のない顔を激しく振る。その胸元に指を突きつけた。

「そしてこっちのペトロさんと会った。話し合ったのか？　とにかくあんたは、アイコさんと幸せに生きるための、たったひとつ残された、許されない解決法を思いついた。自分を殺して成り代わったんだ」

「なんでそうなるんだ！」

感情制御をほどいたペトロは、足を踏みならした。

「わたしは、アイコにいらんことを吹き込んだ奴を——二八〇〇年から送られてきたダブりを消しただけだ」

「え？」

「幽霊、複製《デュープ》、ドッペルゲンガー……なんでもいい。一年前のこの日、アイコはろくでもないことを思いついた。その時期、付き合ってたのはわたしだ。一年前にわたしみたいなものが彼女に何か吹き込んだんだ。おかしくなったアイコのせいで、二八〇〇年からの論理攻撃が始まるんだ」

ペトロの声が頭を素通りしていった。単語の羅列は意味をなさない。旅行前に語っていた妄想の中で混乱しているのだろう。

「まあいい。とにかくあんたは、この時空でペトロさんを殺して、死体を隠滅するために戻るはずだったワームホールに突っ込んだ——」

不思議なものを見る目で、ペトロがおれの顔をのぞき込んだ。

「カブラキさん。わたしの話、ちゃんと聞いてるか？　二八〇〇年問題だよ。ゲートキーパーが知らないわけないだろう」

「そんなことはどうでもいいよ。ともかくペトロさん。あんたは一年後からやってきた方だな。おれの名前も知っていた。アイシア、解決だ。拡散民申請を済ませて、こっちのフォークに渡しちゃおうぜ」

「どうしてこの人、ちゃんと話を聞いてくれないんですか」

ペトロは、プライベート視界《ビュー》の外でぼやけたアイコの肩を抱くアイシアへ訴えた。銀色の瞳がおれを見据え、それからペトロを向く。

「二八〇〇年から送り込まれた複製《デュープ》を排除するつもりだったのね。でも、あなたが殺したペトロさんは、やはり一年前のあなた自身よ」

アイシアはペトロの差し出す腕を優しくとりあげた。

「え？　でも、彼女が一人で思いつくなんて──きっと、複製《デュープ》のせいだ」

「あなたが言う複製《デュープ》、時空接続体にはいくつか特徴がある」

アイシアは層化視界《レイヤード・ビュー》にもやりとした人の形を浮かべた。

「見たことある？　これが二八〇〇年の一月一日から送られてくる時空接続体の素体《そたい》よ。こいつらは初めに出会ったものを記憶ごとそっくりと真似て、オリジナルを未来へ送り込む。だから、未既《シンステイル》に見つかったことのある複製体のほとんどがタイムゲート・カンパニーの経営者よ。彼らは二八〇〇年問題に関する話題を忘れたり、都合良くすり替えたまま、時間旅行を運営するの。彼にあなたの話が通じないのも仕方がない」

アイシアは長い腕を伸ばしておれの胸に手を当てた。思わず避けようとするが、脇から伸びてきた補助肢に両肩を摑まれてしまう。

「そしてもうひとつ大きな特徴がある。時空接続体は滅びない――ヤシロ、目を閉じて」

「え？」

轟音《ごうおん》とともに胸元で白い光が輝いた。

目を開けると、アイシアの腕が胸の中へ差し込まれていた。

「見える？　胸に穴が開いた。でも、すぐに元に戻るのよ」

腕を引き抜いたアイシアは赤黒い肉塊を摑み出した。びくり、びくりと動く肉塊から生えた管の切れ目は血液に満たされているが、脈動に押し出された液体はこぼれ落ちることもなく宙へ消えていく。

アイシアが掲げる肉塊へ手を伸ばす。

指先がその表面に重なろうとしたとき、肉塊は小さな粒子にほどけて消えた。

「理屈は分かっていないけれど、複製体は量子的《キテイ》に二八〇〇年以降の実体と重ね合わせられているんじゃないか、と言われてる――わからないかしら」

「じゃあ――あの、わたしが殺したわたしは……」

「そう。一年前のあなた自身。あなたは自分を殺したの」

床にへたり込んだペトロの前に、時空拡散民申請の条文が浮かんだ。

「拡散民申請をはじめるわ。ペトロ・アルフォンソ、あなたはこの時空においても生まれながらに自由であり、尊厳と権利についてこの時空に住まう人々や意識と平等である。自我をもつものは理性と良心とを授けられており、あなたは、この時空に住まう意識と互いに同胞の精神をもって行動しなければならない――」

アイシアが読みあげる拡散民申請を聞きながら胸に空いた穴が塞《ふさ》がる様子を見ていると、聞き覚えのある声が聞こえてきた。

「ここだ。ちょうどいいところに来た。拡散民申請は終わったか？」

ぼやけた人影を割ったフォークが、無個性なアバターで全身を包んだ警察官を三名連れて現れたところだった。

「ペトロは通常逮捕でいい。奥さんは分けて聴取するぞ――おいこら、アイコをこっち側に入れるな！」

アイシアの腕から引き受けたアイコが一人の警察官にプライベート視界《ビュー》の中に引き入れられていた。黒い瞳がおれの胸に吸い寄せられる。

「穴が、空いてる――」

穴の内側には粒子が浮かび上がり、徐々に臓器と皮膚の形をとっていくところだった。

「なんなの？　あなた。穴が空いてるじゃない。ペトロは、どうして捕まってるの？」

胸を掌で押さえると、何もないはずの空間にジャンパーの感触が伝わってきた。痛みも感じない。慌ててフォークがアイコとおれの間に立ちはだかった。

「アイコさん。今見たものは忘れてくれ——おい、早く奥さんを別のプライベート視界《ビュー》に放り込め！」

「——あなた、ドミトリ調停官ね。何があったの？　教えて、教えて——」

両脇を掴んだ警察官がうなずくと、アイコの身体が層化視界《レイヤード・ビュー》でぼやけ、声も意味不明のノイズに変わっていった。

肩を落としたフォークにアイシアが言った。

「アイコに、見られちゃったのね。せっかくプライベート視界《ビュー》を分けておいたのに……。ごめんなさい、最後に気を抜いてしまった」

「気にするな。二八〇〇年問題だけは回りやがるんだ。五代目、もう塞がってるか？」

おそるおそる手をどかすと、穴があったことなど全く分からない状態に復元していた。

「……おれは、何者なんだ。時空接続体——複製《デュープ》だってことか」

フォークがタバコのパッケージを差し出してきた。

「そうらしいな。吸うか？　そんだけ復元するなら癌《がん》にもならんだろ。老化もしないらしいからな」

「いいや……。要らない」

「趣味嗜好《しこう》もオリジナルと同じになるんだな」

フォークはタバコに火をつけて、うまそうに息を吐き出した。

「帰ったら、たっぷり話すんだな。オリジナルと」

二七九九年　十二月二十五日

二一四五年のニューヨークに行きたい？

時空拡散協定の成立ね。確かに、あれは見ておくべきだ。フォーク・ドミトリ調停官の演説にも立ち会えるぞ。しかしギリギリだったな。あと五日もすれば二八〇〇年。自分自身を運ぶスタイルの時間旅行はできなくなる。

海王星くんだりまでやってきて〈カブラキ・タイムゲート〉を選んだのは正解だ。発表の二日前のジャカルタに行けるワームホールが残ってる。うちで一番古い時代に行けるやつだ。もう売れる見込みはないから百カッツでいいよ。世界中探しても、これより拡散協定の日に近いワームホールは太陽中探しても両手で数えられるほどしか残ってない。

ひとつ注意がある。

五日以内に戻ってきてくれ。現存するすべてのワームホールに、時空接続体の素体を突っ込むことになっているからな。あんたが二一四五年に行くのに使うワームホールにも、容量一杯まで詰め込むことになってる——知ってるか？

〝穴埋め作戦〟だ。

論理攻撃と言われたこともあるが、そんな高尚《こうしょう》なものじゃない。ただの物量作戦だ。ワームホールの時間旅行では、自分がいる時空の過去を変えることはできないし蝶《バタフライ》の羽ばたき《・エフェクト》のせいで、都合の良い未来を作ることもできない。並行宇宙での出来事になってしまうからね。

でも、ひとつだけ方法があった。すべてのタイムゲート・カンパニーが、同時に同じオペレーションを、物理な法則《ドギー》のように、すべての時空で行えばいいんだ。

二二三三年にマザー・アイコという女性が思いついたらしい。きっかけのひとつには、恥ずかしながらおれも関わってしまったわけだが——。

どの時空でアイコが〝穴埋め〟を思いついたのかわからないが、とにかくなにかのきっかけで彼女はこのオペレーションを思いついてしまった。普通ならそんな大それた計画は平均的な時空では実現しないはずなんだが、すべての並行宇宙に重ね合わせできる接続体理論が二七〇〇年代の終わり頃に生まれたおかげで、タイムゲート・カンパニーをすべて置き換えるという彼女のアイディアが可能になってしまった。

できることがわかれば、雪玉を転がすようなもんだ。タイムゲート・カンパニーは過去のワームホールをすべて使い潰し、過去行きの時間旅行はできなくなる。

拡散時代は終わりだ。
だが、まあ、悪くないんじゃないか？　六世紀のあいだ、技術を極限まで発展させた拡散時代は人類を恒星空間まで押し出した。だが、もう限界だ。言葉も通じなくなってる。それに、時空をひとつしか認識できない〝意識〟ってやつは、いくら訓練しても原因を求めてしまうからね。意識と肉体そのものを、複数の時空と並行宇宙に跨《また》がらせる方がいいだろう。戻ってくれれば、あんたもそういう処置が受けられるよ。

タイムゲート・カンパニーの関係者はとっくに時空接続体に置き換わってるが、不便をしてる風はない。二八〇〇年問題――穴埋めオペレーションについてだけ、都合良く記憶をねじ曲げてしまうんだけどな。

おれは例外だ。一度、二五六二年の木星に送り込まれたんだが、ちょいと手違いがあった。リソースの限られてる浮遊構造体《フローター》で、オリジナルとダブった瞬間に検知されちまったんだな。それで、殴り込んできた作業体の姐《あね》さんを怒らせちまった。バラバラに刻《きざ》まれたおれは、半端に初期化された状態で二二三三年に放り出されてしまった。

そこで出会ったカブラキ・ヤシロの五代目に成り代わろうとしたんだが、プログラムと違う状況だったんで、オリジナルをワームホールに放り込む前に、本人だと思い込んでしまった。

そのあと、持続処置したオリジナルと二世紀も同居だよ。笑えるだろう。まあ、こうやって穴埋めの話をできるのは、その間にいろいろ勉強できたおかげなんだけどな。オリジナルと作業体の姐さん？　とっくの昔にタウ・ケチに行っちまったよ。

これから？　おれは今まで通りワームホールを作って、加速器に流す予定だ。〈カブラキ・タイムゲート〉は二八〇〇年から先も、引き続きおれが運営する。万世一系――一代、いや。一人で経営するさ。意識を飛ばすだけじゃあ満足できない酔狂な客もいるだろうよ。

さあて、どうなるかね。

常識で考えるしかないんじゃないか？

じゃあ、行っておいで。

〝No cause, No paradox!（原因なんてなくていい、矛盾はない！）〟

時空争奪

小林泰三

「鳥獣戯画」に生じた奇怪な変化。だがそれは、単なる序章でしかなかった……。

歴史の改変は、時間SFの花形。〝ループもの〟がクロースアップマジックだとしたら、〝歴史改変もの〟は大がかりなイリュージョンか。歴史の流れを川にたとえるなら、自分に都合がいいようにその川筋を変えてしまおうというのが〝歴史改変もの〟ということになる。

だったら、現実の川をめぐる現象を下敷きにした時間SFも考えられるのではないか。ということで、〝河川争奪〟という魅惑的な自然現象をモチーフに選んで書かれたのが本篇。『新版地学事典』（平凡社）によれば、河川争奪とは、「河川が流域を越えて隣の河川の水流を奪う現象。流域境界の位置は、河川の浸食力の違いを反映し、一方の河川の浸食が激しく、河床高度が低い場合には、他方の河川流域に食い込み、ついにはその水流を奪う」。

小林泰三は、この現象に、もうひとつ自家薬籠中のネタをドッキングさせて、思いきり禍々しい結論を導き出す。本書の中である意味もっともダークな一篇かも。

著者は、一九六二年、京都府生まれ。九五年、「玩具修理者」で第2回日本ホラー小説大賞短編賞を受賞。同題の角川ホラー文庫に併録された書き下ろしの「酔歩する男」でSF読者に注目される。これは日本の時間SFオールタイムベスト中篇にもしばしば挙げられる傑作（だが、百六十ページ以上あるため、本書には収録できなかった）。SF短篇の代表作は『海を見る人』『目を擦る女』『天体の回転について』に収録。『天獄と地国』と『ウルトラマンF』で、二〇一二年と二〇一七年の星雲賞日本長編部門をそれぞれ受賞。ホラー、ミステリでも活躍している。

初出：『天体の回転について』ハヤカワ文庫ＪＡ／2010年9月刊

「川はどこから始まるのか、君は知っとるのかね？」教授は神経質そうに眼鏡を弄《いじ》った。

皆が一斉に淀川由良《よどがわゆら》の顔を見る。

どうしよう？　質問の意味がわからない。

顔に血が上る。

「すみません。川っていうのは、どういう種類のものを指すのですか？」

「なんだって？」教授は怪訝な顔をした。「わたしの質問がわかりにくいものだったとでも言うのか？　まあいいだろう。君のために噛み砕いて説明してあげよう。一般的な川を想像して欲しい。山奥の水源と上流、平野を流れる中流、海に近い下流と河口。何十キロメートルにも亘《わた》る川だ。この川はどこから出来上がったか、君はわかっとるのかね？」

由良は目をぱちくりした。

質問の意味はわかったが、意図は不明のままだ。

だが、答えない訳にはいかない。みんながじっとこっちを見ている。由良の答えを待っているのだ。

「ええと。そりゃ、水源でしょ」

教授を含めて、全員がぽかんと由良の顔を見詰め、そして噴き出した。

「なんだよ、そりゃ？」

「全く呆れたもんだよ」

「話にならんなぁ」

教授は苛立たしげに言った。「君はふざけて言っとるのか？　それとも、本気でそんなことを信じておるのか？」

由良は途方に暮れてしまった。「でも、実際そうじゃないんですか？　川というのは山奥で岩の表面を滴る雨水とか、湧き水とかの小さな流れが集まって、出来るもんだと思ってました。それがだんだんと支流を纏《まと》めながら大きくなって、最後に海に——時には湖に流れ込むものでしょう。川の始まりは山奥の源流に決まっています」

「はあ？」教授はぴくぴくと眉間を震わせた。「いったい君は何を言っとるのかね？」

「そちらこそ、何をおっしゃっているのかわかりません。源流が川の始まりでないとしたら、どこが始まりなんですか？」

また、全員がげらげらと笑い出した。

「川の始まりは河口に決まってるじゃないか」学生の一人が半笑いで言った。

「河口だって？」由良は少し腹が立ってきた。「河口は川の終わりだよ。そこから先は海になるんだから」

「いい加減にしろ！」ついに教授が怒り出した。「君は川の事が何にもわかっておらんのか⁉」

「も、申し訳ありません」由良は言い訳を考えた。「わたしはまだこの研究室に来て日が浅いもので……」

「日数など関係ない。ちょっとした思考実験をすれば、答えは自ずから明らかだろう」

由良は目を瞑って考えた。

頭の中で、相変わらず川は山奥から海に向かって流れている。それが逆転する気配はない。

由良は声に出して答える代わりに、ただ首を振った。

「君はわたしの質問の意味を理解していないのだ！」教授は由良を指差した。

「はあ。そうかもしれません」由良はすっかり諦めてしまった。

「君は川を流れる水がどこから来たのかと考えたのだろう」

「ええ。それを尋ねられましたから」

皆がげらげらと笑った。

では、俺は質問を聞き間違えたのか？　それとも、ただ単にからかわれているだけなのか？　からかわれているのなら、ここで怒ってみせるべきだろうか？

由良は少し考えて怒るのを止めた。もし相手が真面目に言ってるのなら、事態はますます悪化することになるからだ。

「わたしは川の水の起源を尋ねたのではない。川の形成段階のことを尋ねたのだ。ここに山奥の水源から河口まで数十キロメートルに亘る川があるとして、その形成はどこから始まったのか？」

なるほど。そういうことか。今ある川は無限の過去から存在しているのではなく、過去のどこかの時代に誕生したという訳だ。その時、どの部分から出来上がってきたのか？

教授の質問はそういう意味だったのだ。

しかし、質問の意味がわかったとしても、結果は同じだった。川の水は源流から河口へと流れていく。大昔であったとしても、それは同じはずだった。

どうしよう？　これ以上同じ答えはできない。

「上流……ですか？」

「はっ！」教授は吐き捨てるように言った。「君は馬鹿か!?」

由良は俯《うつむ》いた。

答えがわからないのはわたしのせいかもしれないが、そこまで言う必要はないだろうと思った。だが、言葉には出さなかった。

「君は上流部分だけあって、中流も下流も存在しない川を見たことがあるのかね？　もちろん『瀬切れ』といって一時的に流れが途切れる場合もあるが、それは元々川があってのことだ。元々川がないのにいきなり上流だけが存在して下流がないとしたら、その上流の水はいったいどこに流れていくというのだ？　どこにも水が流れていかないとしたら、それは川などではない。湖か沼か池か水溜りの類《たぐい》だ」

ああ。そう言えば、確かにそうだ。川の上流部分だけあって、下流部分が存在しないなんてことはあるはずがない。ちょっと考えればわかる。でも、だからと言って、正解はやっぱりわからない。

「では、川はどこからできるのですか？」

学生たちがざわついた。

「さっき、そこの彼が正解を言っていたではないか」教授が溜息混じりに言った。

「えっ。河口からですか？」

「論理的にそれ以外あり得ない」

「だって、河口は川の終焉じゃないですか」

「また、水の流れと川自体の歴史を混同しておるのか！　いい加減にしろ！」

ああ。そうだった。また取り違えてしまった。

だけど、なんだか腑に落ちないぞ。

「でも、ですよ。さっき、先生はわたしが川の始まりは上流だと言った時に否定されました」

「当然だ。そんなことは論理的に有り得ない」

「だったら、最初に河口ができるとしても辻褄は合わないんじゃないですか？　河口の水はどこから流れ込んでくるんですか？」

「上流からだ」

「できたばかりの川には上流はないとおっしゃったではないですか？」

「君はそれでわたしに反論したつもりなのか？」教授は鼻で笑った。

学生たちも鼻で笑った。

「納得のいく説明をお願いします」わたしは食い下がった。

「できたばかりの川が現在と同じ大きさであるはずはなかろう。河口のごく近くに水源から源流、上流、中流、下流、河口が纏まって存在していたのだ」

「それなら、現在の上流部分に、水源、源流、上流、中流、下流、河口が纏まって存在した可能性もあるんじゃないでしょうか？」

「山の中に河口があるって？　その水はどこに流れていくのかね？」

「あっ」

「もちろん、大規模な陸地の隆起があれば、上流部の後に下流部が出来ることもあるだろう。だが、それは一般的な話ではない。通常川は河口から、山の方へと少しずつ成長していくものなのだ」

「つまり、生まれたての川は河口から遡ると、すぐに源流になり、水源があるということですか？」

「それ以外ありえるかね？」

「しかしですね。山の中に河口があるのがおかしいように、海辺に水源があるのはおかしいでしょう？」

いつの間にか、由良の周りに集まってきた学生たちがどっと笑った。

「少しは常識というものを持ちたまえ。水源はどこにでもあるのだ。岩の表面を流れる雨水の滴りや湧水は山奥だけにあるものではない。むしろ湧水などは平地の方が多いぐらいだ。無数にある水源の中で最も海から遠いものをその川の水源と呼んでいるに過ぎないのだ。君はまさか大河の水がたった一つの水源から供給されているとは思ってないだろう」

確かにその通りだ。由良の脳裏に突然海から山へと伸び上がっていく川のイメージが湧いた。大規模な地殻変動でいっきに川が生まれることはあるだろうが、あくまでそれは例外で、普通の川は川下から川上に向かって、ゆっくりと山を浸食しながら伸び上がっていくのだ。

由良は自らの不明を恥じ、俯き続けるしかなかった。

「『鳥獣戯画』に妙な生き物が描かれているのよ」弓利《ゆり》が唐突に言った。

「『鳥獣戯画』？　確か室町時代か何かに描かれた漫画だよな」

「描かれたのは平安時代末期から鎌倉時代よ。日本最古の漫画だと言われているのは本当だけど」

「兎と蛙が相撲とってるやつだよな」

「やっぱり、あなたもそう記憶してるわよね」

「教科書に載ってたからな」

「兎や蛙の他に猿や狐が擬人化されて描かれているの。相撲以外にも狩猟や仏事の様子が描かれているわ」

「まあ、動物を擬人化してるんだから、妙なものになるのは当たり前なんじゃないか？」

「それが最近様子がおかしいのよ。見たこともないような動物というか生物が描かれていて……」

「まあ、空想の動物かもしれないし、当時の日本では実物を見ることができない類の動物なら、変な姿になっても……」由良は弓利の言葉におかしいところがあるのに気付いた。

「今、君『最近様子がおかしい』って言ったよね」

「ええ」

「でも、それが描かれたのは平安時代から鎌倉時代なんだろ」

「ええ」

「じゃあ、『最近、絵の中に妙な動物が発見された』ってことなのかい？」

「まあ、そうとも言えるけど、現状を正しく表現しているとは言えないわ」

「どういうことなんだい？『鳥獣戯画』って別にマイナーな作品じゃないよね」

「ええ。教科書に載っているぐらいだからね」

「だったら、研究者には調べつくされていて、今更新しい絵が見付かるってのはおかしいんじゃないか？　それともあれかい？　物凄い超絶技巧でマイクロサイズの絵が描き込まれていたとか、特殊な墨で描かれていて紫外線を当てると見えるとか、紙を一枚剝がした下に別の絵があったとか、そういうことなのか？」

「そんなんじゃなくて、『鳥獣戯画』がわれわれの知っている――厳密に言うと記憶しているものとは全然別物だということが判明したのよ」

「言っている意味がわからないんだが、つまり僕らが知ってた『鳥獣戯画』は実は偽作で、本当の『鳥獣戯画』は別にあったということかい？　それが最近見付かったと？」

「そういうことでもないのよ。なんというかとても説明しづらいんだけど、わたしたちの記憶の中の『鳥獣戯画』と現実の『鳥獣戯画』の間に乖離が発生したと言えばいいのかしら?」

「ますます意味不明だよ。具体的にどういうことが起こったんだい?」

「ひと月ほど前のことかしら、地方の美術館に置かれている『鳥獣戯画』のレプリカに異変が起きていることに入館者が気付いたのよ」

「奇妙な生物が描かれてたのか?」

「ええ」

「誰かのいたずらじゃないのか? 筆致を似せて、こっそり一、二匹描き込んだんだろ」

弓利は首を振った。「一匹二匹じゃなくて、ほぼ全部の動物が変わっていたの」

「じゃあ、すり替えだろ。酷《ひど》いことをするやつらがいたもんだ」

「慌てた美術館はもう一度複製がとれないかと、京都国立博物館と東京国立博物館に連絡をとったの」

「へえ。二つに分けて保管されてたんだ」

「ところが、それぞれの博物館に所蔵されていたオリジナルにも同じ異変が起きていたのよ」

「いたずらにしちゃあ手が込んでいるね。しかし、オリジナルが行方不明になったら他のレプリカが貴重になるんだろうな」

「ところが、他のレプリカにも一斉に異変が起きてたの」

「そんな馬鹿な。いくらなんでもそんなことをするのは不可能だろう」

「そう。人為的な方法では不可能よね」

「しかし、それは文化財保護の観点では一大事だよ。これからは書物やデータでしか、『鳥獣戯画』を見ることができなくなってしまう」

「それももう無理よ」

「何を言ってるんだ？　無理な訳はないだろう」

「じゃあ、試してみて。机の上にパソコンがあるでしょ」

由良は半信半疑で『鳥獣戯画』を検索した。

現れた画像は見るも忌まわしいものだった。

見慣れた兎や蛙や猿や狐の姿はそこになかった。同じように相撲をとったり、狩りをしたり、読経したりしているのだが、その姿は名状しがたい何ものかになっていた。兎の代わりに何か魚のような顔を持つ不快なものが描かれていた。全身の鱗《うろこ》は半ば腐乱しているかのようで、絵から生臭い臭いが沸き立つような錯覚を覚えた。猿の代わりには有翼の菌類が描かれていた。全身からは禍々《まがまが》しい光を放ち凝視していると何かに侵されていくような奇怪な気分になった。狐は触手に覆われた姿になっていた。その一本一本が奇妙な意識しがたい角度に捩《ねじ》れ、絵の次元すら見誤りかねなかった。そして、蛙は思い出すのもおぞましい不定形のあの姿になっていた。おぞましくも懐かしいあの姿。ふんぐるい　むぐるうなふ　くとひゅーるひゅー　るるいえ　うがなぐる　ふたぐん……

「ちょっと、由良、大丈夫？」

「えっ？」わたしは弓利の言葉で正気に戻った。

今のは何だ？　呪文？　なぜ、そんなものを思い出したのか？　いや。俺はそんな呪文など元々知らなかった。

「こんな馬鹿な。いたずらでこんな……こんな吐き気を催すような絵が描けるものだろうか？」

弓利は頷《うなず》いた。「専門家の意見も同じだった。この猿だったはずの菌類の僧侶が拝んでいる仏像を見て」

「なんだ、こりゃ？」

そこには翼と竜の胴体を持つ頭足類が描かれていた。ぶよぶよと醜く膨らみ、今にも絵からはみ出して、外に流れ出そうだった。

「ある種の秘密宗教が奉ずる神格に酷似しているそうよ」

「じゃあ、そいつらが犯人に決まったようなものじゃないか。組織的かつ計画的な手段で各地の博物館・美術館に潜り込んですり替えを行い、同時にクラッキングを繰り返してデータを改竄《かいざん》した」

「もし組織的にこれを行おうとしたら、全人口の数パーセントは必要だわ」

「まさか、確かに大人数は必要だが、それほどまでは必要ないだろう」

「でも、一軒一軒の住居に見付からずに忍び込んで書籍を全部差し替えるなんてことは並大抵の信者数では不可能だわ」

「一軒一軒の住居に忍び込む必要はないだろう」

「どうして？」

「主だった博物館・美術館のレプリカをすり替えるだけで、かなりの騒ぎになる。それで目的は達成されるんじゃないか？」

「でも、現に各家庭の書籍に異変が起きているわ」

「……今、なんて言った？」

「現実に図書館や書店だけではなく、各家庭にある『鳥獣戯画』の図版が入れ替わっているのよ」

「そんな馬鹿な。ちょっと待ってくれ」由良は本棚をひっくり返し、高校時代の日本史の教科書を探し出した。

それは確かに由良が使い古した教科書だった。こんなものを改変するなんて手間を考えると到底ありえない。

由良は震える手でページを捲《めく》った。

「鳥獣戯画」

確かにキャプションにはそうあった。だが、それは見るもおぞましい怪物の絵だった。

そのページに細工された形跡はなかった。それは最初からそういう絵が載っていたとしか思えない代物だった。

由良は図の説明を読んだ。

人物や動物を扱った戯画。特に甲巻の……、……、……三種類の擬人化が秀逸である。

その部分には見たこともない文字が書かれていた。人類の生み出した文字とはとても思えない。そんな活字が存在できることすら信じられなかった。

「なんなんだ、これは？」

「可能性としては二つ。全世界の『鳥獣戯画』に関するすべての印刷物、電子データが巧妙に改竄されたか、もしくは全人類の記憶が改変されたかよ」

「この『鳥獣戯画』が本物で、俺たちの記憶の方が改変されたって？　いやいや。とてもそんなことは信じられない」

「じゃあ、誰かが全世界の書籍をすり替えたという方の仮説を信じるしかないわね」

「ここに載っている説明文を書いた人間がいるはずだろう。『鳥獣戯画』の解説を書いた人間はなんと言っている？」

「解説者たちは書いた事実自体は覚えているけど、このような奇怪な存在について解説した記憶はないと口を揃えている。ただし、その文章は自分が書いたものだとしか思えないとも言っていた」

「全部、本当のことなのか？」

「これだけ証拠を出しても疑うの？」

「だって、これだけの大事件が起きたら、大騒ぎになっているはずだろ」

「ええ。大騒ぎになっているわ」

「いや。そんなはずはない。俺は毎日ネットでニュースをチェックしている。騒ぎになっていれば、絶対に気付いたはずだ」

「ひと月前の日付のニュースを検索してみて」

由良は自分の目が信じられなかった。確かにニュースで大々的に取り扱われている。

「俺はどうかしちまったのか？」

「心配しなくてもいいわ。個人間で記憶の揺らぎがあることがわかっているから」

「記憶の揺らぎ？」

「一年前には『鳥獣戯画』にはなんの異変もなかった。これは皆の意見が一致しているところよ。でも、このことが話題になった時期については、人によって微妙にずれが存在しているのよ。今わたしと話したことで、あなたはこの現象に初めて気付いたけれど、もしわたしがこの話を持ち出さなかったら、ずっと改変に気付かなかったかもしれない」

「だとするとやはり記憶の方が改竄されているということなのか？」

「そうだとは限らない。すべてのデータを改変する力が存在するのなら、人間の記憶もある程度その力に影響を受けるのかもしれない。その影響の強さに個人差があるとしたらどうかしら？」

「もう何がなんだかわからなくなってきたよ」

「とりあえず、『鳥獣戯画』の時代以前にはこの現象はみられないことは確かよ。つまり、歴史への干渉が始まったのは、この時代以降ということになる」

「何を言ってるんだ？」

「歴史への干渉よ。これほど広範囲の改変を行うには過去に遡《さかのぼ》って『鳥獣戯画』の作成過程に干渉するのが自然だわ」

「自然って、それは論理の飛躍が過ぎるだろう。歴史改変だとしたら、『鳥獣戯画』だけに収まっているのはおかしいだろ」

「教科書を捲ってみて。『源氏物語絵巻』はどうなっているかしら？」

『源氏物語絵巻』の図にはちゃんと光源氏と紫の上が描かれていた。しかし、その周囲に不吉な影が浮かび上がっていた。それは名状しがたい姿と胸糞悪い色使いで、『源氏物語』の登場人物たちにまとわり付いていた。登場人物たちはまるで、その影がないかのように、それぞれの役を演じている。そして影たちのいくつかは登場人物と融合しようとしているように見えた。

「突然こんな絵になったのか？」

「絵は少しずつ変化している。怪物たちの姿は少しずつ濃くなり、ゆっくりと源氏たちに近付き、融合して入れ替わろうとしているように見えるわ」

「どのように変化したか記録したものはいないのか？」

「画像データを保存してもそれ自体が変化してしまう。スケッチしたものも同じよ。描いた人のタッチはそのままで変化してしまうの」

「この現象は『鳥獣戯画』と『源氏物語絵巻』だけに起きているのか？」

「変化はすべての絵画や古文書に現れているわ。最初は十二世紀辺りの作品に始まって、それからだんだんと新しい時代の作品にも変化が現れてきている。今は十九世紀の半ばぐらいの作品にかすかに変化が出ているわ」

「小説や映画にも影響が出ているのか？」

「古い小説はおぞましいことになっているわ。精神を正常に保ちたいのなら、読まない方がいい。映画はまだ影響が出ていない。映画作品が作られるようになったのは十九世紀末だから、そろそろ影響が出始めてもおかしくないけれど」

「このままだとまもなく、変化は現代に到達するんじゃないか？」

「そう予想されているわ」

「現代に到達したら、何が起こるんだ？」

「予想も付かないわ。でも間もなくわかる」

「河川争奪も知らないのか」教授の額に深く縦皺が刻まれた。「君は何を学んできたのだ？」

「それが一般的な言葉だとは思えないんですが」わたしはおずおずと反論した。

周りの学生たちの表情は前にも増して非人間的なものになっていた。肌の色は青ざめているのに異様に脂ぎっていて、目がぎらぎらと見開かれていた。

「一般的かどうかはどうでもいい。問題は君がその言葉の意味を理解していないという点だ」

学生たちの歯の間から蛇の鳴き声のようなしゅっしゅっという笑い声が漏れた。

「推測でもなんでもいいから、君の思うところを述べてみたまえ」

「ええと」わたしは「河川争奪」という語感から思い付くことを言ってみることにした。「江戸時代以前の農村間で行われた水利権争いのことですか？　村同士が農業用水の源となっている川を巡って戦闘状態になったんでしょ」

しゅっしゅっしゅっ。

生臭い臭いがほの暗い空間に広がる。

「馬鹿か、君は⁉」教授の表情は激怒のそれに変わった。

「河川争奪というのは、歴史用語ではなく、地質学のそれだ。争奪を行う主体は農民ではなく、河川それ自体だ」

「河川が争奪するというんですか？」わたしは面食らった。「いったい何を争奪するんですか？」

「河川が別の河川を争奪するのだ。厳密に言うと、他の河川の一部分をだ」

河川が他の河川の一部を争奪する。

全くイメージが浮かばない。

「まさか冗談ではないですよね」わたしは、はは、はは、と笑った。

学生たちの冷たい目が暗闇に光を放っていた。

「冗談は好かん」教授は続けた。「川は河口側から徐々に上流に向けて成長する。これは知っとるな」

「はあ。伺いました」

「浸食力の強い川がどんどん上流側に成長していく過程で別の川筋に浸入してしまうことがある」

「二つの川が繋がってしまうのですか？」ようやくイメージが浮かんできた。「つまり、同一の上流部を二つの川が共有するわけですね」

「共有は一時的だ。三角州や扇状地などで川がいくつかに分流することはあるが、全く別々の川が繋がって、なおかつその状態が継続することは稀だ。そのような状態にある川は極めて不安定だと思って、まず間違いない」

「では、いったいどうなるんですか?」

「浸入された側の川は上流部を失ってしまうのだ。数十万年をかけて成長してきた上流部を一瞬で別の川に奪われてしまう。そして、その部分より下流側だけが残される。つまり、小さく短い川に戻ってしまうのだ。浸入してきた川の側からすれば、上流部を奪ったことで急速に大河に成長できるという訳だ。これが河川争奪だよ」

「しかし、川には意識はない訳ですから、『争奪』というのは擬人化が過ぎるのではないですか?」

「擬人化が過ぎるだと? 君は川をなんだと思っとるのかね?」

「川は川です。地形です」

「川は生き物だ。河口部から高地に向けてゆっくりと成長する生命だとは思えないのかね?」

「いや。それはそう見えるだけで、生き物とは全然違いますよ」わたしは少々むきになって反論した。「じゃあ、何ですか? 庭に溝を掘って水を流したら、生命を作り出したことになるんですか?」

しゅっしゅっしゅっ。

どす黒い気配に包まれた。

「人工的な溝と天然自然の川を一緒にしては拙《まず》いよ、君」教授は突然穏やかな物言いになった。「川はそこを流れる水と藻類や魚類や両生類や昆虫や鳥類や哺乳類たちと一体となり、何十万年もの時間をかけてゆっくりと成長している。枯れることも氾濫することもある。周囲の環境とも相互作用している。これが生命でなくて何だというのかね？」目は笑っていない。いや、むしろ表情が読み取れない。

「ああ。川の中の生命を含めれば確かにそうですね。小型のガイア仮説みたいなものでしょうか」

川の中の生き物まで含めるのはずるいだろ。生物が含まれる系を外から見れば、それ自体が一つの生命に見えるのは当たり前だ。

だが、わたしはあえて逆らわないことにした。

しゅっしゅっしゅっ。

部屋は殆ど真っ暗になった。

わたしは耐えられなくなった。

「ああ。もう皆が知っているよ」友人の東が言った。

「知ってるって、おまえ平気なのか?」

「平気も何もそういうことになっちまってるんだから、もう仕方がないだろう」

「しかし、何者かが過去に干渉しているなんて不安じゃないか」

「どうして?」

「どうしてって、過去が変わったら、現在も変わってしまう」

「そりゃそうだろう。上流の川筋をずらしたら、下流にも影響が出るからな」

川だって?

なんだか、不吉な思いが過《よぎ》った。

なんだろう? 同じようなことを聞いたような気がする。確かセミナーか何かだったような気がするが、あれはいつのことだったのか……。

「ただ、相当大規模な川筋の変更でなけりゃ、まあ下流部分は元のまま落ち着くんじゃないかな」東は暢気《のんき》な調子で言った。

「それってあれか? 過去に干渉を受けても未来は自動的に修復されるってことか?」由良は藁《わら》にもすがる思いで言った。

「修復とはちょっと違うかな。川筋自体は変わっちまうんだから。水は低い方に流れる性質があるから、結局は元の川の跡に流れ込もうとする訳だ。ただし、川筋が無理やり変えられている部分のすぐ下流は多少のずれは残るだろうが」

「つまり、干渉を受けた部分はそのまま歴史から逸脱するけど、遠い未来になれば元の歴史の流れに戻るってことか？」

「そうかもしれんてことだ。まあ、時間に対する水のアナロジーがどこまで通用するかわからんので、検証しようもない話だけどな」

「干渉を受けたのが平安時代だとして、元の流れに戻るのはどの時代からだろう？」

「それも推測の域は出ないが、現にこうして現在に影響が出ているからには、今より遙かに未来の時代だろう」

「そうか……」

「どうした？　随分気落ちしているじゃないか」

「そりゃそうだろう。俺たちの歴史が変わっちまうんだから」

「歴史って要は過去だろ。だったらどうでもいいじゃないか」

「どうでもいい？　過去というのは、つまり今まで俺たちが生きてきた世界だぞ。それがなくなったら、拠り所がなくなってしまう」

「馬鹿馬鹿しい」東は鼻で笑った。

「過去なんてつまり思い出の中にしかないもんだ。それが実在しようがしまいが、どうせ過去に行くことなんてできやしない。俺たちが生きるのは未来だ。過去なんか、作り変えたいやつが勝手に作り変えてしまえばいい」

「未来だって同じさ。未来は過去の集積なんだから」由良は東の楽観主義を批判した。

「過去が変わってしまったんなら、未来も変わってしまうかもしれない」

「それがどうした？　どうせ未来なんか元々わからないじゃないか。それが変わったって別に構やしないさ」

「そんなことはないだろう。本来俺たちが生きるはずだった未来が別のものになってしまうんだから」

「それのどこがいけないんだ？」

「だって、その……」由良は東の反論に意表を突かれ、戸惑ってしまった。「未来の平安な生活が壊されてしまうかもしれない」

「未来に平安な生活が約束されているって、どうしてわかるんだ？　逆に悲惨な未来を快適な未来に変えてくれたかもしれないじゃないか」

「あの改変された作品を見ていると、とても快適な未来が待っているとは思えない」

「それは現時点のおまえの主観的な感想に過ぎない」

わたしは東の部屋の中を見渡した。「このアパートは築何年だった？」

「三十年て言ってたかな」

「そろそろ変化が始まってるよな」

東は頷《うなず》いた。

床は、畳ではない腐敗臭のする何かの植物の繊維で編まれた絨毯《じゅうたん》に置き換わっていた。壁は見たこともない黒い光沢のある鉱物で、天井には見るもおぞましい半透明の生き物たちが這いずり回っていた。しかも床、壁、天井は垂直に交わってはおらず、何かの特殊な角度を持っており、気を許すと向こう側に引き摺り込まれそうな予感に苛《さいな》まれた。

「俺が心配しているのは俺たちの精神の方だ」由良は言った。

「この状況に耐え切れずに崩壊してしまうとでも？」

「それもある」

「それだけじゃないと？」

「なぜ俺たちの精神だけ変化しないんだ？　歴史への干渉の結果として、世界のあらゆる事物は変化しつつある。なのに、俺たちの精神と記憶は元のままだ。もし過去が変えられたのなら、俺たちの精神と記憶も変化してしまい、変化したことにすら気付かないはずだ」

「しかし、現にそうはなっていない。人間の精神は時空と複雑な結び付きをしているからそうは簡単に変化しないのかもしれないじゃないか」

「そうだったらいいのに」由良は悪寒《おかん》を覚え両腕を摩《さす》った。

「いったい何を心配しているんだ？」

「俺たちはこの変わりつつある世界と強く結びついていないのじゃないかということだ。

世界の変化に追随せずに上滑りしているんじゃないかということだ」

「そうだとしたら、どうなるというんだ？」東は青ざめた。

「俺たちは世界に置いていかれる。それがどういうことなのかはわからない。ただなんとなく、川筋の変化に追いつけず、湾処《わんど》に取り残される魚が連想されるんだ」

混沌どもが二人の周りを這いずり始めた。


「では世界はどこから始まるか答えなさい」教授は怒りを隠そうともせずに言った。

わたしは周囲を見回した。

異形の学生たちが泡交じりの唾液を垂らしながら、虎視《こし》眈々《たんたん》とわたしを見詰めていた。

ああ。では、まだセミナーは続いていたのだな、と思った。

「あえてどこかから始まるとしたら中心部ではないでしょうか？　微惑星が集積して原始惑星となり、その過程で重い元素は沈み込んで核となります。海や大気ができるのは……」

「愚か者め！」教授はどこから取り出したのかステッキでわたしの頭頂部を打擲《ちょうちゃく》した。

「うわあ!!」わたしは頭を押さえ、床を転げまわった。

「わたしが『世界』と言ったら、地球などというせせこましいところの話をしとるのではないわい！」

「それでは何のことを仰っているので？」わたしは額に流れる血を袖で拭い、ようやくのことで立ち上がった。

闇の中で、学生たちが鳥肌が立つような奇声を上げた。たぶん笑っているのだろう。

「宇宙だ。世界というのは宇宙のことだ」

「さあ、宇宙には中心と呼べるような場所はありませんから、全部が同時に生まれたのではないですか？」

ステッキが真横から右耳を襲った。

首が変なふうに曲がり、わたしは床に叩きつけられた。

「ふざけたことを言っている暇があるのなら、少しは頭脳を使いたまえ」

そうだ。宇宙とは時間と空間の両方に広がる四次元的な領域であるはずだ。だとしたら、時間的には等方的ではない。時間領域は宇宙の一部分といってもいいだろう。

「わかりました。宇宙の始まりはビッグバンです」

ステッキがわたしの鳩尾《みぞおち》をついた。

わたしは物凄い勢いで何かを吐き散らした。胃液なのか、未消化の食物なのか、それとも血液なのか。

わたしは呻《うめ》きながら、立ち上がろうとした。

右耳が妙な具合になったのか、聞こえなくなっていた上に、平衡感覚もおかしかった。

その時になって、教授が振り上げているのはステッキではなく、鉤爪《かぎづめ》だということに気が付いた。

「君はわたしの話を何一つ聞いていなかったのか!?」

「いいえ。聞いておりました」わたしは蚊の泣くような声で言った。「何一つ聞き漏らしはいたしませぬ」

「君は同じ間違いを繰り返した。君は川の始まりを水源だと言い、今度は宇宙の始まりをビッグバンだと言った」

ああ。先生は何を言っているのか。

「確かに川を流れる水は水源から河口へと向けて流れていく。だが、川自体は河口から出来上がっていき、現在の源流は最後に出来たものだ。それと同じように、宇宙を流れる時間は開闢《かいびゃく》から終焉《しゅうえん》へと流れていくが、宇宙自体はまず終焉から誕生し、そしてその開闢である ビッグバンは最後に出来上がったのだ」

「すみません。わたしには先生が何を仰っているのか……」

「まだわからんのか!!」教授は腐臭を放つ涙を流していた。

「しかし……」

教授は高く飛び上がると、わたしの腹の上に鉤爪を突き立てるように落下した。

わたしは一瞬全身をくの字に曲げ、そしてばたんと一文字に伸ばした。

「きさまにはわたしの気持ちなぞ何一つわかりはせぬのだ!!」

教授は泣いていた。いや。目から流れるものは眼球だったのかもしれない。

学生たちもじゅるじゅると音を立てて泣き流していた。

「奇妙な話を思い出した」わたしはぽつりと言った。

「もう奇妙なことには慣れっこだろう」

「宇宙は終焉から始まったという」

「それのどこが奇妙なんだ？」

「だって、終焉と言えば終わりのことではないか。始まりは開闢に決まっている」

「君は何の始まりの話をしているんだ？」

「だから、宇宙の始まりだよ」

「だとしたら、君は論理的な誤りを犯している」

「物凄く単純な言説だ。誤りなど有り得ない」

「では聞くが、川の始まりはどこだろうか？」

「源流部の水源ではなく、河口だと言うのだろう」わたしはうんざりと答えた。「それはもう何度も聞いたよ」わたしはなぜか吐き気を覚えた。

「でも、水源は何かの始まりなんだろ？」

「ああ。水の流れだ。水は水源から河口へと向けて延々と流れ続ける」

「それと同じだ。時間は宇宙の開闢から終焉へと向けて延々と流れ続ける。ここに川がある。手で水を掬《すく》ってみよう。この水はどこから来たのか？　もちろん上流にある水源からだ。だが、この川自体は水源から生まれたのではない。最初は河口なのだ」

「それは理解できる」わたしは頭を押さえた。「もうその話は終えてくれ」

「宇宙だって同じだ。我々の知っている時間は開闢から終焉に向けて流れている。しかし、この宇宙自体はどうだろうか？　宇宙とは過去や未来を含めた全四次元時空のことだ。それが開闢から出来上がったはずはなかろう」

「開闢からできあがったとして何が拙いんだ？」

「それは拙いよ。開闢だけあって終焉がなかったら――過去だけがあって未来がなかったら、いったい時間はどこへ流れていくと言うんだい？」

「ちょっと待ってくれ。何かがおかしいぞ。終焉のない開闢が矛盾すると言うのなら、開闢のない終焉も矛盾するのではないか？」

「水源がどこにあってもおかしくないように、終焉のほんの少し過去に開闢があってもおかしくはないだろう。生まれたての宇宙だって開闢と終焉が揃っている。ただ、それが非常に近いというだけだ。生まれたと思ったら、次の瞬間にはもう終わっている」

「終わってしまったのなら、もう成長しようがないだろう。未来がないのだから」

「その宇宙の中の時間の流れに乗って観測すれば、そういうことになるだろう。だが、宇宙の外に視点を移してみようじゃないか。それは開闢と終焉を持つ生まれたての小さな宇宙だ。生命や文明が生まれる余裕はない。しかし、宇宙は成長を始める。ちょうど川が上流に向けて成長していくように、宇宙は少しずつ過去へ向けて成長を始めるのだ。開闢は徐々に終焉から遠くなる。最初は開闢から終焉までプランク時間の長さしかなかったのが、一秒になり、一日になり、一世紀になり、百万年となり、一億年となる。その辺りで生命を育むのに充分な時間を持つようになる。だが、まだ文明を持つには至らない。生命が知性を獲得するまでに宇宙は終焉を迎えてしまうからだ。さらに宇宙は成長を続ける。十億年、二十億年。その辺りで、知性を獲得する生命体が宇宙のあちらこちらにちらほらと現れる。だが、そこでおしまい。宇宙は終焉を迎え、生命と文明は消え去ってしまう。さらに宇宙は成長を続ける。そして、生まれる文明の数は徐々に増えていく。宇宙が充分に大きくなると、ついには成熟した文明も現れる。そして、銀河帝国の誕生だ。そして、終焉。さらに宇宙は成長を続ける。銀河帝国は別の銀河帝国と出会い、そして戦いや融和の後、超銀河帝国を形成する。そして、終焉。さらに宇宙は成長する……」

「もういい。わかった」

「何がわかったと言うのだ？」

「宇宙の成り立ちさ。宇宙は終わりから始まった。そして、少しずつ過去へと成長していった。そういうことが言いたいのだろう」

「それが事実なのだ」

「それが事実であったとしても、今の我々にどういう関係があるのだろうか？」

「関係あるも何も今もその宇宙の中に生きているじゃないか」

「しかし、我々は開闢を覚えていない。そして、終焉を見ることはないだろう。始まりから終わりまでは百億年単位で数えなければならないが、我々の時間はせいぜい百年単位だ。ましてや時間外の現象である宇宙の成長なぞ、想像も付かない話さ」

「君個人にとってはそうかもしれない。しかし、人類の文明にとってはどうだろうか？　我々はやがて星々を支配し、銀河帝国を建設し、超銀河帝国の構成要素になる。開闢のありさまを再現し、終焉を見極めることもできるだろう」

「それでも時間外の存在になることはできない。終焉まで生き延びることだって気が遠くなるような話なのに、宇宙の成長なんか気遣っていられるものか」

「だが、君は大事なことを忘れている」

「何を忘れている？」

「この文明に起きていることとさ。歴史への干渉。干渉の主体はいったい何者だ？　時間外の存在の影を感じないか？」

　わたしは耐え難い憤《いきどお》りを感じた。何者かに自らの文明を弄《もてあそ》ばれているというとてつもない不快感。

それに……。

「俺は何をしているんだ？」

「そう。君は何をしているんだ？」

「いったいなぜ俺は長々と独り言を続けているのか？」


見上げると、闇の中に無数の顔が浮かんでいた。

それは血と吐瀉物に塗《まみ》れたわたしを蔑《さげす》んでいるかのようだった。

ああ。好きなだけ、嘲笑《あざわら》うがいいさ。

しかし、それはてかてかと光沢のある魚の顔で一様に無表情だった。ただ、周期的にぱくぱくと口を丸く広げている。瞼のない目でじっと由良を見詰めていた。

「どうなのか⁉　君は理解したのか？」

たぶん言ったのは教授だろう。そう思ったのは、その顔にまだ仄《ほの》かに怒りの表情が漂っていたからだ。

はい。先生。

そう言おうとしたのだが、何かが喉の奥からごぼごぼと噴き上げてきて、何も喋れなかった。

「ふん！　返事もできないとは情けない」教授は吐き捨てるように言った。
わたしは声を出す代わりに腕を挙げようとした。しかし、すぐに力尽き、床に落ちる。
ぴちゃ。
粘りのある液体が跳ねる。
「時空争奪について知っていることを述べよ」一匹の学生が言った。
初めて聞く言葉だ。答えられる訳がないじゃないか。
いや。待てよ。似たような言葉を聞いたことがある。
あれは何だったっけ？
河川争奪。
そう。河川争奪だ。
推測するんだ。河川は何かと似ていなかったか？
そうだ。宇宙だ。
きっと、時空とは宇宙を指すんだ。
よかった。やっと質問にまともな答えができる。
先生、時空争奪とは、宇宙が別の宇宙の時空領域を奪ってしまうことです。
これでいい。完璧だ。
「早く答えないか！」教授は鉤爪をわたしの腹に食い込ませた。

どうしたというんだ？　何が拙かったのか？

「こいつが答えないのは知らないからだ」魚が言った。

失敬な！　俺はちゃんと答えている！

「その通りだ。こいつは知らないのだ」教授が頷いた。

その時になって漸《ようや》く気が付いた。由良は何も喋っていなかった。喉からは声の変わりに大量の血が出ていたのだ。

「誰かこいつの代わりに答えられるやつはいるか？」

　魚たちは胸鰭《むなびれ》を挙げた。

「よし。君、答えなさい」

　答えなくていい。俺が答えたのだから。

「時空は終焉から始まり、過去へ過去へと成長を続けていきます。その成長の先端には常に開闢が存在します。しかし、同じ開闢ではありません。開闢は発生すると同時に宇宙の歴史に飲み込まれ、そしてさらに過去に新たな開闢が生まれるのです。この繰り返しにより、宇宙は過去へ過去へと時空領域を広げていきます。そして、その成長の先端が別の宇宙に侵入した場合、侵入された側の宇宙は時間の流れと時空領域を奪われます。つまり、侵入した側の宇宙はいっきに膨大な時空領域を自らの歴史の過去として手に入れることになるのです。反対に侵入された側の宇宙は築き上げてきた膨大な過去を歴史から奪い取られ、未熟な宇宙に戻ってしまうのです。これが時空争奪の簡単な説明です」

魚たちはぴちゃぴちゃと鰭を叩いた。

「よろしい。ほぼ完璧な解答だ」教授は満足げに言った。「それに較べて、こいつの体《てい》たらくはどうだ!」

魚たちは一斉に由良に向けて唾を吐きかけた。「この面汚しめが!」

いいえ。わたしは答えました。正しく見事に答えられたはずでありました。

「今の解答に付け加えることはあるか?」

「はい。先生」別の魚が鰭を挙げた。

「何だね?」

「時空争奪を観察する絶好の機会が到来しているのではないですか?」

「その通り。鋭いところをついてくるな。確かに、時空争奪の観察には絶好の機会だろう。河川争奪が行われる地点で川筋が大きく変化するように、時空争奪が行われる時点では歴史がそれまでとは大きく変化する。現在はその変化する領域の縁に相当するのだよ」

しかし、先生、歴史自体が変化するのなら、その中にいる者も一緒に変わってしまい、自分たちが変化したことにすら気付かないのではないですか?

由良は血を吐いた。

「しかし、先生」魚が生臭い息を吐いた。「歴史自体が変化するのなら、その中にいる者も一緒に変わってしまい、自分たちが変化したことにすら気付かないのではないですか？」

「川筋が変化してもすべての水が浸入した川に流れ込むのではない。川は干上がったかのように見えて、その少し下流が新しい水源となって、流れが始まるのだ。それと同じことだ。宇宙はすべて飲み込まれてしまうのではない。時空がなくなった少し未来で、新たな開闢が生まれる。そちらに流れ込んだ者にとっては、川筋の乱れ、歴史の乱れを目の当りにすることになる。もっとも、そのような不安定な状態はすぐに過ぎ去り、再び安定した時間の流れに戻るんだがね。ただし、過去の歴史はもう戻ってこない」

では、これが時空争奪なのか？　俺はそれに巻き込まれてしまったのか？

「ああ。そうだよ」教授が言った。「今、この時間は二つの宇宙の両方に共有されている。でも、そんな不安定な状態は長くは続かないのさ。だから、もうすぐわたしたちはお別れだ。二度と会うことはないし、会ったという歴史も消滅する」

鉤爪は由良の下腹部に深く突き刺さった。

「俺はどうなってる？」わたしは人影に尋ねた。

「どうにもなっちゃいないぜ。とりあえず、今現在はな」

人影は人ではないようだったが、どんどん人の姿に似ていく。

「おまえは何者だ？」

「ちょうど微妙なところだな。まあ、何者でもないと言っておこうか？」

「そうか。おまえは侵略者だな」わたしは強い怒りを感じた。

「侵略者？　そりゃ人聞きが悪い。俺たちが何を侵略したって言うんだ？」

「この宇宙さ」

「この宇宙はお前たちのものさ。これからの未来はな」

「お前たちが侵略したのは、俺たちの過去だ」

「別に侵略なんかしてないさ。過去は過去のままだ。まあ、ここ十世紀ほどの歴史の流れは多少変わったが、侵略したわけじゃない。歴史が変化したのは自然の営みだ。俺たちが意図した訳じゃない。そもそも俺たちはもうこれ以上過去に行く気はさらさらない。俺たちは俺たちの未来に進むだけだ」

「お前たちは俺たちの時間を盗んだんだ」

「まあ、その言い方が一番的を射ているかな。まあ、自然の法則だよな。俺たちの宇宙のビッグバンがだんだんと過去の方向に伸びていって、お前たちの宇宙に食い込んだんだ。それは、お前たちの宇宙の平安時代の末期から現代にかけての時代に当たっていた。そこから、お前たちの宇宙の過去の時間の流れは俺たちの宇宙の方に流れ込んだ。つまり、おまえたちの過去は俺たちの過去になろうとしているって訳だ。単にそれだけのことだ。俺たちはお前たちの未来も過去もそして現在も侵略してはいない」

「侵略者でないと言うのなら、いったい何なんだ？」

「敢えて言うなら、争奪者かな？　まあ、自分でそう認める訳じゃないけどな」

「これは全くの偶然だったというのか？」

「全くの偶然というのは言いすぎだな。まあ、俺たちも困ってた訳だ。何と言うか俺たちの宇宙には歴史がなさ過ぎた。科学技術はそれなりに発達していたから、ビッグバンまで時間を遡って調査した訳だよ。なんとか、宇宙の成長速度を速める方法はないかってね。結局、成長速度の方は無理だったけど、ビッグバンの先端を少し遡った過去でいいものが見付かったんだ」

「この宇宙か？」

「ああ。そうだ。さっきも言ったように、俺たちの科学技術は充分に発達していたものだから、成長の方向をちょっとだけこの宇宙の方に修正したって訳だな」

「畜生！　やっぱり、この宇宙を狙ったんじゃないか！」わたしは人影に殴りかかった。

人影はするりとすり抜けた。「おや。当たらなかったな。時間の流れが分離しかかっているから、相互干渉が鈍りだしたようだ」

わたしは勢い余って、両手を付いて倒れてしまった。「いったいなぜなんだ？　どうして、俺たちの時空を争奪しようとしたんだ!?」

「さっきも言ったように、宇宙に歴史がなさ過ぎたのさ」

「宇宙が若くて何が問題なんだ？　エントロピーだってまだ少ないんだろ」

「確かにエントロピーの総量は少ないさ。だけどね。あまりに若くて貧弱な宇宙には、エントロピーの捨て場所さえないんだ。それはもう困ってたんだ。なにしろ俺たちは科学技術だけはとんでもなく発達しているから、エントロピーの捨て場所はいくらでも必要だった」

「俺たちのエントロピーの捨て場所がなくなるのか？」

「そりゃ、お前たちの宇宙は若くて貧弱な宇宙になるからね。でも、宇宙が若くて何が悪い？」人影は皮肉げに笑った。

「お前たちは俺たちの宇宙が築き上げてきた何百億年という歴史を奪ったんだ。それは俺たちのものだったのに……」

「それはお前たちがそう思い込んでいるだけさ」

「何のことだ？　俺たちに歴史を返してくれるというのか？」

「そうでなくて、お前たちの宇宙が何百億年という歴史を持ってたというのが単なる思い込みだということだ」

「最新の天文学の成果によると……」

「そんなことを言ってる訳じゃない。この宇宙の過去が元々お前たち自身のものだったたっていうのは、お前たちの思い込みだということだ」

「どういうことだ。この宇宙は俺たちのものに決まってるじゃないか」

「お前たちの世界で最も信仰されている宗教はアブラハムの宗教だということは知ってるな」

「ああ。ユダヤ教、キリスト教、イスラム教という三つの派閥に分かれてはいるがな」

「アブラハムの宗教では世界が生まれてまだ六千年足らずだと言われているだろう」

「それがどうしたんだ？　ただの神話だ」

「それが元々のお前たちの宇宙の年齢だったんだよ」

「馬鹿な！　神話と事実をごちゃ混ぜにするな」

「それは事実だったんだよ。この宇宙の年齢はほんの数千年だった。だけど、この宇宙が別の数百億年の寿命を持つ宇宙の時空領域を争奪したんだ」

「いい加減なことを言うな！　神話を持つ宗教はアブラハムの宗教だけではない、例えば仏教では一劫《こう》という年月の単位があって、一説によると、四十億年以上の時間を表すと……」

「仏教の神話の多くはバラモン教に由来する。バラモン教が成立したのは、紀元前十世紀以前だ。それに対し、旧約聖書が成立したのが、紀元前六世紀辺り。つまり、この間のどこかで、時空争奪が行われたということだ。アブラハムの宗教は元々お前たちが持っていた信仰だった。だが、バラモン教は争奪先の時空にあったものだ」

「でたらめだ！」わたしはむきになった。

「でたらめだと思うのなら、そう思えばいいさ」声が遠くなった。「どうせ、まもなく流れが完全に途切れる。アブラハムの宗教もバラモン教もお前たちのものではなくなるんだ。どちらもこれからは俺たちの歴史となる」

「俺たちも加害者だったというのか？　仮令《たとえ》そうだとしても、お前たちが一方的な加害者だという事実は動かない」

「それはどうかな？　おかしいと思わないか？　貧弱な若い宇宙にどうして、俺たちのような超絶科学を有する種族が存在できたのか？　長い進化の末に知性と文明を獲得したと考えるのが自然だろう。俺たちもまた自らの過去を争奪され、未熟な宇宙に閉じ込められていたのさ」

「俺たちを加害者に仕立て上げて、自分たちは被害者面《づら》をするつもりか⁉」

「信じたくないのなら、別に信じなくていいさ。事実上、時空争奪は完了してしまったんだから、俺たちがそのことについて言い訳する理由はない。そもそも俺とお前が出会っているこの時間は不安定な過渡状態で存在するだけで、本来どこにも存在しない。だから、こんな会話があったという事実すら存在しなくなる」

　わたしはとてつもない無力感に襲われた。侵略は滞りなく進められ、そして、そのような侵略があったという事実すらなくなってしまうのだ。

「過去がお前たちに争奪されたら、俺はどうなるんだ？」

「未来のお前のことか？　まあ、今までより、多少不便な宇宙に住まなくてはならないかもしれないが、それが当たり前になるから、気にしなくてもいいよ。俺たちほどじゃないだろうけど、発達した科学文明を持ってるんだから、またどこかの宇宙を争奪するのもいいんじゃないかな？」

「過去の俺はどうなるんだ？　昨日までの俺は？　いや。一時間前までの俺は？　一分前までの俺は？」

「心配するな。ちゃんと俺が引き継ぐから」争奪者の姿がついに明確になった。「今から、過去のお前は過去の俺になるのだ」淀川由良が言った。

わたしは何者でもないものになった。

そして、天地創造が始まった。

わたしは今誕生した。わたしに過去は存在しない。世界が今誕生したのだから、当たり前だ。だから、思い出そうとしても、もちろん何一つ思い出すことはない。

開闢の直後だというのに、どうして自分に知性があり、文明世界に住んでいるのかは不思議だったが、それは追々解明されていくことになるだろう。

空間、時間、物質、エネルギー、情報――すべてにおいて未完成な出来たての宇宙では、何を始めるのにもいろいろと支障をきたすだろう。しかし、何か解決方法があるはずだという奇妙な確信があった。そう。大いなる準備期間が始まったのだ。

なに。焦る必要はない。

我々の未来は逃げることなく常にそこにあるのだから。

ヴィンテージ・シーズン

C・L・ムーア
幹遙子 訳

〈異国の優雅な人々が彼の古い屋敷を法外な値で借りたのは、美しい五月のことだった……〉こんな紹介文とともに本篇が初めて訳載されたのは、SFマガジン一九八三年七月号（大村美根子訳）。表紙には「あの名作遂に登場!!」の文字が躍る。浅倉久志氏の解説にいわく、〈……ムーア独特の濃密な官能的ムード、美と恐怖の巧みな混合は圧倒的で、その後多くの作家がこのテーマに挑戦したが、まだお手本を超えるものは現われていない。バリイ・マルツバーグなどは、「一九四〇年代に書かれたすべての中短篇のベスト・ワン」と絶賛している〉

実際、多数のアンソロジーに再録されているほか、九一年には「グランド・ツアー」の邦題で映画化。ローカス誌が二〇一二年に実施した二〇世紀ベストSF短篇投票では、ノヴェラ部門の十位にランクインした。日本では一度も書籍化されたことがなかったが、今回初めて、新訳でハヤカワ文庫に収めることができた。

著者は一九一一年、インディアナポリス生まれ。一九三三年、ウィアード・テイルズ誌掲載の短篇「シャンブロウ」でデビュー。同作に始まる《ノースウェスト・スミス》シリーズや《処女戦士ジレル》シリーズで活躍。一九四〇年に同じSF作家のヘンリー・カットナーと結婚してからは、多くの合作ペンネームを使ってレベルの高い短篇を量産した。本篇も、もともとは、戦後まもない一九四六年に、ローレンス・オダネル名義で発表された作品。明記されていないものの、作中の時代設定もおそらくその頃で、戦争の記憶が物語に色濃く反映しているが、むしろ二一世紀のいまこそ（とりわけ日本で）ホットなテーマが核になる。〝幻の名作〟の現代性と（ある種の）とんでもなさをじっくりご賞味ください。

"Vintage Season" by C. L. Moore
初出：Astounding Science Fiction 1946/9

すばらしい五月のある朝の夜明け。古い大きな屋敷に向かう歩道を三人の人影が歩いてきた。オリヴァー・ウィルスンはパジャマ姿で二階の窓からじっと見ていた。その心ではさまざまな相容れない感情がもやもやとせめぎあっていたが、そのなかでもっとも優勢なのは憤懣《ふんまん》だった。それは来てほしくない人々だった。

三人は外国人だ。彼らについてわかっているのはそれだけだった。三人ともサンシスコという珍妙な名字で、下の名前は、賃貸契約書にぐじゃぐじゃと書きなぐられたものからすると、オマリー、クレフ、クリアというようだった。とはいえ、今見下ろしていても、どの人物がどの名前なのか判別するのは不可能だ。三人が男性なのか女性なのかすらよくわからなかったし、外国人とはいえ、ここまでかけ離れている人々だとは予想していなかった。

タクシー運転手のうしろについて歩道を歩いてくる人々を見て、オリヴァーの心はちょっと沈みこんだ。この招きたくない借家人たちにはこれほど自信にあふれた人々でいてほしくはなかった。もしできるなら、家から追い出してやるつもりだからだ。だがここから見ると、そんなことはできそうにはなかった。

先頭は男性だ。長身で浅黒い肌をしており、服装にも身のこなしにも、自分という存在のあらゆる面に完璧な自信を抱いている者ならではの尊大な押し出しがあらわれている。その男のうしろを笑いながらついてくるふたりは女性だった。女性たちの声は軽やかでかわいらしく、どちらもそれぞれに異国風ながら美しい顔をしている。だが、ふたりを見てオリヴァーがまず思ったのは――「金食い虫だ！」

それは、とうてい信じられないほど完全無欠に見える衣服のあらゆるラインの完璧さからくる風格だけのせいではなかった。裕福さにもさまざまな度合いがあるが、ある点を越えれば裕福ということ自体が意味を持たなくなる域に達する。オリヴァーは以前にも、ごくまれにではあるが、こうした自信のようなもの――自分たちの上等の靴で踏みつけている地球は、自分たちの気まぐれに応じてまわっているのだと思っているような――を見たことがあった。

今回、ちょっとオリヴァーは困惑していた。歩いてくる三人を見ているうちに、彼女たちが自信たっぷりに着ている美しい服は、ふだんから着慣れている服装ではないというような感じを抱いたからだ。彼女たちの身のこなしには奇妙にわざとらしい雰囲気が漂っていた。まるで仮装をしているというような。華奢《きゃしゃ》なハイヒールを履いてちょこまかと気取って歩き、片手をのばして袖のカットに見とれたりしている。ときどき服のなかで身をよじっているようすは、着心地がどうもそぐわなくて落ち着かないというようで、まるでいつもはまったくちがうものを着慣れているかのようだった。

それに、ふたりの身体を包んでいるドレスは、オリヴァーの目にさえもとんでもなく変わっているように映ったが、そこには上品な優雅さが感じられた。こんなふうに優美に服を着て見せられるのは、銀幕に映し出される女優――時間とフィルムを止めて乱れた服のしわを直し、常に完璧に見せることができる――だけではないだろうか。この女性たちは好きなように動いているが、着ている服のひだは完璧にその動きについて揺れ、完璧にまたもとの位置にもどっている。彼女たちの服はふつうの布を裁断したものではない――もしくは信じられないほど腕の立つ仕立て屋が考案した、随所に縫い目が巧みに隠されている、まだ世に知られていない斬新なデザインに従ってつくられたものではないかと、思わず考えそうになる。

女性たちははしゃいでいるようだった。甲高く澄んだ、とても愛らしい声でしゃべりながら、完璧に青く澄んだ空を見上げている。空の端のほうには夜明けのなごりのあざやかなピンク色がまだ残っていた。女性たちの目は、芝生の上の木々や、透けるような緑色の下に新たに萌え出る金色を秘めている木の葉や、ほどけかけて縮れている新しい花芽の縁に向けられていた。

興奮した声でうれしそうに女性たちは男性に声をかけ、それに答える男性の声が女性たちの声のリズムと完璧に混じり合って、まるで三人がいっしょに歌っているように聞こえた。三人の声も、着ている服と同じように尋常の域をはるかに超えた優雅さをひそめていて、オリヴァー・ウィルスンがこの朝までは想像したことすらないほど統制されたものに聞こえた。

タクシーの運転手が荷物を運んでいたが、それは革のようには見えない美しい淡青色のしろものだった。ひどく微妙なカーブをなしていて、一見四角形に見えるが、よく見ると二個か三個のパーツが運びやすいように組み合わされて完璧にバランスのとれたひとつのかたまりになっているのがわかる。しかもずいぶん使いこまれているかのようにすり減っている。荷物はずいぶんな量があるのに、タクシーの運転手は重いと思っていないようだ。オリヴァーが見ていると、運転手はときおり荷物に目をやり、ちょっと持ち上げては信じられないというように重さを確認していた。

女性のひとりは真っ黒な髪とクリームのように白くなめらかな肌の持ち主で、煙のような灰色がかった青い目は、長いまつ毛がまぶたにかかっているようだ。オリヴァーの目が吸い寄せられたのは、歩道を歩いてくるもうひとりの女性だった。髪はあざやかながら薄い色合いの赤毛で、ふっくらしたやわらかそうな顔は、ベルベットのような手触りをオリヴァーに想像させた。こちらは日に焼けていて、温かみのある琥珀色の肌は髪の毛よりも濃い色合いだ。

ポーチの石段にたどりついたとたん、色白の女性が頭を上げた。彼女はまっすぐオリヴァーの目を見据えた。その目の真っ青な色合いと、ちょっとおもしろがっている気配が見てとれた。まるでオリヴァーがずっとそこにいたことを知っていたかのようだ。また、客人たちははっきりと、感動しているようでもあった。

ちょっと頭がくらくらするのを感じながら、オリヴァーはあわてて部屋にもどり、着替えた。

「われわれは休暇でここに来ている」浅黒い肌の男は鍵を受け取りながら言った。「手紙に明記したとおり、われわれは誰にも邪魔をされたくない。料理人とメイドは手配してくれたんだろうね？　きみの持ち物はこの家から外に出してもらいたい、それから――」

「待ってください」オリヴァーは気づまりな思いで言った。「ちょっと問題がありまして。ぼくは――」どう切り出していいかわからず、ためらう。この人々はいよいよ奇怪に感じられた。話し方までもが奇妙だった。言葉をつなげたりせずにひどく明瞭にしゃべっている。英語は母語としてなじんでいるようだが、三人とも、まるで訓練を積んだ歌手が歌っているかのように、完璧なブレス・コントロールと発声法でしゃべっていた。
それに、男性の声の冷ややかさは、まるでオリヴァーとのあいだに深淵が横たわってい
るかのようだった。人間どうしの意志疎通ではけっして橋をかけることができそうにない
と思えるような深淵が。
「どうでしょう」オリヴァーは言った。「あなたがたのために、街のなかのどこか別の場
所にもっといい住まいを見つけてみますよ。その通りの向こう側にいい家が――」
日焼けした女性が言った。「あら、だめよ!」ちょっとショックを受けたような声に、
三人ともが笑い出した。よそよそしく冷ややかなその笑い声に、オリヴァーの声ははいっ
ていなかった。
色黒の男が言った。「われわれはこの家をとても慎重に選んだのだ、ウィルスンさん。
ほかの場所を借りるつもりはまったくない」
オリヴァーは必死で食い下がった。「理由がわかりませんよ。ここは現代的なつくりの
家ですらないんです。ぼくはもっとずっといい状態の家をほかにも二軒持ってます。その
通りのすぐ向こう側の家なら、市街地がきれいに見渡せますよ。ここには何もないんです。
眺めはほかの家並みに遮《さえぎ》られてるし、それに――」
「われわれはこの部屋を借りたのだ、ウィルスンさん」男はきっぱりと言った。「われ
われはここの部屋を使いたい。さあ、さっさと準備をして出ていってくれるかね?」

「いやです」オリヴァーは言い、強情な顔つきになった。「そんなことは賃貸契約書には書いていない。あなたがたは来月までここに住むことができます、それだけのお金を払ってるんですから。でもぼくを追い出すことはできませんよ。ぼくはここにとどまります」

男は口を開けて何か言おうとした。冷たい目でオリヴァーを見据え、ふたたび口を閉じた。ふたりのあいだに凍りつきそうな冷ややかさが漂った。一瞬の沈黙が降り、それから男は言った。

「それでけっこう。われわれに近寄らないようにしていただければありがたい」

オリヴァーの側の理由をこの男が訊かないのはちょっと妙だった。この男に説明していいものかどうか、オリヴァーにはよくわからなかった。こんなことを言えるわけがない――「この賃貸契約を結んだあとで、五月が終わるまでにこの家を売るつもりがあるなら評価額の三倍を出すと言われたんだよ」こう言うわけにもいかない――「ぼくにはそのお金が必要だから、あんたたちが出ていってくれるまでうるさくいやがらせをしてやるつもりなんだ」結局のところ、この三人がよそに行けないという理由はないように見える。こうして当人たちを見てみると、まったく何の理由もなさそうだ。三人がこの古色蒼然とした館よりもはるかにいい環境になじんでいることははっきりと見てとれた。

この家の価値が突然跳ね上がったというのは、ひどく奇妙なことだった。名前を出したがらない人々がふた組も、五月というの月のあいだにこれほど熱心にこの家を所有したがる理由など、まったく考えもつかなかった。

オリヴァーは黙りこくって三人を案内して二階に上がり、家の表側に並んでいる三つの大きな寝室を見せた。赤毛の女性が強烈に意識された。彼女がオリヴァーを見るときのあからさまに隠そうとしているがかなり熱烈そうな興味と、これと名指しすることはできないが彼女の関心の底にある奇妙な色合いも。それは、よく知ってはいるがはっきりと名指しはできない、とらえどころのないものだった。彼女とふたりきりで話ができたらどんなに楽しいだろうと彼は考えた。そのとらえどころのないものをつかまえて名前をつけてみたかった。

そのあと、オリヴァーは階下の電話に向かい、フィアンセにかけた。

電話ごしのスーの声は、興奮でちょっとうわずっていた。

「オリヴァー、こんな早い時間に？　ちょっと、まだ六時にもなってないのよ。その人たちにわたしが言ったとおりのことを言った？　その人たち、出ていきそう？」

「まだ言えてない。でもどうかな。ぼくは彼らのお金を受け取ってるんだよ、スー。きみも知ってのとおりね」

「オリヴァー、その人たちを出ていかせなきゃ！　何とかしなきゃだめよ！」

「やってみるよ、スー。でも気が乗らない」

「ねえ、その人たちがほかのところに泊まれない理由なんて何もないんでしょ。わたししたちにはあのお金が必要なのよ。どうしても何か考えなきゃだめよ、オリヴァー」

オリヴァーは電話の上の鏡に映る自分の困ったような目を見つめ、自分に向かって顔をしかめた。麦わら色の髪はもつれ、日に焼けた人の好さそうな顔には明るい色の無精ひげが生えている。あの赤毛の女性に初対面でこんなだらしない格好を見られてしまったのが、つくづく残念だった。それから、スーの断固とした声にはっとわれに返り、言った──

「やってみるよ、ダーリン。やってみる。でもあの人たちのお金を受け取っちゃってるんだ」

事実、あの三人はかなりの額のお金をすでに払っていた。その年は物価も給与も高かったとはいえ、この家の部屋代としては相場よりかなり高い額を。この国はちょうど、かのすばらしい時代──のちになって〈陽気な四〇年代〉とか〈黄金の六〇年代〉とか呼ばれるような──のひとつに突入しつつあった。国家全体が至福の気分に包まれる楽しげな時代に。生きる場としては刺激的な時代だった──それが続いているあいだは。

「わかったよ」オリヴァーは観念して言った。「精いっぱいやってみる」

だがそれに続く数日がすぎていくにつれ、自分は精いっぱいやってなどいないことに、オリヴァーは気づいていた。それにはいくつかの理由があった。そもそも、賃借人たちにいやがらせをして追い出そうと考えついたのはスーであって、オリヴァーではなかった。

もしオリヴァーがそこまで盲従する性質《たち》でなかったら、もしくはスーがもう少しきっぱりしていなかったら、この計画そのものが始動には至らなかっただろう。スーの言い分はたしかに正しい、でも――

理由のひとつは、この賃借人たちがたいそう魅力的であることだ。彼らの言うことなすことすべてが奇妙に反転しているように思える――まるで、ふつうの暮らしぶりの前に鏡が立てられているが、その鏡のなかにはちょっとふつうとは言いがたいものがいろいろと映し出されているとでもいうようようだった。彼らの思考の働きかたはオリヴァーのそれとは根本的な前提が異なっているように思えた。彼らはまったくのつまらないことから、オリヴァーにはわからないおもしろさを見つけだしているようだった。自分たちのほうが上だというように尊大な態度でふるまい、冷ややかな無関心とも見える冷淡さを見せる一方で、オリヴァーが落ち着かない気分になるほどしょっちゅう、理由不明の笑い声をあげていた。

彼らが部屋から出入りするところを、オリヴァーはときおり見かけた。三人とも慇懃《いんぎん》無礼《ぶれい》という態度だったが、それはオリヴァーがいることに腹を立てているからではなく、まったくの無関心のためのように思えた。

一日の大半、彼らは家から外に出かけていた。非の打ちどころのない五月の好天はとぎれることなく続いており、彼らは心からそれを愛《め》でて楽しんでいるようだった。この暖かな淡い金色の陽光と香りをはらんだ空気が雨や寒さで邪魔されることはないという揺るぎない確信をもっているかのようだ。その確信ぶりにも、オリヴァーは落ち着かない気分を感じていた。

彼らがこの家でとる食事は一日に一回だけ、遅い夕食だけだった。そしてその食事に対する彼らの反応はまったく予測がつかなかった。料理を見て笑いが巻き起こることもあれば、やんわりと嫌悪の表情のようなものが浮かぶこともあった。たとえば、サラダには誰も手をつけなかった。魚料理が出ると、食卓に奇妙なとまどいの波が引き起こされるようだった。

夕食のたびに、三人は入念なおしゃれをしてあらわれた。男性は——名前はオマリーだ——ディナー用の正装をするととてもハンサムに見えたが、ちょっと拗《す》ねているようにも見えた。彼が黒を着なければならないというネタで女性たちが笑うのを、オリヴァーは二度耳にした。突然、なんの理由もなく、彼が女性の服のようなカットを施した色あざやかな服を着ている姿が頭に浮かび、なぜかこの男性にはそれがとても似合うように思えた。黒い服を着ていても、まるで金糸織りの服を着慣れているというような華やかさが彼にはあった。

夕食以外の食事どきに家にいるときは、彼らは自分の部屋で食事をしていた。どうやら、彼らがやってきたどことも知れぬ謎の場所から大量の食べ物を持ってきているようだった。それはどういう場所なのか、オリヴァーの好奇心は募るばかりだった。ときおり妙な時間に、彼らの部屋の閉じたドアから廊下においしそうなにおいが漂い出てくる。何のにおいなのかオリヴァーにはわからなかったが、ほぼいつも抵抗しがたいにおいだった。そういう食べ物のにおいが強烈に不快で、吐きそうになったことも何度かあった。そんな悪臭を放つものを味わうなんて相当な食通なんだろうよとオリヴァーは考えた。この三人はほぼ確実に、相当な食通なのだろう。

このばかでかくはあるがたがが来ている古い家で、どうしてこの三人がこれほど満足げに暮らせるのだろうという疑問は、夜オリヴァーの夢に出てくるほどだった。それに、どうして彼らはよそに移ろうとしないのだろう。何度か彼らの部屋のなかがちらりと見えたことがあった。部屋はほぼ完全に模様替えをされていた。ちらりと見ただけではっきりと何なのかわからないものがいろいろ加えられていたのだ。はじめてのぞいたときに受けた豪奢というイメージは、彼らが持ってきたと思われる壁掛けや、ちらりとしか見えなかった飾り物や壁に掛けられた絵画や、さらには半分開いたドアからふわりと漂うエキゾチックな香水の香りの贅沢さから来るものだった。

廊下で女性たちとすれちがうこともあった。女性たちは不気味なほどぴったりと身体にそっているドレスを着て、薄暗い廊下をしずしずと歩いていた。彼女たちのドレスのあでやかな豪華さと生き生きした色合いは現実のものとは思えなかった。世界が自分たちに追従しているという自信から生まれるあの落ち着きのせいで、彼女たちは傲慢な冷淡さを見せているのだが、日焼けしたやわらかな肌の赤毛の女性の青い瞳と目が合うたびに、その瞳のなかで興味が燃えたっているのが見えるように思えた。彼女は薄暗がりでオリヴァーに笑みを向け、ほのかな香水の香りと信じられないほどの豊かさを後光のようにまとってすれちがう。そして彼女が通りすぎたあとに、その笑みのぬくもりが漂い残る。

彼女はこのよそよそしさをいつまでも続けるつもりではないと、オリヴァーは確信していた。最初に彼女を見たときから、そうわかっていた。ときが来れば、彼女はふたりきりになる機会をつくってくれるだろう。そう考えると、どぎまぎしながらも、途方もなくわくわくした。オリヴァーにはただ待つ以外にできることはなかった。いつかそのときが来れば、向こうから目を向けてくるだろうとわかっていた。

三日目、小さなダウンタウンのレストランで、はるか下を流れる川の向こうに広がる壮大な大都会を見渡しながら、オリヴァーはスーといっしょにランチをとった。スーは輝くような茶色い巻き毛と茶色い目の持ち主で、完璧な美貌というにはちょっとばかりあごがしゃくれていた。子どものころから、スーは自分が何を求めているのか、そしてそれをどうやって手に入れるのか、ちゃんとわかっていた。そして今、オリヴァーには、彼女がこの家を売ること以上に強く望んだことはこれまでにないように見えた。

「あんな古くて辛気臭い家の値段としては信じられないような額じゃない」荒々しくロー

ルパンを割りながら、スーは言った。「こんなチャンスはもう二度とないわよ。それにこれだけ物価が高いんだから、わたしたちが所帯を持つにはお金が必要なのよ。本当にどうにかしなさいよね、オリヴァー!」

「やろうとしてるよ」オリヴァーはおどおどと請け合った。

「家を買いたがってるあのイカれた女から、ほかに何か言ってきた?」

オリヴァーは首を振った。「昨日また彼女の代理人から電話があったけど、目新しいことは何も言ってなかったよ。いったい何者なんだろう」

「代理人も知らないんじゃないかしら。何もかもわからないことだらけ——どうも気に入らないわ、オリヴァー。あのサンシスコっていう人たちにしても——あの人たち、今日は何をしてたの?」

オリヴァーは笑った。「今朝は一時間ぐらい、市内のあちこちの映画館に電話をかけて、いろんな三流映画について問い合わせてたよ。それぞれの一部分だけ見たいとか言ってね」

「一部分だけ? どうして?」

「知らないよ。ぼくが思うに……いや、何でもない。コーヒーのおかわりはどうだい?」

やっかいなのは、オリヴァーには理由がわかるように思えることだった。ただの憶測をスーに言うわけにはいかないし、サンシスコの三変人をよく知らない彼女は、オリヴァーの頭がおかしくなったと思うだけだろう。だが彼らの話を聞いていたオリヴァーは、その何本もの映画に端役で出ている俳優がいるのではないかという印象をはっきりと抱いていた。その俳優の演技のことを、三人はきわめて畏敬に近い口調で話しあっていた。三人はその俳優のことをゴルコンダと言っていたが、それが彼の名前というわけではなさそうだった。彼らがこれほど心から賛美しているのがどの無名のちょい役俳優なのか、オリヴァーには見当もつかなかった。ゴルコンダはその俳優がかつて演じた登場人物の名前なのかもしれない――それも、サンシスコたちの発言から判断するととんでもない技能の持ち主のようだ――が、オリヴァーにはまったくどうでもいいことではあった。

「あの三人はおかしなことをいろいろとやってるよ」オリヴァーは考えこむようにコーヒーをかき混ぜた。「昨日はオマリーが――あの男性だよ――五年ぐらい前に出た詩集を持って帰ってきたんだけど、三人ともまるでシェイクスピアの初版本みたいにあつかってたよ。聞いたことのない詩人だったけど、あの人たちの国じゃ相当えらい人のようだったな、どこだか知らないけどさ」

「どこの国から来たのか、まだわからないの？　何かヒントは出てこないの？」

「あの人たちとよく話をするわけじゃないからね」オリヴァーはいくぶん皮肉めいた口調で言った。

「知ってるわよ、でも――まあいいわ、そんなことはどうだっていいわ。続けて、その人たち、ほかにはどんなことをしてるの？」

「ええとね、今朝は〝ゴルコンダ〟と彼の偉大な芸術を研究してたし、今日の午後は川を遡って、ぼくが聞いたこともない神殿みたいなところに出かけるつもりみたいだ。どこかは知らないけど、そんなに遠くはないよ。夕食にはもどってくるって言ってたからね。どこかの偉人の生誕地だと思う――その場所で何か手に入れられたらお土産を持って帰るって言ってたよ。そう、彼らは典型的な観光客なんだ――その裏に何があるのか見つけ出せたらいいんだけど。どうもよくわからない」

「あの家のことはもはや何もわかりゃしないわ。わたしはね――」

スーは怒りっぽい声で話しつづけていたが、不意にそれが聞こえなくなった。ドアのすぐ前の歩道を、ハイヒールをはいて堂々とした優雅さで、見覚えのある姿が通っていったからだ。その女性の顔は見えなかったが、その身のこなし、豪華なドレスのラインと動きは地上のどこにいようとわかるだろうと思えた。

「ちょっとごめん」スーにささやき、何か言われる前に椅子から離れた。大股六歩ほどでドアにたどりつく。そのとき、美しく優雅な通行人はほんの数歩先にいた。だが、かけようとした言葉がすでに出かかったところで、オリヴァーは口をつぐみ、目を瞠《みは》ってそのまま立ち尽くした。

それはあの赤毛の女性ではなかった。その連れの黒髪の女性でもなかった。まったく知らない女性だった。その美しく尊大な人物が雑踏のなかを進み、消えていくのを――見慣れた姿勢と自信たっぷりな身ごなしと、ぴったりと身にそっている美しいドレスがまるで慣れない異国の衣裳だとでもいうような、サンシスコの女性たちにいつも見ているのと同じ奇妙な感じをたたえて歩いていくのを、オリヴァーは言葉もなく見送った。その女性の横に並ぶと、通りにいるほかの女性はみな、だらしなく落ち着きがないように見えた。女王のような足取りで、その女性は雑踏に溶けこみ、消えていった。

今の女性もあの三人の国から来たんだろうな。めまいを覚えながら、オリヴァーはそうひとりごちた。するとこの近くでほかにも誰か、完璧な好天がつづくこの五月に謎めいた賃借人を住まわせている家主がいるのだ。ほかにも誰か、名も知れぬ国から来た人々の奇妙さに今日むなしく頭を悩ませている家主がいるのだ。

オリヴァーは静かにスーのもとにもどっていった。

薄暗い二階の廊下で、ドアが誘いかけるように少し開いていた。そこに近づいていくにつれ、オリヴァーの歩みはのろくなり、心臓の鼓動は速くなってきた。それはあの赤毛の女性の部屋だった。ドアが開いているのは偶然ではないとオリヴァーには思えた。彼女の名前も今はわかっていた。クレフだ。

ドアの蝶番が少しきしみ、室内から甘い声がけだるげに言った。「おはいりにならない？」

部屋はまったくちがって見えた。大きなベッドは壁にくっつけられ、その上に裾が床にかかるほどの大きなカバーがかけられていた。そのカバーはやわらかな毛並みの毛皮のようにに見えたが、淡い青緑色をしているうえ、すべての毛の先端に見えないクリスタルがついているかのようなきらめきを放っていた。毛皮の上には本が三冊広げてあった。それからひどく好奇心をそそる雑誌が一冊あった。かすかに光る印刷で、写真のページはちらりと見たところ立体のように見えた。さらに、磁器の花で表面を飾ってあるごく小さな磁器製のパイプがあり、その火皿から細い煙がひとすじ漂っていた。

ベッドの上のほうには大きな絵が一枚掛けられていた。四角い額にはいった青い海の絵はひどくリアルで、オリヴァーは思わず二度見して、その水が左から右へ静かに波立っていないことを確認した。天井からは、ガラスのコードでクリスタルの球がひとつ吊り下げられていた。それはゆるゆると回転し、窓からの光を受けて周囲に湾曲した長方形がたくさん映し出されていた。

中央の窓の下に、ソファのようだがオリヴァーがこれまでに見たことのないものがあった。考えられるのは唯一、それは少なくとも部分的には空気で膨らませるもので、あの荷物のなかにおさまって運ばれてきたということだ。それを覆い隠しているひどく高価そうなキルト布には、一面に金属質のきらめきを放つ模様が浮き上がっていた。

クレフはゆっくりとドアから離れ、満足げなため息を小さく吐いて、ソファに腰を降ろした。ソファはひとりでに、彼女の身体に合わせていかにも心地よさそうな感じに調整された。クレフはちょっと身をくねらせ、それからオリヴァーに微笑みかけた。

「どうぞはいってちょうだい。そこにすわって、その窓の外が見えるでしょう。あなたたちのうららかな春のお天気、大好きよ。ご存知かしら？　文明史上、こんな五月はほかには一度もないのよ」クレフは青い目でオリヴァーの目を見つめ、まったくの大真面目な口調でそう言った。彼女の声にはわずかながら、優越者めいた響きがふくまれていた。まるでこの好天が自分のために特別に配慮されたものだというような。

オリヴァーは部屋にはいっていったが、ぎょっとして足を止め、床を見下ろした。しっかりとかたいように感じられなかった床を。それまではしみひとつない純白の絨毯に気がついていなかった。その絨毯は足で踏むと一インチほど沈みこんだ。そのときクレフの足を見たが、それは裸足――というか、ほとんど裸足だった。足にぴったりとくっついている極薄の網の靴下のようなものをはいている。むきだしの足の裏は紅を塗ったようなピンク色で、足の爪には小さな鏡のようにきらきら輝く液状のものがついていた。さらに近づいたオリヴァーは、それが本当に小さな鏡――何か漆《うるし》のような塗料を塗って表面を反射させているのだ――と知っても、それほど驚きはしなかった。

「どうぞすわってちょうだい」クレフはもう一度言い、白い袖に包まれた腕を振って、窓ぎわの椅子を示した。彼女が着ているのは短くやわらかな羽毛のように見える服で、ゆったりしたカッティングながら彼女のあらゆる動きに完璧にそっていた。そして今日の彼女のシルエットには興味をそそられるほどのちがいが感じられた。外出着姿の彼女は四角く張った肩に細く締まったウエストという、あらゆる女性が切望するような体形だったが、ここに部屋着姿でいる彼女はどこか――そう、ちがって見えた。今日は首から肩にかけて白鳥のような曲線がのび、全身の丸みとやわらかさは目新しく、とても魅力的に思えた。
「お茶をいかが？」クレフは魅力的な笑みを浮かべて、言った。

彼女のすぐ横のローテーブルにはトレイがあり、小さな茶杯《カップ》がいくつか並んでいた。カップは薔薇石英《ローズクォーツ》のように内側からの光を放っている美しい品で、その色味は半透明の薄い層を何枚も重ねた内側から出ているような深みのあるつややかなものだった。クレフはそのカップのひとつを取り――受け皿はない――オリヴァーに差し出した。

受け取ったカップは、紙のように薄くもろそうな手触りだった。ふたがあるので中身は見えない。ふたはカップ本体と一体化していて、縁のところに細い三日月形の飲み口があるだけだった。その飲み口から湯気が立ち上っていた。

クレフは自分もカップを取り上げて、唇に向けて傾け、カップの縁ごしにオリヴァーに微笑みかけた。彼女は本当に美しかった。淡い色合いの赤毛は頭にそってつややかに巻かれ、ひたいの上を光輪のように取り巻いている細かい巻き毛はヘアアイロンで押しつけられた花輪《リース》のようだ。髪の毛は一本一本が絵に描かれているかのように乱れひとつなかったが、ときおり窓からのそよ風を受けてやわらかに輝きながら揺れていた。

オリヴァーはお茶を飲んでみた。えも言われぬ香りのお茶はとても熱く、舌に残る味わいは花の香りのようだった。それはきわめて女性的な飲み物だった。もうひと口飲んでみて、それが本当に好みの味わいだと気づき、オリヴァーは自分でも驚いた。

飲んでいるうちに花の香りがどんどん強くなり、煙のように渦巻きながら頭のなかに広がっていくようだった。三口めで、耳のなかでかすかなブンブンという音がはじまった。花のあいだを飛び交う蜂の羽音かな、と支離滅裂なことを考え——もうひと口飲んだ。

クレフは微笑みながらオリヴァーを見ていた。

「ほかのふたりは午後じゅう出かけているのよ」気楽な感じでオリヴァーに言う。「おかげでわたしとあなたがお近づきになるための楽しい時間ができたわね」

自分がしゃべる声が聞こえ、オリヴァーはぞっとした。「どうしてそんなしゃべり方をするんだい？」そんな質問をしようなどとは思ってもいなかったのだ。舌の抑制がゆるめられてしまったようだった。

クレフの笑みがいっそう深みを増した。カップを唇に運んで傾け、甘ったるい声で言った。

「それはどういう意味かしら？」

オリヴァーはぼんやりと手を振った。顔の前で動かすと指が六、七本あるように見えることに気づいて驚いていた。

「なんと言ったらいいか——正確な話し方、かな。たとえばさ、どうして『出かけてる』みたいな言い方をしないんだい？」

「わたしたちの国では、正確な話し方をするようにしつけられているのよ」クレフは説明した。「動作も服装も考えるのも、正確にするようにしつけられているの。子どものころにだらしないことはいっさいしないようにしつけられているのよ。あなたたちのところでは、当然——」礼儀正しく言う。「あなたたちのところでは、こういうことは国家をあげて熱心に取り組まれてはいないようだけれど。わたしたちは時間をかけて礼儀正しい態度を身につけるのよ。わたしたちは礼儀正しい暮らしが好きなの」

その声はしゃべるにつれてどんどん甘ったるさが増し、もはやオリヴァーの頭のなかにしみこんでいる花の香りやお茶の繊細な風味の甘さと、ほとんど区別がつかなくなっていた。

「きみらはいったいどこの国から来たんだ？」オリヴァーは訊きながら、お茶を飲もうとまたカップを傾けた。お茶が無尽蔵にいくらでも出てくることに気づいてやんわりと驚いていた。

クレフの今度の笑みは明らかに優越者のものだった。だが、オリヴァーはいらだちを感じなかった。今は何が起きようといらだつことはないだろう。部屋全体が花の香りと同じぐらいかぐわしい、美しい薔薇色の輝きに包まれていた。

「それを話すわけにはいかないのよ、ウィルスンさん」

「でも――」オリヴァーは言葉をとぎらせた。当然ながら、それは彼が口を出すべきことではないのだ。「これは休暇なんだろう？」漠然とそう訊いた。

「巡礼と呼んでもらえるかしら」

「巡礼？」興味をそそられたあまり、オリヴァーの頭は一瞬、ふたたびはっきりと焦点を結んだ。「――何の？」

「口がすべってしまったわ、ウィルスンさん。どうか忘れてちょうだい。お茶はお気に召したかしら？」

「すごく」

「もう気づいているでしょうけれど、それはただのお茶ではないの。陶酔薬よ」

オリヴァーは目を瞠った。「陶酔薬？」

クレフは説明がわりに優雅な手つきで宙に円を描いてみせ、笑い声をあげた。「まだ効果を感じていないの？　感じているわよね？」

「感じてる」オリヴァーは言った。「ウィスキーを四杯飲んだあとみたいな感じだ」

クレフは細かく身を震わせた。「陶酔薬はあまり苦痛を感じないでハイな気分になれるのよ。あなたたちの原始的なアルコール飲料がもたらすような二日酔いもなしにね」彼女は唇を噛んだ。「ごめんなさい。こちらまで陶酔してしまってしゃべりすぎたみたい。どうか許してちょうだい。音楽をかけましょうか？」

クレフはソファに深くもたれかかってすわり、かたわらの壁に手をのばした。袖が日焼けした腕からずり落ち、手首の内側がさらけだされた。そこに、薄れかかったひとすじの長い薔薇色の傷痕を見て、オリヴァーはぎょっとした。かぐわしいお茶の香気のなかに、彼の自制は溶け去っていた。彼は息を呑んで前に乗り出し、じっと見つめた。

クレフはすばやく袖を振って傷跡を隠した。彼女の顔のうっすらと日に焼けた肌の下に朱が差し、彼女はオリヴァーと目を合わせようとしなかった。奇妙なことに恥ずかしさを感じているようだった。

オリヴァーは無神経にも言った。「それは何だい？　どうしたんだ？」

相変わらず、彼女はオリヴァーを見ようとしなかった。ずっとあとになって、オリヴァーは彼女が何を恥ずかしいと思っていたのか理解し、その理由があったことも知る。だが今は彼女がしゃべるのをぼんやりと聞いていた。

「何でもないわ……本当に。ただの……予防接種よ。わたしたちはみんな……ああ、気にしないで。音楽でも聞きましょう」

今度は、彼女はもう一方の腕をのばした。その手は何にもふれていなかったが、壁のそばにかざされたときに室内に静かに音が流れはじめた。水の音だった。長くのびる遠浅の浜辺から退いてゆく波のため息のような音だ。オリヴァーはクレフの視線をたどり、ベッドの上に掛けられている青い海の絵に目を向けた。

絵の波は動いていた。それだけでなく、絵を見る視点が移動していた。ゆっくりと海が動いていた。波といっしょに動き、波を追うように浜のほうに寄せてくる。オリヴァーは催眠にかかったようにその動きを見つめていた。このときは絵が動くことがそれほど不思議でもなく、まったく驚くことでもないように思えていた。

波は次々と盛り上がり、砕けてクリーム色の泡を散らしながら勢いよく砂浜に打ち寄せていた。やがて、波の音に混じって静かな音楽が流れはじめ、海の水に重なるように男の顔が額のなかに浮かびあがってきて、部屋のなかに向かって親しげに笑いかけた。男は妙に古めかしい楽器を持っていた。リュートのような形だが、胴部には西瓜《スイカ》のような濃淡の縞模様があり、細長い首部は男の肩の上でうしろに反《そ》っている。男が歌っている歌を聞いて、オリヴァーはやんわりと驚きを感じていた。それはとても耳になじんでいるのに、とても奇妙に聞こえた。頭を悩ませながら聞きなれないリズムをたどっていたオリヴァーは、とうとうメロディーをたどるコツを見つけた——ミュージカルの『ショーボート』で歌われている『メイク・ビリーヴ』だった。だがそれはミシシッピ川を航行していたショーボートとはまったくの別物だ。

「あの人は何をやってるんだ？」憤《いきどお》りを覚えながらしばらく聞いたあと、オリヴァーはいきりたって訊いた。「あんなのは聞いたことがない！」

クレフは笑って、もう一度腕をのばした。「わたしたちは無益な夜更かし芸《カイリング》って呼んでいるわ。まあ、気にしないで。これはどうかしら？」

それはコメディアンで、道化師のような化粧をしている男だった。目がやたらに強調されて塗りたくられ、顔の半分近くを占めているように見えた。黒い垂れ幕の前で大きなガラス柱のすぐ横に立ち、機関銃のようなテンポの陽気な歌に即興のような早口のしゃべりをさしはさみながら歌っていた。そうしながらずっと、左手の指の爪でガラス柱を複雑かつ音楽的なリズムで細かく連打している。歌いながら、彼は柱のまわりをゆっくりまわっていた。爪の音がつくるリズムが歌と混じりあい、さらに大きくふくらんで独自のパターンに溶けこみ、一瞬のとぎれもなくふたたびまた混じりあう。

ずっと聞きつづけるのはつらかった。歌はただの独り言よりもはるかに意味不明で、片方のスリッパをなくしたとかどうとか、クレフの顔がほころぶようなフレーズがふんだんにちりばめられていたが、オリヴァーにはまったく理解できなかった。その演技のスタイルはよそよそしく冷ややかでたいしておもしろみはなかったが、クレフはうっとりと魅了されているようだった。その男には、サンシスコの三人に見られるのと同じずうずうしいほどの自信が見てとれた。完全に民族的特徴なんだな、とオリヴァーは考えた。

そのあとにもほかの歌がいろいろと続いたが、そのいくつかは完全な曲から部分的に取り上げられたような断片的なものだった。オリヴァーの知っている曲がひとつあった。画像を見るより先に、聞いてすぐわかる活気のあるメロディーにはっと気づいたのだ。画像は靄《もや》を背景に男たちが行進しているものだ。その頭上では煙のなかで巨大な旗がたなびき、前のほうの人物たちは大股で歩きながらリズムに合わせて叫んでいた。「進め、進め、百合の旗！」

音質が悪く、画像はぼやけて色質も悪かったが、その演奏にはオリヴァーの想像力に訴える情趣があった。オリヴァーはずいぶん前に見た古い映画を思い出しながら、じっとそれを見つめた。デニス・キングとぼろをまとった合唱隊が『放浪者の歌』を歌っている、たしか――『放浪の王者』の歌だっただろうか？

「すごく古いものよ」クレフがすまなそうな口調で言った。「でもわたしは好きなの」

オリヴァーと額の絵のあいだに、気分を浮き浮きさせるお茶の湯気が渦巻いていた。室内で音楽がどんどん大きくなり、かぐわしい湯気の向こうから、浮き浮きと高揚したオリヴァーの脳にしみとおってきた。奇妙に思えることなど何もなかった。このお茶の飲み方がわかってきた。笑気ガスと同じで、この効果は累積するものではないのだ。高揚の最高潮に達してしまえば、それ以上になることはない。気分高揚による興奮が少し弱まるのを待ってから次のひと口を飲めばいいのだ。

それを除けば、アルコールを摂取したときの作用のほとんどがあらわれていた――少したつと何もかもが喜ばしい霧のなかに溶けていき、その霧を通すと、何もかもが魅力的に見え、夢を見ているような心地を誘った。何ひとつ、疑問に思うことはなかった。あとになって考えても、記憶のどれだけが本当は夢だったのか、よくわからなかった。

たとえば、踊る人形があった。これについてははっきりと記憶の焦点が合っていて、明確に思い出せる――ほっそりした女性だが、とても小さく、長い鼻に黒い目をして、あごがとがっていた。白い敷物の上を繊細に動く、膝ほどの高さの精巧なつくりの人形だ。身体と同じように表情もよく動き、トウシューズの音を鐘の音のように響かせながら軽やかに踊っていた。踊りは型にはまったものだったが、彼女は踊りながらおもしろがるようにちょっと顔をしかめ、絶え入るような声で歌っていた。おそらくそれは誰かに似せてつくられたそっくりさん人形で、そのモデルの声と動きを完璧にまねているのだろう。あとになってみると、あれは夢だったにちがいないと思えた。

それ以外のことは、あとで思い出すこともできなかった。クレフはたしかに、いろいろと妙なことを言っていた。そのときはすべてに納得できていたのに、あとになってみると一言も思い出せなかった。またたしかに、透きとおった皿にのったきらきら光る小さなキャンディを勧められた。いくつかはおいしかったが、ひとつかふたつは次の日に思い出したときに舌がすぼまるほど苦かった。そしてひとつは――クレフは同じ種類のものをたくさんなめていたのに――即座に吐き気を催す味だった。

クレフ本人については――次の日必死で考えても、本当は何があったのかよくわからなかった。彼女の白い羽毛に包まれた両腕が彼の首のうしろから巻きついたときのやわらかさは思い出せるような気がする。そして彼女はオリヴァーに笑い声を浴びせ、あのお茶の花のような香気を彼の顔に吹きつけたのだ。だがその先は、まったく何も思い出せなかった。それからしばらくのことは。

そのあとちょっと間があき、それから忘却をもたらす眠りに落ちた。あとふたりのサンシスコが立って見下ろしている一瞬があったことは、かなりはっきりと覚えていた。男性は顔をしかめ、煙るような目の女性は嘲《あざけ》るような笑みを浮かべていた。

はるか遠くから、男性の声が聞こえた。「クレフ、わかっているだろうが、これはすべてのルールに反している――」その声は小さなうなりのような音ではじまり、可聴域を超える高みへと舞い上がっていった。黒髪の女性の笑い声も記憶に残っているような気がする。それもやはり遠くのほうでか細く聞こえ、飛んでいる蜂の羽音のようだった。

「クレフ、クレフ、本当にばかなことをしたわね。もうあなたを信頼して目を離すわけにいかないのかしら？」

するとクレフの声がまったくわけのわからないことを言った。「それがどうしたっていうのよ、ここならいいでしょう？」

あのブンブンというはるか遠くのうなりのような声で、男性が応じた。「――きみは出発前に宣誓契約をしただろう、けっして干渉しないと。いろんなルールを読んだうえでサインをしたはず――」

クレフの声はもっと近く、聞き取りやすかった。「でもここはちがうわ……問題にはならないはずよ、ここでは！　ふたりともわかっているはずよ。どうして問題になるっていうの？」

オリヴァーは彼女の袖の羽毛が頬をなでるのを感じたが、目に映るのはゆっくりと煙のように引いては寄せる闇だけだった。三人が言い争う声がはるか遠くから音楽のように聞こえていたが、やがてそれもとだえた。

翌朝目覚めたときは、自分の部屋でひとりきりだった。ひどく悲しそうに彼を見ているクレフの目が記憶に残っていた。彼を見下ろしている日焼けした愛らしい顔。その両側に赤毛がかぐわしく流れ落ち、目には悲しみと思いやりがたたえられている。それはきっと夢だったのだろうと、オリヴァーは思った。それほど悲しそうに見つめられる理由など、とうてい思いつかないからだ。

その日、スーから電話があった。

「オリヴァー、その家を買いたがってる人たちがここに来てるんだけど。例のイカれた女とその亭主よ。そっちへ連れていきましょうか？」

オリヴァーの頭は一日じゅう、靄がかかったようにぼうっとしていた。ぼんやりして理解に苦しむ昨日の記憶のせいだ。クレフの顔がずっと目の前に浮かんでいて、周囲がよく見えなかった。「何だって？　ぼくは……ああ、うん、よかったら連れてきてくれ。それが役に立つかどうかわからないけど」

「オリヴァー、どうしたのよ？　わたしたち、お金がいるってことで意見が一致したわよね？　こんな好条件の話をなんの努力もしないで逃すなんて、考えられないわ。すぐに結婚して新しい家が買えるようになるのよ。それにわかってるでしょ、あんな古いボロ家にこんないい話は二度と来やしないわ。しっかりしてよ、オリヴァー！」

オリヴァーは努力をした。「わかってるよ、スー――わかってる。でも――」

「オリヴァー、ちょっとはものを考えなさいよ！」スーの声は命令口調になっていた。

彼女の言うとおりだとわかってはいた。クレフのことがあろうとなかろうと、この取り引き話を無視するわけにはいかない。今の賃借人たちを追い出す方法があるものならば。

オリヴァーはふたたび疑問に思った――どうしてこの家がこんなに急に、これほど多くの人々にとって貴重なものになったのだろう。しかもどうして、五月の最後の週がこの家の価値に関係するのだろう。

この日ずっとぼんやりしていた頭を貫くように、突然、強烈な好奇心がわいてきた。五月の最後の週は、それまでにこの家が売れるかどうかがかかっているほど重要なのだ。どうして？　どうしてだ？

「来週には何が起きるんだろう？」オリヴァーは電話に向かい、答えを求めない質問をした。「その夫婦はどうして、こっちの三人が出ていくまで待てないんだろう？　そうしてくれるなら、二千ぐらい値段をまけたっていいのに――」

「それはだめよ、オリヴァー・ウィルスン！　その分のお金で新型の冷蔵庫が買えるんだから。とにかくどうにかして来週までに売り渡すのよ、以上おしまい。わかった？」

「まあ落ち着いてよ」オリヴァーは穏やかに言った。「ただの凡人にできるかどうかわからないけど、やってみるよ」

「今からそっちに連れていくわ。サンシスコたちはまだ外出してるでしょ。さあ、しっかり頭を働かせて何か考えなさいよ、オリヴァー」スーは言葉を切った。次に口を開いたときには考えこむような声になっていた。「その夫婦はね……すっごく変な人たちなのよ、ダーリン」

「変？」

「会えばわかるわ」

スーに続いて歩道を歩いてきたのは、年配の女性ととても若い男性だった。即座に、スーがなぜあんなことを言ったのかがわかった。すでに見慣れている、自意識にあふれたエレガントな雰囲気の服装を見ても、オリヴァーはなぜかまったく驚かなかった。それにこのふたりも、明るい陽射しにあふれた美しい午後の景色をいかにもうれしそうに見まわしている――やはりうっすらと優越者的な態度で。ふたりがしゃべるのを聞く前から、それがどんなに音楽的な声で、ひとつひとつの言葉をどんなに厳密かつ正確に発音するか、わかっていた。

もはや疑う余地がなかった。クレフの謎の国の人々が大挙してここに押し寄せている――何かを目的に。目的は五月の最終週なのだろうか？　心のなかで、オリヴァーは肩をすくめた。推測する手がかりは何もない――まだ。ひとつだけ、はっきりしていた。この全員があの名前のわからない国――人々が歌手のように声をコントロールし、時間の流れを止めてあらゆる無秩序なしわを調整できる俳優のような衣裳を着ている国――から来ているということだ。

年配の女性は、最初から会話の主導権を完全に握っていた。三人がそろって、ペンキを塗っていないがたがたするポーチに立ったときも、スーは紹介する暇さえ与えてもらえなかった。

「お若いかた、わたくしはマダム・ホリアです。こちらはわたくしの夫です」その声には底流のように厳格なものが流れていたが、それはおそらく老齢によるものだ。彼女の顔はまるでコルセットにはめられているように見えたし、たるんだ肌はオリヴァーなどには想像もつかない何か目に見えない理論に基づいた手段によって引き締まったものに変えられている。化粧はきわめて巧妙で、そもそも化粧なのかどうかも定かでなかったが、彼女は見た目よりもはるかに高齢だと、オリヴァーははっきりと感じていた。この厳格にコントロールされた深みのある音楽的な声にこれほどの権威をこめられるようになるには、人の一生分ぐらいの歳月を、命令をして過ごさなくてはならないだろう。

若い男性は何も言わなかった。とてもハンサムだ。どうやら彼はいかなる文化圏や国でどんなことが起きようと、たいして変化を見せないタイプであるようだ。美しく仕立てられた服を着て、手袋をはめた手の片方に赤い革の箱を持っている。大きさといい形といい、おおむね本と同じぐらいの箱だ。

マダム・ホリアは続けた。「この家についてあなたが抱えている問題はわかっています。あなたはわたくしに売りたいのに、オマリーと彼の友人たちと結んだ賃貸契約に法的に縛られている。そういうことでしょう?」

オリヴァーはうなずいた。「ですが――」

「最後まで話をさせてちょうだい。もし来週までにオマリーを立ち退かせることができれば、わたくしたちの申し出を呑んでいただけるのでしょう。そうですね？　わかりました。ハラ！」マダム・ホリアはかたわらの若者にうなずいた。若者は即座に飛び上がるようにして気をつけの姿勢になり、軽くお辞儀をして言った。「はい《イエス》、ホリア」そして手袋をはめた手をコートにすべりこませた。

マダム・ホリアは若者の手が差し出した小さな物体を受け取った。その仕草には王者のような風格があり、まるでのばした腕から女王のマントがひるがえるのが見えるかのようだった。

「これがわたくしたちを助けてくれるでしょう。さあ、あなた」――その物体をスーに向けて差し出す――「これをこの家のどこかに隠せば、あなたがたの招かれざる賃借人たちはほどなく、あなたたちを悩ませることはなくなるはずです」

スーは興味津々でその物体を見つめた。それはとても小さな銀の箱のように見えた。一インチ四方ほどの大きさで、てっぺんにくぼみがある。線はどこにもなく、開けることができそうにはなかった。

「ちょっと待ってください」オリヴァーが不安そうに口をはさんだ。「それは何なんです？」

「人に害をなすものではありません。それは保証します」

「でもどうして――」

マダム・ホリアは尊大きわまりない態度で腕をひと振りし、オリヴァーを黙らせて、スーに進み出るよう命じた。「行きなさい、あなた。急ぎなさい、オマリーが帰ってくる前に。誰にも何の危険もないと、わたくしが保証します」

オリヴァーはきっぱりと割ってはいった。「マダム・ホリア、いったいどういうお考えなのか聞かせてください。ぼくは──」

「ああ、オリヴァー、やめて！」スーの指が銀色の立方体をつかんだ。「心配はいらないわ。マダム・ホリアの言うとおりにしましょうよ。あの人たちを出て行かせたいんでしょう？」

「もちろんそうだけどさ。でもこの家が吹っ飛ばされたりするようなことになったら──」

マダム・ホリアの深みのある笑い声には猫なで声のような響きがあった。「そんな粗暴なものではありませんよ。約束しますわ、ウィルスンさん。いいこと、わたくしたちはこの家がほしいのよ！　さあ、急ぎなさい、あなた」

スーはうなずき、急いでオリヴァーのわきをすり抜け、廊下に飛び出した。多勢に無勢で、オリヴァーは不安ながらも引き下がった。待っているあいだ、ハラという若者は足先で無造作にトントンと床を叩きながら、陽射しに見とれていた。五月ならではの完璧な午後で、透きとおるような金色のかぐわしい空気にはわずかに肌寒さが残っており、来たる夏との差を際立たせていた。ハラは自信に満ちた態度であたりを見まわした。自分のためにわざわざしつらえられた舞台のセッティングを讃えている男のようだ。さらに彼は、頭上の低い音に顔を上げ、はるか高みで陽射しに照らされて金色の靄に溶けこんでいる大きな大陸横断旅客機の行方を追った。「なかなかの風情じゃないか」満足げな声でつぶやいた。

スーがもどってきて、オリヴァーの腕に手をかけ、興奮したようにぎゅっと握りしめた。「やったわよ」スーは言った。「時間はどれぐらいかかるんでしょう、マダム・ホリア？」

「それは状況によるわね、あなた。それほど長くはかかりませんよ。ところで、ウィルスンさん、あなたにひとつ話があるわ。あなたもここに住んでいるのでしょう、たしか？あなたのためよ。わたしの助言を聞き入れて――」

家のなかのどこかでドアがバタンという音がして、澄んだ高い声が言葉にならないさざ波のような音階を響かせた。それから階段を下りてくる足音がして、歌の一節が聞こえた。

「おいで、愛しい人よ、わがもとへ――」

ハラがびくっとして、持っていた赤い革の箱を落としそうになった。

「クレフだ！」ささやくような小声で言う。「でなきゃクリアか。ふたりともカンタベリーからこっちに来てるのは知っていたけど、まさか――」

「しいっ」マダム・ホリアの顔は尊大な空白のような無表情になった。勝ち誇ったように鼻から息を吸い、ふんぞり返って、その堂々たる体軀をドアのほうに向けた。

クレフはオリヴァーが前に見たのと同じ、やわらかな羽毛のようなドレスを着ていたが、今日は白ではなく透明感のある淡いブルーで、彼女の日焼けした肌を杏《あんず》色に輝かせて見せていた。彼女は微笑んでいた。

「あら、ホリアじゃない！」クレフの声はこれまでのどのときよりも音楽的に響いた。「なつかしい声がすると思ったら。会えてうれしいわ。まさかあなたがこっちに来ているなんて――」そこで言葉をとぎらせ、ちらりとオリヴァーを見ると、すぐにまた目をそらした。「ハラもいっしょね。びっくりしたわ、うれしいこと」

スーがそっけない声で言った。「いつおもどりになったんですか？」

クレフはにっこりと彼女に笑いかけた。「あなたがかわいらしいミス・ジョンソンね。わたしはね、そもそも出かけてはいなかったのよ。観光には飽きてしまったの。自分の部屋で昼寝をしていたのよ」

スーは信じるもんですかというように鼻を鳴らす勢いで、ふんと息を吸いこんだ。ふたりの女性の視線が一瞬がっちりとからみあった――その一瞬は永遠のようだった。それはわずか一秒ほどのあいだに無言のやりとりが多大な情報量で行われた、尋常ならざるひとときだった。

オリヴァーが見たところ、クレフがスーに向けている笑みは、この奇妙な人々がよく浮かべているあの静かな自信に満ちた笑みと同質のものだった。スーが相手の女性をすばやく品定めしたのがわかった。スーは肩をいからせて背すじをぴんとのばし、夏物のゆったりしたワンピースを肉のない平たい腰のあたりでさっと下になでつけ、一瞬、これ見よがしの態度でクレフを見下ろした。すべて意識的にやっていた。オリヴァーはおろおろとふたたびクレフに目を向けた。

クレフの肩はなだらかな曲線のままで、ドレスは細いウエストのところでベルトで留められ、その下の深いひだがはっきりと丸くふくらんだ腰を覆っている。スーの体形のほうが現代の流行に合ってはいる――だが、先に折れたのはスーだった。

クレフの笑みは揺るがなかった。だが沈黙のうちに、突然価値観が逆転していた。それを引き起こしたのはまさしく、クレフが自分自身に寄せている限りなく大きな自信と確信に満ちた静かな笑みだった。突然はっきりと示されたのだ――現代の流行は普遍的なものではないということが。突然、クレフの人目をひく現代的とは言えない豊かな丸みを帯びた身体つきが基準となり、その横にいるスーは奇妙にやせこけた、半ば男のように見える存在になっていた。

どうしてそんなことになったのか、オリヴァーにはさっぱりわからなかった。ほんのひと呼吸のあいだに、どういうわけか、正当性とも言えるものが片方の女性からもう片方の女性に移っていた。美というものはほぼ完全に流行によって規定される。現在美しいとされるものは二世代前には悪趣味と言われていただろうし、百年先にも悪趣味と言われるだろう。いや、それだけではすまず、時代遅れのうえ、ちょっとこっけいだとさえ言われかねない。

まさしくスーがそうだった。クレフはただ、自分が正当な基準なのだと、ポーチにいる全員に知らしめただけだった。突然、きわめて強い説得力をもって、クレフこそが美女ということになっていた——万人に認められる美女に。そしてスーは笑えるほど時代遅れに見えた。四角く張った肩が目立つしなやかでほっそりした肢体は時代錯誤にすら思え、場違いのように見えた。この奇妙に完全無欠の人々に囲まれていると、悪趣味に思えた。

スーは完璧に打ちのめされていたが、プライドをくじかれたわけではなかった。ただひどくうろたえていた。おそらく、いったいどうして負けたのか見当もついていないだろう。彼女はクレフに、燃えるような憤慨の視線を放った。それからオリヴァーに目をもどしたが、そこには疑いと不信が宿っていた。

のちに振り返ったときにオリヴァーが思ったのは、あの瞬間に自分ははじめてはっきりと、ことの真相に感づきかけたということだった。だがそのときは、それについてじっくりと考える時間はなかった。その一騎討ちのような一瞬のあと、〝どこだか知らないがここ以外の〝場所からやってきた三人がいっせいにしゃべりはじめたからだ。それはまるで、遅ればせながら、気づかれたくない何かをごまかそうとしているかのようだった。

「まあ、このすばらしい天気といったら――」とクレフが言い、マダム・ホリアが「この家を確保できたなんて本当になんて幸運――」と言い、ハラは赤い革の箱を高々と差し上げて、いちばん大きい声を張り上げた。「これはセンビーがあなたに送ってきたものです、クレフ。彼の最新作ですよ」

クレフがすぐさまその箱を受け取ろうと両手をさしのべたとき、弾力性のあるやわらかな袖がずり下がって丸みを帯びた腕があらわになった。袖がもとにもどる前にちらりとあの謎めいた傷痕が見えたが、ハラが腕を下ろしたときにも同じようなごくかすかな傷痕が袖口に隠れたように、オリヴァーには思えた。

「センビー！」クレフの声は高く愛らしく、楽しげだった。「なんてすてきなの！　どの時代にいるのかしら？」

「一六六四年の十一月ですよ」ハラが言った。「場所はロンドンです、もちろん。ですが一三四七年の十一月のモチーフとの並置的なものかもしれません。まだ仕上がってはいませんよ――当然ですが」それからちらりと気づかわしげな視線をオリヴァーとスーに向けた。「すばらしい見本です」口早に言う。「驚異的です。もちろん、あなたの趣味に合うならですが」

マダム・ホリアが堂々たる威厳のまま細かく身を震わせた。「あの男はね！　すばらしいわよ、もちろん――偉大な男だわ。でも――あまりに前衛的すぎるわ！」「センビーの作品の価値を正しく理解するには相当な鑑識眼の持ち主でなければだめなのよ」クレフはちょっと辛辣な声で言った。「そのことはみなが認めているところよ」

「ああそうね、誰もがみな、センビーには敬服しているわ」ホリアがしぶしぶながら認めた。「実を言うと、わたくしはちょっとあの男が恐ろしいのよ、あなた。彼もここに来たりするのかしら？」

「そうなんじゃないかしら」クレフが言った。「もし彼の――作品――がまだ仕上がっていないのなら、当然そうなるでしょうね。センビーの趣味はあなたもご存じでしょう」

ホリアとハラがそろって笑い声をあげた。「まあ、彼がいつにいるかはわかっているわ」ホリアは言い、茫然と目を瞠っているオリヴァーと、ぐっと抑えてはいるものの怒り心頭に発しているスーにちらりと目をやった。それから、強引に話を本筋に引きもどした。

「この家を確保できたなんて本当に運がよかったわねえ、クレフ」重々しい口調で言う。「わたくしはあれの立体画像を見たのよ――あとのものをね――相変わらず完璧だったわ。なんて幸運な偶然なのかしら。そちらの賃貸契約をゆずってくれる気はないかしら？　引き換えのものは出すわよ。たとえば戴冠式の観覧席――」

「何を出したってわたしたちは買収されないわよ、ホリア」クレフは陽気な口調で言い、赤い箱を胸に抱きしめた。

ホリアは冷ややかな目で彼女を見つめた。「そのうち気が変わるかもしれないわよ、クレフ」尊大な口調で言う。「まだ時間はあるわ。ここにいるウィルスンさんを通じていつでも連絡してくれればいいわ。わたくしたちは通りの先のホテルに泊まっているの、モンゴメリー館よ――もちろんあなたたちの部屋には及びもつかないけれど、しかたがないわ。どうにか用は足りるでしょう」

オリヴァーは目をぱちくりさせた。モンゴメリー館は街でいちばん高価なホテルだ。この崩れかけた古いボロ家に比べれば宮殿に等しい。この人たちのことはまったく理解できない。価値観がまったく逆のように思える。

マダム・ホリアは女王のような足取りでポーチの段に向かった。

「本当に会えてうれしかったわ、クレフ」たっぷりとパッドがはいった肩ごしに言った。「滞在を楽しみなさいな。オマリーとクリアによろしく伝えてちょうだい。ウィルスンさん――」歩道のほうを顎で指す。「ちょっとお話があるわ」

オリヴァーは彼女について、通りに向かって歩いた。半分ほど来たところでマダム・ホリアは足を止め、オリヴァーの腕に手をふれた。

「助言をひとつしておくわ」彼女はかすれ気味の声で言った。「ここで寝ていると言っていたわね？　すぐに出なさい、お若いの。今日じゅうに、夜になる前に出ていきなさい」

オリヴァーはちょっとうわの空ながらも、スーがあの謎めいた銀の立方体を隠した場所を探していた。と、二階から、最初の音が階段の吹き抜けを通って彼のほうに下りてきた。クレフは自室のドアを閉めていたが、この家は古い上に、頭上の物音にはまるでほとんど目に見えそうなしみのように木造部分にしみこんでいくような奇妙な特性があった。

ある意味、それは音楽だった。だがただの音楽ではなかった。恐ろしい音だった。大惨事の音と大惨事に大勢の人間が反応する音、ヒステリーから悲痛な叫びに至るまで、不条理な喜びから観念したあきらめに至るまでのありとあらゆる反応の音だ。

その大惨事は——ひとつだ。音楽はすべての人間の悲嘆をあらわそうとしているものではなかった。はっきりとひとつだけに焦点を絞り、そこから派生する枝をたどって外へ外へと展開していく。ほんの一瞬にして、オリヴァーはこの音のそうした本質を理解していた。その本質が主音であり、それがこの単なる音楽とは言いきれない音楽の最初の数節と共に彼の脳に打ちこまれてくるようだった。

だがちゃんと聞こうと耳をそばだてると、その音の意味についての理解はすべて失われ、ただごちゃごちゃと混乱した音の集まりにすぎなくなった。ちゃんと考えようとすると頭が絶望的にぼやけ、あの最初の一瞬に理屈なしに受け入れられた感覚をとりもどすことはできなかった。

すっかりぼうっとなり、オリヴァーは階段を上っていった。自分が何をしているか、よくわかっていなかった。クレフのドアを押して開けた。なかを見た――

そこで見たものについて、のちにはっきりと思い出すことはできなかった。ただ、その音楽によって脳内にかきたてられたさまざまなぼやけたイメージと同じような、漠然とぼやけたものが思い出されるだけだった。部屋の半分は靄の向こうに消えていた。その靄の立体スクリーンに投射されているのは――それを言いあらわす言葉はオリヴァーの語彙にはなかった。そこに投射されている画像が目で見ているものなのかどうかすら、よくわからなかった。その靄はぐるぐるとまわるように動いて音をたてているが、本当の靄は音もたてないし、オリヴァーが見ているような動きもしないものだ。

これは芸術作品だ。それを何と呼ぶか、オリヴァーにはわからなかった。彼が知っているすべての芸術形態を超越し、それらをミックスしたものであり、そのミックスしたものから、オリヴァーの頭脳ではとうてい理解できない機微が生み出されているのだ。これは根本的に、膨大な人間の経験のあらゆる本質的な側面をほんの数分であらわせるものに凝縮し、あらゆる感覚を同時に感じられるようにしようという偉大な総合芸術家のこころみなのだ。

スクリーンに次々と映し出されているのは具体的なものの写真などではなく、そうした画像をほのめかす一部――丹念に選択された輪郭で、それを見た脳が器用に全体像を記憶のなかから呼び出すよう促すものだった。おそらく、見る者それぞれにちがったものが見えているのだろう。なぜならその画像の真の姿は、見る者の目と心にあるものだからだ。ふたりの人間がまったく同じ光景を見ることはけっしてない。ただそれぞれが別々に、本質的には同じ恐ろしい物語が展開されるのを目にするのだ。

五感のすべてが、そのとんでもなく腕はいいが冷酷無慈悲な天才の手腕に揺さぶられる。色や形や動きがスクリーンにちらついてたくさんの情報をほのめかし、心の奥底に眠っていた耐えがたい記憶を呼び出していく。さまざまなにおいがスクリーンから漂ってきて、目に見えるどんなものよりも痛切に見る者の心を揺さぶり、まるで実際に冷たい手を置かれたかのように、ときどき肌がぞっと粟立った。苦さや甘さが記憶から呼び起こされるたびに、舌が思わず丸まった。

それはすさまじい効果を有していた。人の心のもっとも内奥のプライバシーを暴き、ずっと昔に心のかさぶたの下に押しこめたさまざまな秘密を呼び出して、その恐ろしいメッセージを見る者に情け容赦なく押しつける。見る者の心はその重圧でひび割れそうになるのだ。

こうしたことが明確にわかりながら、スクリーンに映し出されているのがいったいどういう大惨事なのか、オリヴァーにはわからなかった。それが実際に起きた広大でとてつもなく恐ろしいものだということは疑う余地がなかった。過去に起きたものだということも間違いなかった。悲痛や病気や死に直面して歪んでいる人々の顔——本物の顔、かつて生きていて、今は死にゆく瞬間を見せているたくさんの顔——がパッパッと瞬時に映し出されるのが見えた。画面いっぱいによろめいている何千人というみすぼらしい身なりの群集の画面に重ねて高価な服装をした男女の姿が映し出されていた。その大群衆が一瞬にして画面から一掃されて見えなくなり、死は貧富の分け隔てなく訪れたのだということがわかった。

巻き毛を揺らしながら笑っている愛らしい女性が見えた。その笑い声がヒステリーのような悲鳴になり、その悲鳴が音楽になった。ひとりの男性の顔が映し出されていた。何度も何度も——悲しげな深いしわが寄っている黒い髪の面長で気難しそうな顔、世知に長け、優雅に洗練された権力者の顔——だが無力だ。その顔はしばらくのあいだ、何度も再現されるモチーフとして映し出された。しかも常に、その前の回よりもひどく苦しみ苛《さいな》まれ、無力さをさらけだしていた。

音楽が高らかに盛り上がっていく最中で突然消えた。靄が消え、オリヴァーの前に部屋がふたたび姿をあらわした。一瞬、目を向けるところすべてにあの苦悶に歪む顔が印刷されているように思えた。まぶたの裏に残像が残っているかのように。その顔を、オリヴァーは知っていた。前に見たことがあった。たびたびというわけではないが、その名前も知っているはずだ――

「オリヴァー、オリヴァー――」クレフの甘ったるい声が霧のなかからオリヴァーに向かってきた。オリヴァーはドアの側柱に茫然と寄りかかって、クレフの目を見下ろしていた。クレフもまた、オリヴァーの顔にも浮かんでいるにちがいない、目がくらんだようなうつろな表情をしていた。ふたりとも、あの恐ろしい交響曲の威力にまだとらえられていた。だがこの混乱した一瞬にも、クレフがこの体験を楽しんでいたことをオリヴァーは見てとっていた。

彼は心の奥底から吐きそうな気分を感じていた。たった今スクリーン上で大勢の人間の惨状を目にしたせいで、吐き気と激しい嫌悪のあまりめまいがしていた。けれどもクレフは――彼女の顔には好意的な評価があらわれているだけだった。彼女にとってはすばらしい眺めだったのだ。壮観という一語があるだけだ。

関連性があるというわけではないが、クレフが楽しんでいた吐きそうな味のキャンディが思い出された。ときおりクレフの部屋から廊下に流れ出ていた未知の食べ物の、吐き気を催させるにおいも。

ちょっと前に、階下で彼女は何と言っていたっけ？　相当な鑑識眼の持ち主、それだ。センビーという名の誰かの作品のような――前衛的な――作品を鑑賞するには相当な鑑識眼の持ち主でなければだめ。

うっとりと陶酔させるような甘美な香りが、ふっとオリヴァーの顔をかすめた。何かひんやりしたすべすべするものが手のなかに押しこまれた。

「ああ、オリヴァー、本当にごめんなさい」クレフの声が悔恨をこめてささやく。「ほら、陶酔薬をお飲みなさい。そうすれば気分がよくなるわ。どうか飲んで！」

その勧めに応じたと気づくより先に、もうなじみになった熱いお茶の甘い香りが舌に乗っていた。リラックスを促す蒸気が脳にしみわたり、一、二秒すると周囲の世界がふたたび確かなものになったように感じられた。部屋はこれまでどおりだ。そしてクレフは――

彼女の目はぎらぎらと輝いていた。その目にはオリヴァーへの同情が浮かんでいた。だが彼女の心はまだ、さっき体験したもののおかげで浮き浮きと舞い上がっているのだ。

「こっちに来て、すわって」クレフはやさしく言い、オリヴァーの腕をひっぱった。「本当にごめんなさい――あんなものをかけてはいけなかったわ、あなたに聞こえるようなところでかけたなんてね。実を言うと、言い訳なんてできないの。センビーの交響曲《シンフォニー》をこれまでに聞いたことがない人にどんな影響があるか、忘れていただけなのよ。待ちきれなかったのよ、彼が……新しい主題をどういうふうに完成させたか、見たくてたまらなかったの。本当に本当にごめんなさい、オリヴァー！」

「今のは何だったんだ？」オリヴァーの声は思ったよりしっかりしているように聞こえた。お茶のおかげだ。もう一度お茶を飲む。その香りのおかげで気分が心地よく高揚する感じがありがたかった。

「それは……各種の要素をからめた解釈……ああ、だめよオリヴァー。わたしは質問に答えてはいけないんだから！」

「でも──」

「だめよ──お茶を飲んで、さっき見たことは忘れなさい。ほかのことを考えるのよ。さあ、音楽をかけましょう──もっと別の種類の音楽よ、何か陽気な曲──」

クレフは窓の横の壁のほうに手をのばした。前と同じに、ベッドの上の大きな額入りの青い海の絵が波打ち、青い色が薄れるのをオリヴァーは見た。その海のなかからまた別の風景が浮き出てきた──海の表面の下からさまざまな形がせりあがってくるように。

黒い幕を背にした舞台と、そこに立つ、身体にぴったりした黒いチュニックとズボンを着た男が見えた。男は落ち着きのないようすで横歩きをしている。両手と顔は黒に囲まれているせいでぎょっとするほど青白く見えた。男は片足を引きずっていた。背中が大きく前に曲がっていて、おなじみの台詞をしゃべっていた。オリヴァーは以前、ジョン・バリモアが演じるリチャード三世を見たことがあった。その難役にほかの俳優が挑んでいることが、漠然と腹立たしく思えた。この俳優をオリヴァーは見たことがなかったが、見とれてしまうようななめらかな動作を見せ、このプランタジェネット家の王についての解釈は、おそらく作者のシェイクスピアも考えてもいなかっただろうと思える、きわめて斬新なものだった。

「だめだわ」クレフが言った。「これはだめ。陰気なのはだめ」そしてふたたび、手をのばした。名も知れぬ俳優による新しいリチャード三世は消え、いろんな映像と声がぐるぐるとめまぐるしく変化してすべてがぼやけて混ざりあい、それから舞台いっぱいに広がって踊るバレエダンサーたちの映像があらわれた。みなパステルカラーのバレエ衣裳をまとい、複雑な動きを苦もなくやってのけている。伴奏の音楽も同じように軽快で苦もなさそうに思えるものだ。部屋いっぱいに、明快な浮き浮きするような調べが広がった。

オリヴァーはカップを置いた。今やかなりしっかりと自分を取りもどせたような気がしており、お茶がもたらした高揚は終わったのだと思えた。もう頭をぼうっとさせたくはない。知りたいことはいろいろあった。今こそそのときだ。どう切り出せばいいだろうと考えた。

クレフがじっと見つめていた。「さっきのホリアだけれど」唐突に言った。「彼女はこの家を買いたがっているの？」

オリヴァーはうなずいた。「多額のお金を申し出てくれてますよ。スーはひどくがっかりするだろうけど、ぼくは――」そこでちょっとためらった。おそらく、結果的にスーががっかりすることにはならないだろう。彼はあの謎の機能をもつ小さな銀色の立方体のことを思い出し、そのことをクレフに言うべきだろうかと考えた。だが酩酊気分はそこまで彼の脳に届いてはおらず、彼はスーへの義理を思い出して、その話はしなかった。

クレフが首を振り、彼の目を見つめた。そのやさしげな眼差しに浮かんでいるのは——同情だろうか？

「よく聞いて」彼女は言った。「最終的には、あなたはそんなことは——重要だとは——思わなくなるでしょう。保証するわ、オリヴァー」

オリヴァーはまじまじと彼女を見つめた。「説明してもらいたい」

クレフの笑い声は、おもしろがっているというよりは悲しみにあふれたものだった。彼女の声にもはや優越的なものは感じられないことに、不意にオリヴァーは気づいた。ほとんど気づいていなかったが、彼女が彼に向ける態度にも、微妙なおもしろがるような雰囲気はもはやなかった。オマリーとクリアの態度には相変わらず冷ややかなよそよそしさが感じられたが、クレフの態度にはもはやそれはなかった。かといって、そういうさりげなさが彼女の身についているとは思えなかった。無意識のうちに出てくるか、そうでなければまったくあらわれはしないはずだ。あまり深く考えたくはないのだが、どういうわけか突然、クレフの態度から優越者めいたものがなくなったのはとても重要なことではないかと思えてきた。それと、彼がクレフを想っているようにクレフも彼を想っているようだということも。だがそれについて、考えるつもりはなかった。

オリヴァーは薔薇石英のカップを見下ろした。細い三日月形の飲み口から湯気がひとすじ立ち上っている。今度はこのお茶の効果を利用できるかもしれないと考えた。お茶が口をすべらせやすくすることを思い出したのだ。そしてどうしても知りたいことはたくさんあった。ポーチでクレフとスーが無言の対決をしていたときに頭に浮かんだことは、今や笑い飛ばせない考えに思えた。絶対に、何らかの答えがあるはずなのだ。

先に口を開いたのはクレフだった。

「今日の午後はあんまりいい気分に浸るわけにはいかないのよ」薔薇色のカップの縁ごしに、彼女はオリヴァーに笑いかけた。「そのせいでぼうっとしそうだけれど、わたしたち、今夜はお友だちと出かけることになっているの」

「まだお友だちがいるんですか？」オリヴァーは訊いた。「あなたのお国からの？」

クレフはうなずいた。「今週ずっとわたしたちが待ち受けていた、とても大事なお友だちよ」

「どうか話してほしいんですが」オリヴァーはぶっきらぼうに言った。「あなたたちはどこから来たんですか。ここじゃありませんよね。あなたたちの文化はぼくたちのとは全然ちがう――名前だって――」クレフが首を振るのを見て、言葉がとぎれた。

「言えたらいいと思うわ。でもそれはルール違反なの。わたしが今ここであなたと話をしていることだって、ルール違反なのよ」

「ルールって？」

クレフはお手上げの仕草をした。「あなたはわたしにたずねてはいけないのよ、オリヴァー」ソファに悠然と背をあずけ――ソファはひとりでにその動作に寄り添う形になった――とても甘ったるい笑みを彼に向けた。「わたしたちはそういうことを話してはいけないのよ。そんなことは忘れて音楽を聞きなさい。楽しみなさい、できるうちに――」目を閉じて頭をうしろのクッションにあずける。調べを口ずさみはじめた丸みのある日焼けした喉がふくらむのが見えた。目を閉じたまま、彼女は階段で歌っていた文句をまた歌った。

「おいで、愛しい人よ、わがもとへ――」

突然、オリヴァーの頭に記憶がよみがえった。この奇妙にゆっくりした調べを聞いたことはないが、この文句は知っているように思った。ホリアの夫がこの歌を聞いたときに言っていたことが思い出され、彼は前に身を乗り出した。あけすけに質問をしてもクレフが答えることはない。でも、もしかしたら――

「カンタベリーは、これぐらい暖かかったのかな？」オリヴァーはそうたずね、息を詰めた。クレフは歌の別の一節を口ずさみながら首を振った。相変わらず目は閉じたままだ。

「あちらは秋だったわ」クレフは言った。「でもまばゆかったわ、すばらしくまばゆかった。ほら、ああいう服装でもね……みんながあの新しい歌を歌っていたわ。だから頭から追い払うことができないの」もう一節歌う。その文句はほとんど理解不能だった――英語ではあるが、オリヴァーに理解できる英語ではなかった。

オリヴァーは立ち上がった。「ちょっと待ってて。探したいものがあるんだ。すぐにもどってくる」

クレフは目を開け、あいまいな笑みをオリヴァーに向けた。まだ歌を口ずさんでいる。

オリヴァーはできるかぎりの速さで階段を下り――少しぐらついたが、頭は今はもうほぼすっきりしていた――書斎にはいった。目当ての本は古くよれよれで、大学時代に鉛筆であれこれ書きこんであった。求める文章がどこにあるかはっきりとは思い出せなかったが、親指で手早くページをめくっていき、まったくの幸運のおかげで、ほんの数分でそれを見つけた。それから、ふたたび階段を上っていった。今はほとんど確信していたが、そのせいで胃のあたりに奇妙に空疎な感覚を覚えていた。

「クレフ」きっぱりと言った。「ぼくはその歌を知ってる。その歌が新しかったのはいつの年か知ってる」

クレフのまぶたがゆっくりと開いた。陶酔の靄を通して、彼女はオリヴァーを見ていた。その目がちゃんと見えているのか、オリヴァーにはよくわからなかった。長いあいだ、その眼差しがじっと彼をとらえていた。それから、彼女は羽毛のような袖に包まれた腕をのばし、日に焼けた指先を広げた。そして喉の奥深くで笑った。

「おいで、愛しい人よ、わがもとへ」彼女は言った。

オリヴァーはゆっくりと部屋をつっきっていき、その手を取った。暖かな指が彼の指を包んだ。そのままひっぱられて、オリヴァーは彼女のかたわらに膝をつかなければならなかった。クレフのもう一方の腕が上がった。彼女はまたもやひどく静かな笑い声を漏らし、目を閉じて彼の顔に自分の顔を近づけた。

キスには愛情がこめられており、長かった。顔にかかる吐息のお茶の香りから、彼女が陶酔していることがわかった。キスが終わって首から両腕がほどかれ、不意に彼女の吐息を頬に感じたとき、オリヴァーはぎょっとした。クレフの顔に涙が流れ、口から嗚咽が漏れていたからだ。

オリヴァーは腕をのばして少し距離をつくり、驚きながら見下ろした。クレフはまたもやすすり泣きを漏らし、深く息を吸いこんで言った。「ああ、オリヴァー、オリヴァー――」それからいやいやをするように首を振って身を引き離し、顔を背けて彼から隠した。「ごめ……ごめんなさい」しどろもどろにつぶやく。「どうか許して。たいしたことじゃない……たいしたことじゃないってわかっているのよ……でも――」

「どうしたんだ？　何がたいしたことないんだ？」

「何でもない。何でもないわ……お願いだから忘れて。本当に何でもないのよ」クレフはテーブルからハンカチを取って鼻をかみ、涙ごしに輝いて見える笑みを彼に向けた。

突然、オリヴァーは激しい怒りを覚えた。ごまかしや煙に巻くような言いまわしはもうたくさんだ。彼は荒々しく言った。「きみはぼくがイカれてると思ってるのか？　もうじゅうぶんわかってるぞ――」

「オリヴァー、お願い！」かぐわしい湯気が立ち上っているカップを、彼女はさしのべた。「お願いだからもう何も訊かないで。ほら、あなたに必要なのは陶酔よ、オリヴァー。陶酔なのよ、答えなんかじゃなくて」

「カンタベリーでその歌を聞いたのは何年だった？」オリヴァーはカップを押しやり、問いつめた。

目をしばたたいて彼を見つめるクレフのまつ毛に、涙がきらめいていた。「それは……あなたは何年だと思うの？」

「知ってるぞ」オリヴァーは厳しい口調で言った。「その歌が流行した年を、ぼくは知ってる。わかってるぞ、きみはカンタベリーから来たばかりだ――ホリアの夫がそう言ってたからな。今は五月だ、でもカンタベリーは秋だった。そしてきみはそこから来たばかりだ、そこで聞いた歌がまだ頭のなかで鳴り響いているぐらい、つい最近に。チョーサーの著作に出てくる免罪符売りがその歌を歌っていたのは、十四世紀の終わりごろだ。チョーサーには会ったのか、クレフ？　そんな大昔の英国はどんなだった？」

しばらくのあいだ、クレフは何も言わずに彼の目をじっと見つめていた。それから肩ががっくりと落ち、青いやわらかなドレスの下で全身があきらめたように脱力した。「わたしってばかよね」静かに言った。「簡単に馬脚をあらわしてしまうわ。あなたは本当に信じているの——自分が言っていることを？」

オリヴァーはうなずいた。

クレフは低い声で言った。「そんなことを信じる人はほとんどいやしない。それがわたしたちが旅行する際の行動原理のひとつよ。〈旅行〉がはじまる以前の人々は信じやしないから、わたしたちが疑われる心配はない、というのがね」

オリヴァーの胃の空疎な感覚が不意に倍増した。一瞬にして時間というものから底が抜け、彼を取り巻く世界が不確かなものになった。気分が悪くなった。素っ裸の無力な存在になったような気がした。耳のなかがわんわんとうなり、目の前の部屋が薄暗くなった。

本気で信じていたわけではなかった——今この瞬間までは。クレフから聞けるものと期待していたのだ——うすうす考えていた途方もない想念や疑念すべてについて、ちゃんと納得できる合理的な説明が聞けるものと。こんなことを望んでいたわけではない。

クレフは淡いブルーのハンカチで目をぬぐい、弱々しく微笑んだ。

「わかるわ。こんな途方もないこと、とうてい受け入れられないわよね。これまでの常識をすべてひっくり返すようなこと——わたしたちは当然、子どものころから知っているけれど、あなたにとっては……ほら、オリヴァー。陶酔薬を飲めば少しは楽になるわ」

オリヴァーはカップを受け取った。三日月形の飲み口にクレフの口紅がうっすらとついていた。お茶を飲んだ。かぐわしい香気の効果で、頭のなかいっぱいにくらくらするような快さが渦巻き、頭蓋のなかで脳がちょっと回転したように感じられた。その回転とともに意識の焦点がずれ、それと共にあらゆる価値観がずれて動いた。

だんだん気分がましになってきた。肉がふたたび骨の上におさまり、その肉を一時的な安心感という暖かな衣服が包みこんだ。もはや、素っ裸で不確かな時間の渦に巻かれてよろめいているという感じはなくなっていた。

「本当はね、しごく単純な話なのよ」クレフが言った。「わたしたちは――旅行をしているの。わたしたちが生きている時代はあなたたちの時代よりとんでもなく先というわけではないの。だめよ、どれぐらい先か言うことはできないの。でもわたしたちはいまだに、あなたの時代の歌や詩人や偉大な俳優たちを覚えているわ。わたしたちは暇な時間がたっぷりあるから、楽しくすごすことにかけてはいろいろ開発しているのよ。

わたしたちは旅行をしているの――いろんな季節を巡るツアーよ。選《え》りすぐりの極上の季節を巡る――ヴィンテージ・シーズン・ツアーなの。さっき話したカンタベリーの秋は、こちらの調査員が調べたなかでもっともすばらしい秋だったの。わたしたちはかの大聖堂への巡礼の旅に参加したのよ――すばらしい体験だったわ、でもあの服を着て動くのはちょっときつかったわね。

そして今、この五月はもうすぐ終わる——記録に残されている時代でもっとも気持ちよく美しい五月が。すばらしい時代の、非の打ちどころのない五月よ。あなたは知る由もないでしょうけれど、あなたが生きているのは本当にすてきな、陽気な時代なのよ、オリヴァー。どの街の空気にも漂っているあの感じ——あのすばらしい、国全体に漂う自信と幸福感——何もかもが夢のようにうまくまわっている時代。天候のいい五月はほかにもいろいろあったけれど、どれも戦争とか飢饉とか、そのほかのよくない要素で損なわれていたの」クレフはちょっと言いよどみ、顔をしかめたが、早口に話を続けた。「数日後に、わたしたちはローマの戴冠式で落ち合うことになっているの。たしか紀元八〇〇年だったと思う——クリスマスの時期よ。そこで——」

「でも、どうして」オリヴァーは遮った。「きみたちはこの家にこだわったんだ？　ほかの人たちがきみたちからこの家を横取りしようとするのはなぜなんだ？」

クレフはじっと彼を見つめた。なかば閉じられて細い三日月形になった目がふたたび涙できらめくのが見えた。日焼けした顔のやわらかな肌に頑《かたく》なな表情が浮かぶのが見えた。

彼女は首を振った。

「それを訊いてはいけないわ」湯気を上らせるカップを差し出す。「さあ、これを飲んで、わたしが言ったことは忘れなさい。これ以上話すことはできないわ。これ以上は何も」

目が覚めたとき、オリヴァーはちょっとのあいだ、自分がどこにいるのかまったくわからなかった。クレフの部屋を出た覚えも、自分の部屋にはいった覚えもなかった。だがそのときはそんなことは気にならなかった。なぜなら、目覚めたとたん、恐怖に圧倒されていたからだ。

あたり一面、真っ暗闇だった。脳が次々と襲いくる恐怖と苦痛の波に揺さぶられていた。身じろぎするのも恐ろしく、しばらくじっと動かずに横たわっていた。遠い祖先の記憶のようなものが、危険なのはどの方向なのかわかるまでは静かに横になっていろと告げていた。理由のないパニックが潮のように押し寄せてくる。頭が猛烈に痛み、その激痛と同じリズムで闇が脈打っていた。

ドアをノックする音がした。オマリーの深みのある声が言った。「ウィルスン！　ウィルスン、起きてるか？」

オリヴァーは二回返事をしようとこころみ、それからようやく声が出た。「は、はい——どうしたんですか？」

ドアノブががちゃがちゃと音をたてた。オマリーの黒い影が照明のスイッチを手探りし、とたんに部屋がぱっと見えるようになった。オマリーの顔は緊張で引きつり、片手を頭に当てているようすは、オリヴァーと同じリズムで激痛を感じているようだった。

そのときだった。オマリーがふたたび口を開くより先に、ホリアの警告が思い出された。

『すぐに出ていきなさい、お若いの。今日のうちに、夜になる前に出ていきなさい』純粋な恐怖のリズムで脈打つこの真っ暗な家のなかでみなを脅かしているのは何なのか、彼は必死で考えた。

オマリーの怒った声が、口に出されなかった質問に答えた。

「誰かがこの家に超低周波機を置いたんだ、ウィルスン。それがどこか、きみが知っているかもしれないとクレフが言っている」

「ち、超低周波機？」

「ちょっとした装置だ」オマリーはいらだたしげに説明した。「おそらく小さな金属の箱で――」

「あ」オリヴァーの声の調子が、オマリーに何もかもを語ったようだった。

「どこだ？」オマリーは詰問した。「早く言え。これを止めるんだ」

「わ、わかりません」歯がカチカチ鳴るのを、オリヴァーはどうにか抑えた。「こ、これはすべて――すべてその小さな箱のせいだっていうことですか？」

「もちろんだ。今すぐどこにあるか教えてくれ、われわれ全員の頭がおかしくなる前に」

オリヴァーはがたがた震えながらベッドから出た。力がはいらない手でガウンを手探りする。「た、たぶんスーは階下のどこかに隠したんだと思います。そ、そんなに長いあいだ離れてはいなかったから」

オマリーは短い質問をいくつかして、オリヴァーから顛末を聞き出した。オリヴァーがすべて話し終えたときには、憤激のあまり歯をガチガチいわせていた。

「あのホリアのばかが――」

「オマリー！」クレフの悲痛な声が廊下から響いた。「お願いだから早くして、オマリー！　こんなの、耐えがたいわ！　ああ、オマリー、お願い！」

オリヴァーはすっくと立ちあがった。その動作のせいで、言いあらわしようのない痛みの波が倍増して頭蓋のなかで爆発したように感じられ、ベッドの柱にすがって、よろめいた。

「あなたが自分で見つけてください」自分の声が苦しげにしゃべるのが聞こえた。「ぼくには歩くことすら――」

室内に高まっている圧迫のため、オマリーの憤激も針金のように張りつめていた。彼はオリヴァーの肩をつかんで揺すぶり、うわずった声で言った。「おまえが引き入れたんだ――今すぐ取り除くのを手伝え、さもないと――」

「それはあなたたちの世界の装置でしょう、ぼくの世界のじゃない！」オリヴァーは憤慨した声を張り上げた。

そのとたん、室内に不意に冷たさと沈黙が満ちたように思えた。一瞬、苦痛と理不尽な恐怖すらもとぎれた。オマリーの薄青い冷たい目がオリヴァーを見据えた。その冷たさは、視線が氷のように感じられるほどだった。

「何を知っているんだ、わたしたちの――世界について？」オマリーの口調は厳しかった。オリヴァーは一言もしゃべらなかった。その必要はなかった。おそらくその顔が、何を知っているかさらけだしていたのだろう。いまだによく理解できないでいるこの深夜の恐怖と激痛のストレスで、隠しごとなどできるはずもなかった。

オマリーは白い歯をむきだして、まったく理解できない言葉を三語言った。それからドアのほうに向かい、どなった。「クレフ！」

廊下でふたりの女性が縮こまっているのが、オリヴァーにも見えた。この人為的につくられた不可思議な恐るべき波動に合わせてがたがたと激しく震えている。暗闇で光る緑色のガウンを着ているクリアは身をこわばらせて自制をきかせていたが、クレフは何かをこらえようという努力はいっさいしていなかった。羽毛のガウンは今夜はやわらかな金色をしていた。クレフはそのガウンにくるまれてがたがた震え、涙がとめどなく顔を流れ落ちていた。

「クレフ」オマリーが剣呑《けんのん》な声で言った。「昨日、また陶酔薬を使ったな？」

クレフはおびえた目をオリヴァーに向け、ばつが悪そうにうなずいた。

「きみはしゃべりすぎた」それは完全な非難だった。「ルールは知っているだろう、クレフ。誰かがこのことを当局に報告したら、きみは二度と旅行を許されないぞ」

クレフのなめらかな愛らしい顔が不意に強情そうにゆがんだ。

「いけないことだったのはわかっているわ。本当にごめんなさい――でもセンビーがだめだと言えば、わたしにやめさせることはできないのよ」

クリアが両腕を振り立てて、どうしようもない怒りを表明した。オマリーが肩をすくめる。「今回は、たまさかたいした害は起きていない」オリヴァーに底の知れない視線を向ける。「だが深刻な害が起きたかもしれないんだ。次はそうなるかもしれない。センビーと話し合いをしなければならんな」

「とにかくまず、超低周波機を見つけなくてはならないわ」クリアががたがた震えながら思い出させた。「クレフが手伝いたくないっていうんなら、しばらく外に出ていってもらいたいわ。白状すると、今はクレフの顔を見るのもうんざりよ」

「この家をあきらめればいいのよ！」クレフは半狂乱になっていた。「ホリアにくれてやればいいわ！　これから探すなんて、そんなに長く耐えられるわけが――」

「この家をあきらめる？」クリアが言った。「気でもちがったの！　あれだけの数の招待状を出したのよ？」

「その必要はない」オマリーが言った。「全員で探せば見つけられるはずだ。手伝えそうかね？」オリヴァーを見る。

部屋じゅうに広がっている波動を感じながら、オリヴァーは苦労してこの理不尽なパニックを抑えつけた。「ええ。でもぼくはどうなるんです？　あなたたちは何をするつもりなんです？」

「それは決まっているだろう」オマリーの浅黒い顔から、薄青い目が冷ややかにオリヴァーを見つめた。「われわれが出ていくまで、きみをこの家から出さないようにする。われわれにできるのはせいぜいでその程度だ、わかっているだろう。それ以上のことをわれわれがしなければならない理由はない。われわれ全員が守らなければならないのは、他言しないことなのだ。われわれ全員が、旅行契約書にサインしたときにそれを約束させられているのだ」

「でも――」オリヴァーはその理屈に誤りはないかと探したが、何の役にも立たなかった。はっきりとものを考えることができなかった。周囲の空気そのものからかきたてられるパニックのせいで、頭がおかしくなりそうだった。「わかったよ」彼は言った。「探そう」

箱が見つかったのは、夜が明けてからだった。箱はソファのクッションのほつれた縫い目に押しこんであった。オマリーはまったくの無言で、それを二階に持っていった。五分後、不意に空気の圧迫が消え、家じゅうにありがたい平和が訪れた。

「やつらはまた仕掛けてくるぞ」家の裏手側にある寝室の戸口で、オマリーはオリヴァーに言った。「われわれはそれを見張らねばならない。きみに関しては、金曜日までこの家にずっといるように見張らなくてはならない。きみ自身のために忠告しておくが、もしまたホリアが何か仕掛けを申し出たら、わたしに知らせたほうがいいぞ。白状するが、どうやればきみをずっと屋内にとどめておけるか、よくわからない。きみにひどく不快な思いをさせる方法はいくつかあるが、それよりはきみに約束してもらいたい」

オリヴァーはためらった。脳の圧迫がゆるんだせいで、どっと疲れが出たうえまぬけな気分になっており、いったいどういう返事をすべきなのかよくわからなかった。

しばらくして、オマリーは続けた。「この家で暮らすのがわれわれだけだということを確認しなかったのは、こちらの落ち度でもある。同じ屋根の下で暮らしていれば、いろいろと気になるのはしかたないだろう。きみに約束してもらう見返りに、この家を売らなかったために出る損失をある程度弁償するというのはどうだろう？」

オリヴァーは考えてみた。それならスーの気もちょっとはおさまるだろう。たった二日間家にこもればすむ話だ。それに逃げたとして、何の得があるだろう？　こんな話を誰かにしたところで、精神病院の独房にまっすぐ送られるのがおちではないか？

「わかった」オリヴァーは疲れた声で言った。「約束するよ」

金曜日の朝まで、ホリアからは何の便りもなかった。正午にスーが電話をしてきた。その電話はクレフが取ったが、電話線ごしにスーの声ががなりたてているのがオリヴァーにも聞こえた。雑音まじりでもヒステリーを起こしているのがわかった。せっかくのもうけ話がつかんだ手の先からどうしようもなくすべり出ていくことを、スーは知ったのだ。

クレフの声がなだめていた。「ごめんなさいね」向こうの声がやんだ合間合間に、何度もそう言っていた。「本当にごめんなさい。でも信じてちょうだい、今にそんなことは問題じゃないとわかるわ。わかっているわ……ごめんなさい――」とうとうクレフは電話を置いてこちらを向いた。「ホリアはあきらめたと、お嬢さんは言っているわ」ほかのみんなに言う。

「ホリアがあきらめるはずがないわ」クリアがきっぱりと言った。

オマリーが肩をすくめた。「もう時間はほとんど残されていないんだ。もしまだ何かするつもりなら、それは今夜になるはずだ。警戒しなければならないぞ」

「あら、今夜ということはないわ!」クレフはショックを受けたような声をあげた。「いくらホリアでも今夜はしないでしょう!」

「ホリアはホリアで、きみに負けず劣らず何をするかわからないんだよ、かわいい人」オマリーが笑みを浮かべてクレフに言った。

「でも――自分がここにいられないからという理由だけで、何もかもを台無しにしたりするかしら?」

「何を甘いことを言っているのよ?」クリアが厳しい声を出した。

オリヴァーは聞き耳を立てるのをやめた。三人の話はまったくもって意味不明だが、秘密が何であれ、今夜になれば明らかになるはずだとわかっていた。それまで待っていればいいのだ。

この二日間でこの家のなかにわくわくする期待感が高まっており、同居している三人も同じ気分を感じているようだった。使用人たちまでもがそれを感じており、神経を高ぶらせて落ち着きをなくしていた。オリヴァーはあれこれ質問するのはあきらめ――賃借人たちをまごつかせるだけだからだ――じっとなりゆきを見守った。

家じゅうの椅子がすべて、表側に並ぶ三つの寝室に集められた。それらの椅子を置く場所をつくるために家具の位置が変えられ、何十という例のふたつきのカップがトレイの上に並べられていた。クレフの薔薇石英《ローズクォーツ》のカップもほかのカップといっしょに置かれていることに、オリヴァーは気づいた。細い三日月形の飲み口からは湯気は立ち上っていなかったが、どのカップもいっぱいに満たされていた。そのひとつを持ち上げてみると、カップのなかで重い液体が動くのが感じられた。半分かたまりかけているものがどろりと動いている感じだった。

見るからに来客の予定があるようだったが、いつもの夕食時間である九時が来て、過ぎていっても、誰もやってこなかった。夕食が終わった。使用人たちは帰宅した。どんどん緊張感が高まるなか、サンシスコたちはそれぞれの部屋に着替えにもどった。

夕食のあと、オリヴァーはポーチに出て、無駄と知りつつ、家のなかにこれほど期待感が高まっている理由は何なのだろうと考えた。地平線近くの靄のなかに弦月がおぼろに浮かんでいたが、これまでの五月の夜にいつも清澄なきらめきを与えていた星々が、今夜はひどく暗かった。日没時から雲が広がりはじめており、まるひと月続いた翳りない上天気がついに崩れるときが来たように見えた。

オリヴァーの背後でドアが少し開いて、閉じた。振り返るより先にクレフの香りがした。それと、彼女が度を越して愛用している陶酔薬のほのかな芳香が。彼女はオリヴァーの横にやってきて、彼の腕に手をすべりこませ、暗がりのなかで彼の顔を見上げた。

「オリヴァー」とても静かな声で言った。「わたしにひとつ約束してちょうだい。今夜はこの家から出ないと約束して」

「その約束はもうしたよ」オリヴァーはちょっといらだちを覚えた。

「知っているわ。でも今夜は――今夜あなたに屋内にいてほしいと言うのには、ちゃんとした理由があるのよ」彼女の頭がオリヴァーの肩に寄りかかった。意に反して、オリヴァーのいらだちは和《やわ》らいでいた。彼女が口をすべらせたあの夜以来、ふたりきりになったことはなかったし、一度に数分以上長く彼女と自分だけになることは二度とないだろうと思っていた。だが、この心をかき乱されたふた晩のことを忘れることはないだろう。今はまた、彼女がひどく弱くて愚かだということもわかっていた――だがそれでも彼女はクレフなのだ。かつて腕のなかに彼女を抱いたことを、けっして忘れたくはなかった。

「今夜外に出たら、あなたはきっと──傷つくわ」クレフはくぐもった声で言っていた。

「最終的にはそんなことは問題じゃなくなるとわかっているけれど、でも──忘れないで、あなたは約束したのよ、オリヴァー」

そしてふたたび彼女は消えた。ドアが閉じたあとでようやく、オリヴァーは頭に浮かんだむなしい質問の数々を声に出せるようになった。


真夜中直前に、客人たちがやってきはじめた。二人連れ、三人連れではいってくるのを階段の上から眺めていたオリヴァーは、この数週間にここに集まっていた未来からの人々の数の多さに驚いた。今ははっきりと、彼らがオリヴァー自身の時代の基準からどうかけ離れているかが、見てとれた。まず気がつくのは、彼らの外見の優雅さだ──完璧な身だしなみ、細部まで気配りされた行儀のよさと綿密にコントロールされた発声。だが全員が有閑階級のようにのらくらしており、ある意味で快楽追求者であるせいか、とりわけみんなでしゃべっているところを聞くと、うわべの声の下にある種のけたたましさが感じ取れた。行儀のよさの下にこらえ性のなさやわがままさが透けて見える。そして今夜は全員がわくわくするような期待感に浸っていた。

午前一時には全員が表側の三つの部屋に集まっていた。お茶のカップからは、真夜中をまわったころからひとりでに湯気が立ち上りはじめており、家じゅうにほのかな香気がうっすらと漂っていた。お茶の香りと共に吸いこまれ、三つの部屋に陶酔のようなものを引き起こしている香気が。

そのせいでオリヴァーも頭がふわふわして、ぼうっとした眠気を感じていた。ほかの人たちが起きているあいだは起きていようと決めていたが、どうやら自分の部屋の窓ぎわで、本を開きもせずに膝にのせたまま、うとうとしていたようだった。

それが起きたとき、数分ほどのあいだ、夢なのかそうでないのか、よくわからなかったからだ。

そのとてつもない大音響は、単なる音というだけではなかった。足の下で家全体が揺れるのが感じられ、垂木《たるき》や梁《はり》が折れた骨のようにぎしぎしとぶつかりあうのが耳で聞く音だけでなく体感として感じられたが、そのあいだも彼はまだ、眠りとのはざまの夢うつつの状態にいた。完全に目が覚めたとき、彼は砕けた窓ガラスの破片と共に床の上にいた。

そこに倒れていた時間が長かったのか短かったのか、よくわからなかった。あのすさまじい大轟音で世界が麻痺してしまったのか、それともオリヴァーの耳がそのせいで聞こえなくなっているのか、どこからもまったく何の音もしなかった。

表側の部屋に向かって廊下を半分ほど進んだとき、音が戸外からよみがえってきた。最初は、なんとも形容しがたい低い轟きのような音で、そのなかに無数の遠くの悲鳴が混じっていた。オリヴァーの鼓膜は耳ではとらえきれない大音響の恐ろしい衝撃を受けてがんがんと痛んでいたが、その痺れがだんだん薄れてきて、目で見るよりも先に傷ついた市街地からあがる最初の声々が聞こえてきた。

クレフの部屋のドアは、開けようとしてもすぐには開かなかった。この暴力的な――爆発？――の威力で家は少し沈下しており、建てつけがゆがんでいたのだ。無理やりドアを開けたオリヴァーは、真っ暗な室内に向かってばかみたいに目をぱちくりさせるしかなかった。すべての明かりが消されていたが、たくさんの息を詰めたささやきのようなものが広がっていた。

大きな正面の窓を取り巻くように椅子が寄せられ、全員が外を見られるようになっていた。空気には陶酔薬の香りが漂っている。屋外からの光がじゅうぶんにはいっていたので、何人かの見物客がまだ両手で耳を覆っているのがオリヴァーにも見えた。だが、ほかのみんなは熱心に身を乗り出して外を見ている。

夢かと思わせるような靄を通して、窓の下に広がる市街地がありえないほどはっきりと見えた。通りの向こう側の家並みで視界が遮られているはずなのだ――が、今は市街地が見晴らせていた。しかも、ここから地平線まで果てしなく広がる景色が見えていた。あいだにあった家がすべて消えていた。

はるか遠くの地平線上では、炎がすでに揺るぎないかたまりとなって、下のほうの雲を深紅に染めていた。市街地の上の空から照り返される地獄の業火のような光が、見渡すかぎり軒並みぺしゃんこになって倒れている家々の列をくっきりと照らし出していた。そのあいだに炎の舌があがりはじめており、さらに外側の、ほんの数分前には家だったのに今は形を失っている瓦礫《がれき》の上に広がっていこうとしている。

市街地が声をあげはじめていた。炎がたてる音が最大級に高まっていたが、はるか遠くの波の音のように、たくさんの人間の声のどよめきが聞こえた。さらにあちこちで断続的にあがる短い悲鳴が、音の網目のなかに絶え間なくあらわれては消える模様のようなものをつくっている。ゆっくりとうねる波を縫うように、甲高いサイレンが音の網を縫い合わせて、冷酷きわまりない奇妙な美をもつ恐ろしい交響曲《シンフォニー》を織りなしていた。

信じられないという思いで茫然と立ちすくむオリヴァーの頭に、いつだったかこの部屋でクレフがかけていた別の交響曲《シンフォニー》の記憶がよみがえった。あれは音楽と動きまわる形という手段を使って、これとは別の大災害を語っていたのだ。

オリヴァーはかすれた声で言った。「クレフ――」

窓を囲んでいた人々の静止が破れた。全員の頭がこちらを向いた。見知らぬ人々の顔がオリヴァーを見つめていた。きまりが悪そうに彼と目を合わせないようにしている客もわずかにいたが、ほとんどはぎらぎらした冷酷な好奇心を浮かべて彼の目を見つめていた。

それは事故現場に集まる野次馬たちに共通するものだったが、ここにいる人々は計画的にここに集まっていた。大惨事にタイミングを合わせてやってきた見物人たちなのだ。

クレフがよろよろと立ち上がったが、ベルベットのディナー用ドレスの裾につまずいた。カップを置き、軽くふらつきながらドアに向かって歩いてきた。そうしながら、「オリヴァー……オリヴァー――」と甘ったるいぼんやりした声で言っている。酔っぱらっているのが見てとれた。この惨状のせいですっかり気が高ぶって、自分が何をしているかよくわからなくなっているのだろう。

オリヴァーの耳に、自分のものとは思えないか細い声がしゃべっているのが聞こえた。「あ、あれは何なんだ、クレフ？　何が起きたんだ？　何が――」〝起きた〟という言葉は眼下に広がる凄惨な光景にはまったく不適切なものに思え、今さら必死で質問しようとする自分をヒステリックに笑い飛ばしそうになるのをぐっと呑みこもうとしたが、ついには完全にあきらめ、全身の激しい震えをどうにか抑えようとした。

クレフはよろめきながら身をかがめ、湯気を立ち上らせるカップをつかんだ。ふらつきながらオリヴァーのほうにやってきて、カップを差し出した――あらゆる不具合に効く彼女の万能薬を。

「ほら、飲みなさいな、オリヴァー――ここにいればまったくの安全なのよ、全然危険はないわ」クレフがオリヴァーの唇にカップを押しつけ、オリヴァーは反射的にごくりと飲んだ。最初のひと口で香気がゆっくりと渦巻きながら脳の働きを止めるのがありがたかった。

「隕石よ」クレフが言っていた。「ほんの小さな隕石なのよ、実を言うとね。ここにいれば完全に安全なの。この家は無傷だったでしょ」

ほとんど無意識に、オリヴァーは自分がしどろもどろに口走るのを聞いていた。「スーは？　スーはいったい――」みなまで言うことができなかった。

またもやクレフがオリヴァーにカップを突きつけた。「彼女は無事だと思うわよ――当分のあいだは。お願い、オリヴァー――そんなことは忘れて、お飲みなさい」

「でもきみは知ってたんだろう！」オリヴァーのぼうっとした脳が、遅まきながら真相に気づきはじめていた。「警告してくれることもできたはずだ、さもなきゃ――」

「わたしたちが過去を変えられると思う？」クレフが言った。「たしかに知っていたわ――でも隕石を止められると思う？　この街に警告することができると思う？　わたしたちは旅行に来る前に約束させられたのよ、決して干渉しないと――」

ふたりの声はだんだん高くなり、下のほうでどんどん大きくなっている音をわずかにしのいでいた。市街地は今や哮《たけ》りをあげていた。炎と叫びと、建物が次々と崩れて倒れる轟音の哮りを。室内の照明が毒々しい赤になり、壁や天井が脈打つ赤い光とそれ以上に赤い闇とに、交互に染まっていた。

階下でドアの音がした。誰かが笑い声をあげた。甲高く、かすれた、怒りの笑いを。室内の人々の誰かがはっと息を呑み、それから幻滅した叫び声が口々に漏れた。オリヴァーは窓に目を凝らして、その向こうに広がる恐ろしい光景を見ようとしたが、何も見えなかった。

さらに何秒か、けんめいに目をぱちぱちさせたあげく、おかしいのは自分の目ではないことがわかった。クレフが静かにすすり泣きを漏らしながら、彼にすがった。反射的に両手で彼女を包みながら、オリヴァーは自分に寄りかかる確固たる暖かな肉体をありがたいと思った。少なくともこれだけはちゃんとふれることができ、たしかなものだとわかる。だが、それ以外のものはすべて、夢かもしれないと思えた。クレフの香水と頭をくらくらさせるお茶の芳香が頭のなかで溶けあい、彼女をこうして抱きしめるのはこれがきっと最後にちがいないと思った瞬間、何も気にならなくなった。室内の空気の何かがとんでもなくおかしくなっていることさえも。

問題はものが見えないことだ――ずっと何も見えないわけではないが、市街地からの明滅する光に照らし出される室内のほかの人々の顔――緊張してひきつり、驚愕している顔――の上に、何度も何度もたてつづけに、波紋のようなものが素早く広がっていた。波紋はどんどん速くなった。今や波紋のあいだにほんの一瞬ものが見えるだけになり、その見える瞬間はどんどん短くなって、何も見えない闇の時間がどんどん広がっていた。階下から、ふたたび笑い声が階段の吹き抜けを上がってきた。その声を知っているとオリヴァーは思った。しゃべろうとして口を開けたが、舌を動かせるようになる前に、となりの部屋のドアが勢いよく開いて、オマリーが階段の下に向かってどなった。

「ホリアだな？」市街地の轟音に負けじと声を張りあげる。「ホリア、おまえだな？」

ホリアはもう一度、勝ち誇った笑いをあげた。「警告はしたわよ！」しゃがれた耳障りな声が叫ぶ。「もっと見たかったら、通りに出てきてわたしたちといっしょになりなさいよ！」

「ホリア！」オマリーがせっぱつまった声をあげる。「これをやめろ、さもないと——」

嘲笑が響いた。「何ができるというの、オマリー？　今度はすごくうまく隠してあるのよ——このあとを見たいなら、通りに下りてくるのね」

家のなかに怒りに満ちた沈黙が漂った。クレフの興奮した浅く速い呼吸が頬にあたり、腕のなかで彼女の身体が静かに身じろぎするのを、オリヴァーは感じた。意識して、この瞬間を長く続かせようと——永遠に引きのばそうとした。いろんなことがあまりにすばやく起きたせいで、脳裏にはっきりと刻まれたのは、実際にふれて抱きしめられるものだけだった。オリヴァーは意識してごく軽く彼女を抱き寄せていたが、本当はぎゅっときつく激しく抱きしめたかった。彼女を抱きしめるのはこれが最後になるだろうと確信していたからだ。

目を極度に疲労させる光と闇の交錯は続いていた。眼下のはるか遠くのほうから、燃える市街地のどよめきがうねりながら押し寄せ、あらゆる音をひとつに繋ぎあわせる長く尾を引くようなサイレンの旋律によってまとめられてゆく。

そのとき、人の不安を募らせる闇のなかで、階下の廊下からもうひとつの声が響いた。とても深みがあり、耳に快い男性の声が言った。

「これはどうしたことだ？　きみはここで何をしている？　ホリア——きみだろう？」

腕のなかでクレフが身をこわばらせるのを、オリヴァーは感じた。重い足取りが階段を上がりはじめたとき、クレフは息を詰めたが、何も言わなかった。揺るぎない自信に満ちた足取りが、ひと足ごとに古い家を揺るがせながら、階段を上がってきた。

クレフがオリヴァーの腕を乱暴に押しのけて離れた。彼女の甲高く甘ったるい、興奮した声が叫ぶのが聞こえた。「センビー！　センビー！」彼女は揺れる家を薙《な》ぎつづける闇と光の波のなかを、新たな来訪者を迎えに走っていった。

オリヴァーは軽くよろめき、膝のうしろに椅子の座面があたるのを感じた。椅子にすわり、まだ手に持っていたカップを唇に当てる。顔に当たる湯気は暖かく湿っていたが、カップの縁の形はほとんど見えなかった。

オリヴァーは両手でカップを持ち、飲んだ。

目を開けると、室内は真っ暗だった。静まり返ってもいたが、聞こえるかどうかぎりぎりのところで、耳に快いか細いうなりが続いていた。オリヴァーはとんでもない悪夢の記憶と戦った。断固として悪夢を心から押しやり、身を起こす。なじみのないベッドが身体の下できしんで揺れるのが感じられた。

これはクレフの部屋だ。だが――クレフはもういなかった。光沢を放つ壁掛けも、弾力性のある白い敷物も、額入りの絵も消えていた。部屋は彼女がやってくる前と同じになったように見えた――ただひとつのものを除いて。

反対側の片隅にテーブルがあった――半透明の物質でできた直方体だ。そこから、やわらかな光が出ていた。その前の低い丸椅子に、男性がすわっていた。前に身をかがめている姿のがっしりした肩の輪郭が、光を背に黒々と見える。男はヘッドフォンをつけ、膝にのせたノートにときおり何か手早く書きつけている。まるで耳に聞こえない音楽に合わせているかのように、軽く身体を揺らしていた。

カーテンは引かれていたが、その向こうから遠くくぐもった哮りが聞こえていた。悪夢のなかで聞いた覚えのある響きだ。オリヴァーは顔に片手を当て、熱っぽいほてりがあり、部屋がたわんだように見えることに気づいた。頭ががんがんと痛み、手足にも神経にも根深い倦怠感が感じられた。

ベッドがきしみ、隅にいる男がこちらを向いた。ヘッドフォンをはずして襟のように首にかける。短くそろえた黒い顎ひげの上に感受性の強そうな力強い顔があった。オリヴァーが見たことのない男だったが、今ではもうよく知っているあの雰囲気をまとっていた。ふたりのあいだに時間そのものが深淵のように横たわっていることを知っているがゆえのよそよそしさを。

口を開いた男の深みのある声には、人間的な温かみのいっさいない穏やかさがあった。「きみは陶酔薬を飲みすぎたんだ、ウィルスン」よそよそしいながらも好意的な口調だった。「ずいぶん長いあいだ眠っていたよ」

「どれぐらい？」しゃべってみると、喉がねばついているように感じられた。

男は答えなかった。オリヴァーはおそるおそる首を振ってみた。「たしかクレフは、二日酔いにはならないって言ってた――」そのとき、別の考えが最初の考えを遮り、オリヴァーはすばやく言った。「クレフはどこだ？」おろおろとドアに目を向けた。

「今ごろはそろってローマにいるよ。ここから千年以上前のクリスマスの日に、サン・ピエトロ寺院でシャルルマーニュの戴冠式を見物している」

そういう考えは、オリヴァーが明確に理解できるものではなかった。ずきずきと痛む脳ははっきりとものを考えようとはしなかった。奇妙なことに、少しでもものを考えることがとてもむずかしかった。男を見つめたまま、オリヴァーは痛む頭でひとつの考えをたどり、結論にたどりつこうとした。

「それじゃ、クレフたちは行ってしまった――でもあなたはあとに残ったんだな。なぜだ？　あなたは……センビーだよね？　あなたの――交響曲《シンフォニー》を聞いたよ、クレフがそう呼んでた」

「きみが聞いたのはほんの一部だ。あれはまだ完成していない。必要だったのだ――これが」センビーはカーテンのほうにくいと首を曲げてみせた。その向こうではまだ、弱まってはいるものの轟音が続いていた。

「必要だったのは――隕石か？」口にしたことの意味がオリヴァーの鈍っていた脳に強烈にしみこみ、まだ痛みに侵されていなかった部分を――まだその意味を理解できる部分を――直撃したように感じられた。「隕石だって？　でも――」

センビーが上げた手には絶大な力があり、それがオリヴァーをふたたびベッドにすわらせたようだった。センビーは辛抱強く言った。「最悪の部分はもう過ぎ去った。今しばらくはね。できるなら忘れろ。あれはもう何日か前のことだ。さっきも言ったように、きみはしばらく眠っていたのだ。わたしが眠らせたのだ。この家が無事だということはわかっていた――少なくとも火事で燃えないということはね」

「ということは――まだ何かが起きるということか？」オリヴァーはぼそぼそと質問をつぶやくしかなかった。答えがほしいのかどうかもよくわからなかった。もうずっと知りたくてたまらなかったが、いざもう少し手をのばせばわかりそうだとなると、脳のどこかが頑として聞くまいとしているようだった。きっとこの疲労感と熱に浮かされたようなくらくらする感じも、陶酔薬の効果が薄れていけば消えるのだろう。

センビーの声はなめらかに、なだめるような調子で話しつづけた。まるでセンビーもまた、オリヴァーに考えさせたくないと思っているかのようだった。ベッドに横になって耳を傾けるのはこの上なく簡単なことだった。

「わたしは作曲家だ」センビーの声が流れる。「さまざまな形の災害を自分なりの表現形式であらわすことに興味があってね、だからここにとどまっている。ほかの者たちは俗な芸術愛好家《ディレッタント》たちだ。彼らは五月の好天と災害見物を楽しみにやってきたのだ。災害の余波については――彼らがわざわざそんなものを待ち受けると思うかね？　わたしはといえば――どうやらわたしは本当に相当な鑑識眼の持ち主のようでね。災害後の状況にもかなりの魅力を感じるのだ。またそれを必要としてもいる。この目でじかに見て研究する必要があるのだ、作曲に役立てるためにね」

一瞬、彼の目が異様に鋭くオリヴァーを見据えた。医者の目のように、感情を交えずに観察するような目だった。センビーはほぼ無意識に、ペンのようなものとノートに手をのばした。その動きにつれて、日に焼けた太い手首の内側に、見覚えのある傷痕が見えた。

「クレフにもそういう傷痕があった」自分の声が小さくささやくのが聞こえた。「ほかの人たちにも」

センビーはうなずいた。「予防接種だよ。こういう場合には必要なのだ。われわれ自身の時間世界に病気を持ちこみたくはないのでね」

「病気？」

センビーは肩をすくめた。「名前を言ってもきみにはわからないだろう」

「でも、病気予防の接種ができるんなら——」オリヴァーは痛む腕をついて身を起こした。今やセンビーが言おうとしないことが何なのか、うっすらとわかりかけていた。必死で考えると、困惑がつのるなか、その答えがだんだんはっきりしてくるように思えた。途方もない努力をして、オリヴァーは続けた。

「だんだんわかってきたぞ」そう言った。「待てよ。これまでにけっこうこのことを考えてきたんだ。きみらは歴史を変えられるのか？ そうなんだな！ 知ってるぞ。干渉しないように約束させられたとクレフは言ってた。全員、約束させられたって。つまり、きみらは本当に過去を変えられるってことだな——ぼくらの現在の世界を？」

センビーはふたたびノートを置いた。太い眉の下の強烈な黒い目が考えこむようにオリヴァーを見つめた。「そうだ」彼は言った。「ああ、過去を変えることはできる。だが簡単にできることではないし、それをすると必然的に未来も変わるのだ。可変性の連鎖を新たなパターンに切り替える——だがそれはとんでもなくむずかしいことで、けっして許さ

れてはいないのだ。本来の時間の流れは常にもとの状態にもどろうとするものだ。だから
いかなる改変も無理に行ってはならないのだ」肩をすくめる。「それは純粋に理論上の話
にすぎない。われわれは歴史を変えたりはしないのだよ、ウィルスン。もし過去を変えれ
ば、われわれの現在もまた変わってしまう。われわれの時間世界は完全にわれわれの好み
に合っているのだよ。不満分子も少ないながらいないわけではないが、そういうやつらは
時間旅行をする特権を許されてはいない」
オリヴァーは窓の向こうのやかましさに負けじと声を張り上げた。「でもその力はある
んだろう！　歴史を変えることはできるんだ、その気になったら——この苦痛と苦しみと
惨劇を一掃したいと思ったら——」
「それはみな、とうの昔に過ぎ去ったことなのだ」センビーは言った。
「ちがう——今だ！　ちがう——今、このときだ！」
センビーはしばらくのあいだ、表情の読み取れない目でオリヴァーを見ていた。それか
ら言った——「今このときもだ」
不意にオリヴァーは、センビーがどれほどの距離の向こうから自分を見ているのか、理
解した。途方もない距離だ——時間で測ると。センビーは天才作曲家であり、必然的に強
い精神力にあふれている。だが彼の精神のありかははるか遠くの時間の先にある。外で死

にかけている街も、今のこの世界もセンビーにとっては現実ではない。時間軸のなかで基本的にちがう場所にいるせいで、現実味がないのだ。この世界は単に、オリヴァーにはうかがい知れぬ恐ろしい未来にセンビーの文化が建てた殿堂を支える礎《いしずえ》となった積み木のひとつにすぎないのだ。

今や、オリヴァーは恐ろしさを感じていた。クレフも含めて——全員が品性卑しい小物という印象があった。隕石が地球の大気圏に突入するのを見物するためのかぶりつきの特等席を手に入れるために、悪意あるけちくさい策略に熱中していたホリアのさもしい心根もしかりだ。みんな俗物なのだ、クレアもオマリーもほかのみんなも。せっかく時間旅行をしながら、単に傍観者になるだけなのだ。彼らは退屈しているのだろうか——通常の暮らしに満ち足りて飽き飽きしているのだろうか？

飽き飽きしているとはいえ、根本的に変化を望むほどではないようだ。彼らの時間世界は満ち足りた子宮のような、完璧に彼らの要求を満たしてくれる世界なのだろう。だからあえて過去を変えようとはしないのだ——自分たちの現在が損なわれるような危険を冒すことはできないからだ。

強烈な反感を覚え、オリヴァーは身を震わせた。クレフとのキスを思い出し、舌に胸の悪くなるような酸《す》い味を覚えた。彼女はたしかに魅力的だった。それはわかりすぎるほどよくわかっていた。だが、その後味は——

未来から来たこの人々にはどこかおかしいところがあった。最初のころ、うっすらと感じていたのだ――クレフが近づいてきて注意力を鈍らされ、鋭敏な感覚を骨抜きにされるまでは。時間旅行を純粋に娯楽手段として使うなど、冒瀆的と言ってもいいように思えた。それほどの力をもつ人々なら――

クレフは――千年以上前のローマの野蛮ながら豪壮華麗な戴冠式を見るために彼を置いていった女性は――いったい彼をどう思っていたのだろう？　呼吸をしている生身の男性と思っていたわけではないだろう。それは確信できた、はっきりと。クレフとその仲間たちは見物人なのだから。

だが、センビーの目には底の浅い興味だけではないものが見てとれた。そこには熱意というか、興味に駆られて研究しようという聡明さのようなものがあった。センビーはヘッドフォンをはずしていた――彼はほかの人々とはちがっていた。彼は本当に、相当な鑑識眼の持ち主なのだ。ヴィンテージ・シーズンのあとの余波の時期――そこにセンビーがやってきた。

センビーはじっと見つめながら、待っていた。彼の前にある半透明の直方体のなかで光がやわらかく明滅し、彼の手はノートの少し上にかざされていた。この究極の鑑識眼の持ち主は、本当の通人でなければその真価がわからない希少な現象を味わおうと待ち受けているのだ。

例のほとんど音楽のような音の遠くかすかなリズムが、遠くの火事の音をしのいで、ふたたび聞こえてきた。それに耳を傾け、記憶をたどっていくうちに、以前聞いた交響曲《シンフォニー》のパターンがもう少しでつかめそうに思えた。それといっしょに次々と映し出されていたたくさんの顔と、画面を埋め尽くすようなたくさんの死に瀕した――

オリヴァーはベッドに仰向けに倒れ、ずきずきと痛むまぶたを閉じて、部屋がぐるぐる回りながら闇に吸いこまれていくにまかせた。全身の細胞すべてがずきずきと痛み、まるで第二の自分が彼を彼自身から追い出して乗っ取ろうとしているかのようだった。彼が自分を放棄したあとに、強勒で確固たる第二の自分が乗りこんでこようとしているのだ。

どうして――まわらない頭でぼんやりと考える――クレフはうそをついたのだろう？オリヴァーに飲ませたお茶で二日酔いすることはないと、彼女は言ったのだ。二日酔いはないはずだ――なのにこの痛みはあまりに強烈で、じりじりと自分の肉体から追い出されそうに感じるほどだった。

クレフはうそをついたわけではなかった。それはお茶を飲んだための二日酔いではなかった。それはわかっていた――だが、わかったところで、もはや脳も身体もどうしようもなかった。オリヴァーはただ静かに横たわり、最強のお茶などよりもはるかに強力なものの余波である病気の威力に身をまかせた。その病気には名前はなかった――今はまだ。

センビーの新しい交響曲《シンフォニー》は圧倒的な成功をおさめた。初演はアンタレス・ホールを皮切りにはじまり、観客総立ちの拍手喝采を浴びた。もちろん、歴史そのものが芸術家と言える——十四世紀の疫病の大流行の先触れとなる隕石衝突を幕開けとして、現代の入り口でセンビーがとらえたクライマックスをもって幕を閉じた、それは歴史だ。だが、あれほどの巧みな才能でそれを演出できるのはセンビーだけだろう。

批評家たちが褒めそやしたのは、感情と音と動きのコラージュを背景に繰り返し映し出されるモチーフにスチュアート朝の王の顔を選んだという巨匠の采配だった。だが、ほかにもたくさんの顔が出ていた。それらは壮大なクライマックスに向けて盛り上がっていく合成映像の大きなうねりのなかにあらわれては消えていくのだが、とりわけひとつの顔が出た瞬間に、観客は食い入るように引き寄せられた。その一瞬、ひとりの男の顔が画面いっぱいに大きく映し出され、表情がはっきりと映し出される。感情が崩壊する瞬間をここまで効果的にセンビーがとらえたことはなかったと、批評家たちの意見は一致していた。その男の眼差しは、まさに心が読み取れそうだった。

センビーが立ち去ったあと、長いあいだオリヴァーは身動きせずに横たわり、熱に浮かされた頭で考えていた——

どうにかしてみんなに知らせる方法を見つけなければ。もし前もって知っていたら、きっと何かできたはずなんだ。みんなであいつらに、どうすれば起こりうる状況を変えられるか、無理にでも聞き出せたかもしれない。みんなで市街地から避難できたかもしれない。もしメッセージを残すことができれば——

おそらく今日生きている人々に向けては無理だろう。だが後世の人々に向けてなら。彼らは時間のなかのどこにでも訪問している。もし彼らを見分けて、いつか、どこかでつかまえて、運命を変えさせることができれば——

立ち上がるのは容易ではなかった。部屋はぐらぐらと傾いて見える。だが彼はどうにか立ち上がった。鉛筆と紙を見つけ、たくさんの影が揺れ動くなかで、できるかぎりのことを書き記した。じゅうぶんなことを。警告するにじゅうぶんな、世界を救うためにじゅうぶんなことを。

それからその紙束をよく見えるようにテーブルの上に置き、重しを載せると、彼のまわりにだんだんと閉じてくる闇のなかを、よろよろとベッドにもどっていった。

六日後、家はダイナマイトで爆破された。〈青死病〉の容赦ない広がりを食い止めようとする無益なこころみの一環だった。

五色の舟

津原泰水

未来を予言するという妖怪〝くだん〟は、戦時下の広島で何を語ったのか？　狭義の時間SFではないが、revision（修正、改訂）という単語をタイトルに冠したアンソロジーを締めくくるのにこれほどふさわしい短篇もないだろう。発表直後から絶賛され、翌年の『年刊日本SF傑作選　超弦領域』に再録。短篇集『11 eleven』に収録されたのち、SFマガジン二〇一四年七月号で実施された、同誌七〇〇号記念「オールタイム・ベストSF」アンケートで（星新一を抑え）国内短篇部門1位を獲得。近藤ようこが漫画化した単行本『五色の舟』は、第18回文化庁メディア芸術祭・マンガ部門大賞を受賞した。名実ともに日本SFを、いや日本の短篇小説を代表する傑作である。

津原泰水（つはら・やすみ）は、一九六四年、広島県広島市生まれ。青山学院大学国際政治経済学部卒。八九年に出た津原やすみ名義のデビュー作『星からきたボーイフレンド』にはじまる《あたしのエイリアン》シリーズが全二十四冊のロングランに。九六年、津原泰水名義の第一作『妖都』を発表。以後の長篇に、『ペニス』、『少年トレチア』、『アクアポリスQ』、『ブラバン』、『琉璃玉の耳輪』、『ヒッキーヒッキーシェイク』、『エスカルゴ兄弟』、《クロニクル・アラウンド・ザ・クロック》など。短篇集に、前出の『11 eleven』、『綺譚集』のほか、《幽明志怪》シリーズに属する『蘆屋家の崩壊』『ピカルディの薔薇』『猫ノ眼時計』など。SF長篇の代表作は、SFマガジン連載を経て二〇〇九年に刊行された『バレエ・メカニック』。眠りつづける少女の意識と融合して奇怪な変貌を遂げた東京から始まり、未来を幻視する。現在、〈文藝〉に『夢分けの船』を連載中。

初出：『NOVA 2』河出文庫／2010年7月刊

　下駄屋に生まれたというくだんのために、僕らは一家総出で岩国に出向いた。もちろん買い取るためだ。官憲からの申渡しで派手な興行ができなくなって久しかったが、秘かな催しに僕らを呼びつける旦那の数は、むしろ増えていた。国じゅうが惨憺《さんたん》たる状態にあって、生半可な涙や笑いが受けようはずもない。人々のまなざしを爛々とさせられるのは、もはや僕らのような、圧倒的に惨めな存在だけだった。

　一夜の興行としては充分すぎる報酬をもらえたから、いつまで続くともつかない戦時にあって、僕らは未だ飢えていなかった。空襲への恐怖も薄かった。河に舫《もや》った舟で暮らしている僕らは、なにか起きたらすぐさま別の街へと逃げられるような心地でいた。かりに飢えていたとしても、僕らのお父さんはなんとしてもくだんを買うべく算段したことだろう。そんな凄まじい怪物を一座に迎えられたなら、生きている間だけでも購入金の何倍、何十倍を稼ぎ出してくれるか知れない。死んだら死んだで骨だけの見世物にも、標本として商品にもなる。砕いて粉にすれば薬になるだろう。

もっとも、くだんは長くは生きないという噂に対して、それは（面倒見が悪いのだ）というのがお父さんの見解だった。（私は昭助も桜も死なせはしなかった）

一寸法師で怪力の昭助兄さんは、顔に濡れ紙を貼られた赤ん坊の死体としてお父さんの前に現れて、拾われた。当時のお父さんは、先を失った脚に義足を縛りつけ、杖に縋って歩きながら、よく身投げの場所を探していた。ある晩、杖が折れて河原に転げ落ちて、大切な顔に怪我をした。捨て鉢になったお父さんは、すぐさまこの世におさらばするべく、水際に向かって躄《いざ》っていった。その途中、草陰に兄さんを見つけた。

乾きかけている紙を剝がしてやったが、赤ん坊は身じろぎひとつしなかった。木彫りの仏さんのようだった。愛らしさに思わず抱き上げ、そのずっしりした重みに驚いた。これは特別な子だと分かった。その身はすっかり冷たくなっていたけれど、ふたたび地べたに返す気がしなくなった。

お父さんは思った。このまま朝まで暖め続けても息を吹き返さなければ、ともに水に入ろう。さきはこの子に導いてもらおう。もし息をしたなら、一緒にこちらに留まろう。

河原に朝の光が届いた瞬間、兄さんの身がびんと反り返った。

それからもお父さんの脱疽《だっそ》は進み、すでに切っていた脚の残りも、また反対の脚もほとんど失ってしまったけれど、自分から死ぬことは考えなくなった。僕らのよく知る、今のお父さんになっていった。

桜は、旧家の座敷牢で死にかけていた。噂を聞きつけたお父さんは、十三になっていた兄さんに背負われて、屋敷に通いつめた。そんな娘などいるか、とけんもほろろにされるほど、ここには必ずいると確信したそうだ。

塩をまかれながら半年も通って、今日はなにか家の気配がおかしいと感じていた晩、とつぜん対面をゆるされた。噂どおりの娘たちだった。しかし腰から下を分け合っていたもうひとりの桜は、すでに息をひきとっていた。

(切り離さないと、もう片方も死ぬ) 脱疽の経験から、そうお父さんは桜の両親に教えた。

(この子を買わせてください。私が医者に診せます)

両親は首を縦にふらない。旧家の意地で血迷っている。子を売るくらいなら、いま目の前で死なせたいと思っている。

(では、もう死んだでいいではないですか。私が弔います。それとも、存在しなかった娘の葬式を出しますか。貴方がたに出せますか)

お父さんは自動車を呼ばせて、死んだ上半身がくっついたままの桜を蒲団袋《ふとんぶくろ》に詰め、犬飼先生の許に運んだ。せめて遺体としての体裁がととのえばいいとの条件で、先生は施術を引き受けた。死んだ側の上半身を切り離し、はみ出した内臓を縫い、たっぷりと膏薬を詰めて皮膚も縫った。

桜は生き延びた。骨の形がもうひとりが付いていた頃のままなので、前から見ると体がくの字に曲がっている。お父さんは桜の腰に、作りもののもうひとりを縛り付けてお客に覧《み》せようとしたが、彼女の芝居が下手で話にならなかった。

仕方なく体じゅうに鱗を描いて蛇女ということにして、蛙のまる呑みを覚えさせた。もちろんあとで吐き出すのだ。大抵、蛙はすでに死んでいるが、たまに生きたまま出てきて、跳ねて逃げていくのもいる。

こちらはうまくいった。今では桜の鱗は立派な彫り物で、お父さんや僕が毎度描きなおしてやる手間はない。

姿を現したあとは蛙を呑む以外にやることがなかった桜の、最近のもうひとつの大仕事は、別料金を払ったお客にまぐわいを見せることだ。お父さんは最初、昭助兄さんに抱かせようとした。ところが兄さんの一物が並外れて大きいものだから、ほとが裂けてしまった。そこで僕の仕事になった。

眺めるだけではなく自分で桜を抱きたがって、より大金をちらつかせるお客も少なくない。でもお父さんは決して頷かない。あとで桜が相手に似た子を産みでもしたら、具合が悪い。桜か僕か、それとも両方に似た子がいつか生まれるのを望んでいる。それなら一生、食べるに困らないから。

物心がついたときには押入れの闇にいた僕の、最初の外の記憶は、河原を吹く風と、満天の星空と、生い茂った草の向こうで息をしているようにゆったりと沈んでは浮かぶ、大きな舟の影だ。そのときは、とても大きく見えた。

そこが新しい僕の世界だということはすぐに理解できたし、そう考えたとおり、朝になって僕を見つけたお父さんは、快く舟の上に導いてくれた。

お父さんは脚無しだが、僕は生まれつきの腕無しで、指は肩から生えている。でも自分と人との差異を意識しはじめたのは、お父さんの期待どおり見世物としてお客を喜ばせられるようになってからだ。なにしろ犬飼先生が気付くまで、家族も僕自身も、僕の耳が聞えないのを知らなかったほどだ。ちゃんと命令が伝わるものだから、ただ極度に無口な子と思われていた。

僕は僕で、なんで桜は家族と喋らないのか、なぜ僕にだけはときたま、人とは違った調子で喋りかけてくるのか、不思議でならなかった。生まれてから長らく誰にも話しかけられなかった桜は、死んでしまったもうひとりとの間にしか通じない、特別な言葉を持っていた。それが分かるのは、音に関係なく生きている僕だけだった。

僕らのいちばん新しい家族は、牛女の清子さんだ。みずから望んで舟に乗り込んできた。兄さんよりも年上で、世間をよく知っている。人と違うところをすこしは隠しておけたお蔭で、学校に通った経験さえあるのだ。

くだんのこともよく知っていて、それを一座に迎えるのを、ひどく嫌がっていた。本物の人と牛とのあいのこが来てしまった日には、本当は牛になんか似てやしない自分は、居場所を失うと思っている。

くだんは滅多に生まれないのだと、清子さんは教えてくれた。百年に一度だという。牛だが人の顔をしていて、生まれつきよく喋るのだそうだ。

そして昔のことであれ未来のことであれ、本当のことしか言わないそうだ。

リヤカーを牽いているのは、力持ちの昭助兄さんだ。荷台に敷かれた藁《わら》蒲団の上に、日除けの傘を差したお父さんと清子さんがいる。清子さんは膝の関節が後ろ前なので、長くは歩けない。

彼女が元から牛に近いのはそこだけで、あとは犬飼先生に髪のなかに埋め込んでもらった角や、内をつなげた鼻の穴に通した縄や、啼《な》き声や、ぶらぶらさせた大きな乳で、牛から生まれた人間のようなふりをするのだ。今は縄がなく、角も乳も膝も隠しているから、良家の奥さんが疲れて両脚を投げ出しているようにしか見えない。

かたわらを桜と僕が歩いている。僕はいつでも裸足だが、桜は、親切な旦那が買い与えてくれた革草履を誇らしげにしている。この旦那は桜のことを本当に好いていて、蛇女でもいいから妾にしたいと持参金までさげてきた。お父さんは断り、あとで僕らにこう言っ

た。（私たちをまるごと買い取らないかぎり、小屋のなかでの幻は手に入らないよ。それをあの方はご存じない）

清子さんはリヤカーの上で、まだお父さんを説得しようとしている。（くだんは気味が悪いわ。未来も言い当てるのよ。お前は死ぬまで貧乏だとか、いつごろ死ぬって教えられるかもしれないのに、そんなことにお金を払うお客がいると思う？）

（たくさんいるだろうね）

（じゃあお父さんは、自分がいつ死ぬと知ったら嬉しいの）

（目前のこととして言われたなら動揺はするだろうが、それでも、聞かねば良かったとは思うまいね。清子をからかっているんじゃないんだよ。私に自分の寿命が分かれば、お前たちに遺すべきものを、どのくらいの間に準備すればいいかも分かるじゃないか）

夏の遠出は一苦労だ。とりわけ僕と桜は、見世物としての価値を下げないよう、どんなに暑くとも一張羅《いっちょうら》を着込んで、僕はただ懐手《ふところで》をしているように、桜は肌を見せぬようにしていないといけない。そのうえリヤカーまで重いときて、僕らの歩みはひどく遅かった。朝のうちに出立したにもかかわらず、岩国までには野宿をはさまねばならず、やっと街場に着いたのは、翌日の昼近くだった。

お父さんと兄さんだけなら半分の時間で済んだろうに、それでもお父さんが一家総出を望んだのは、内心ではどこか、くだんを怖がっていたのだろうと今にして思う。だから、たとえ買えるとなっても、最後の答は全員で出したかったのではないかと。

　下駄屋が乳を採るために大切にしてきた牝牛が、種牛を乗せてもいないのに急に産んだのだと聞いた。（きっと下駄屋の親爺か若いのが、種を入れたんだろう）とお父さんは笑う。それでくだんを産ませたのだとしたら、大したお手柄だ。

　乞食に教えてもらった坂道を上っていくと、それらしき一軒の前に、軍の自動車が連なっているのが見えてきた。帆布で荷台を被ったトラックもあり、けっこうな数の軍人や軍属がそれらの間を行き来している。

（さきを越された。くだんは軍に持っていかれる）そう口惜しそうに叫んだお父さんだったが、やがて吐息をもらして、（未来を予言するというのだから、考えてみれば無理もない。大枚を叩《はた》いたあとで接収されるよりはましか。幸運だったと思うことにしよう）

（お父さん、犬飼先生だ）兄さんが叫んで、（あそこ、あそこ）と指を差す。

（先生）（犬飼先生）僕らは懸命に坂を上がった。追い払おうと、下士たちが迫ってくると、かえって盛んに、（先生、先生）（犬飼さま！）

　こちらに気付いた先生が、（患者だ）と叫びながら下士たちを追い越した。普通の人は罹《かか》らない病気に悩まされがちな僕らを、ほかの患者がいないときに限られるものの、快く診てくれる先生だ。今は、元々の専門だった黴菌《ばいきん》への知識を買われ、兵器補給廠《へいきほきゅうしょう》の研究室に勤めている。

兵隊たちの手前だからか、その日の先生は芝居がかって見えるほど厳めしかった。（どうしてここに君たちがいる。なにをしに来た）

（くだんを買いに来たのです）とお父さんが答える。

（あれは噂に過ぎない。諦めて帰りたまえ）

（ではあのトラックは？）

（特別なものは乗っていない。不要な牛を実験用に買い取っただけだ）

（分かりました、そう納得いたします）そうお父さんは頷いたものの、相手への気易さから微笑まじりに、（犬飼さま、ひとつだけ教えてください、くだんは本当に喋るのですか）

（私に分かるか）と、先生は冷水を浴びせるように返してきた。（そんな生き物は世に存在しないというのに）

お父さんは唇をむすんで先生を見つめた。先生も見つめ返した。

（そうでした）

お父さんが引き下がると、先生はようやっと表情をゆるめて、

（ここまで来られたのだから、みな体調は悪くないようだ）

（お蔭さまで）

（道中、気をつけて帰りたまえ）

……土埃を巻き上げてトラックが坂を下っていく。犬飼先生を乗せた自動車もそれに続き、居残っていた下士や軍属も走り去った。見送っていた主人や家人たちが、門口を閉ざしはじめる。

（本当のところはどうなんだって、あの人たちに訊いてみようか）兄さんがお父さんを振り返る。

（どうせ口止めされているだろう）

僕らもまた、坂道を下りはじめた。またこれまでどおりの日々に帰っていくのだ。お父さんの落胆は察しながらも、正直なところ僕はほっとしていた。

くだんは得られそうもないとなり、気持ちに余裕の生まれた清子さんが、さっきまでとは一変、その姿を拝めなかったことを残念がっている。（いくら兵隊さんたちの手前とはいえ、犬飼先生の態度は変だった。やっぱりあのトラックに乗っていたのよ。私たちが苦労してやって来たのは分かってるんだから、後学のために覗かせてくれても良さそうなものじゃない）

（後学って、清子はくだんから何を教わりたかったんだい）とお父さん。

（ふるまいや声や、いくらでも為になるわ。本物のあいのこなんだから）

（そういう話か。私はまた、お前も自分の寿命を知りたいのかと思ったよ）

（それは御免）

（たとえくだんを買えたとしても、私と桜以外は近付かせないつもりだった。桜なら、くだんの言葉も通じないだろうからね）

（和ちゃんにも聞えないわ）

（和郎《かずお》は最も遠ざけないといけない。声が聞えなくとも人がなにを言っているのか解る子なんだから、くだんと目が合っただけでも、きっとおかしくなってしまうよ）

このお父さんの言葉に、僕は震え上がった。本当にトラックにくだんが乗っていたんだとしたら、これは大変なことになったと思った。

お父さんが犬飼先生と話している最中、僕はちらちら、トラックの荷台へと視線を向けていた。なにとはなし、呼ばれているような気がしたのだ。格別な呼ばれ方ではなくて、知らない人から不意に（腕無し）とか（化け物）と呼ばれたときのような、つまり僕にとっては普通な感じだった。

帆布の薄い隙間に、荷台を囲むあおり板が覗いている。内には檻でも収まっているのか、ただ黄色っぽい薄闇だけがあった。何度も見直しているうち、ふと、その闇が濃くなった。確かだ。

それでいて、小さな水たまりのような一点だけが、外の光を撥ね返していた。

本当に乗っていたのなら、僕を見ているくだんの眼だったことになる。

僕は同じような夢ばかりみるようになった。くだんとは無関係な夢だったが、それが続くほど、くだんの仕業に違いないという確信は深まった。

海の夢だった。兄さんや桜と浅蜊や石蓴《あおさ》を採りにいく、いつもの海岸ではなく、ずっと沖合の夢だ。

家族はみな舟上にいる。半開きにされた雨除《あまよ》けの被いの向こうには、低い曇り空、黒ずんだ波、そして白い泡。どの方角を向いても同じ景色だった。僕らは舟ごと、海原を漂っている。

どこか遠くを目指しているようだが、僕らの舟に帆を掛ける柱はなく、誰かが漕いでいる様子もない。ひたすら波まかせの、いつどう終わるとも知れない舟旅の途上に、僕らはいた。

遠い波間にふと、こちらと似たような舟影が現れる。（ほかの舟だ）（舟？）とみな驚いて被いの外に顔を突き出す。とても珍しい事態らしい。

さらに波の悪戯か、舟同士が急接近する。ともに急な川でも下っているかのように、相手はみるみる迫ってくる。いざ間近にすると、こちらより遥かに立派な舟だ。長さも幅も倍はありそうだ。

激突を避けるべく、昭助兄さんが竹竿を構えて舳先《へさき》に立つ。二艘《にそう》はなお距離を縮め、とうとう兄さんの竹竿がつっかえる。竿が激しく撓《しな》る。兄さんが跳ね飛ばされやしまいかと、僕は心配になる。

（なに、滅多にあることじゃないさ）竿と格闘しながらも、兄さんはこの椿事《ちんじ》を楽しんでいるようだ。

（こんなに近付くなんてねえ）と清子さんが歌うように言う。

先方の船頭が、なにかをこちらに投げようとしているのに気付いて、僕も雨除けから出ていく。投げ込まれてみれば襤褸《ぼろ》にくるまれた石で、それに赤い縄を縛り付けてある。ぶつかって舟が破損する前に、引き合って互いを繋留《けいりゅう》しようという提案だろう。

僕は縄を足で押さえ込み、口で結び目をほどきはじめる。

お父さんが覧ってくる。繋留を手伝ってくれるのだと思い、僕は場所を空ける。

僕の予想ははずれる。お父さんは手早く縄をほどくや、その端で自分の身を縛ってしまう。（今を逃したら、こんな機は二度と巡ってこない）

一瞬、お父さんは僕に笑いかける。それから海に飛び込む。舟同士がまた離れはじめる。

新しい舟に引き上げられていくお父さんを見つめながら、僕は、またこうなってしまった、と嘆息する。しばらく泣く。別の夢では清子さんが、また別の夢では昭助兄さんが、同じようにして海に飛び込んだ。そして新しい舟に引き上げられるのだった。

夢には、より奇妙な続きがある。相手の舟影が波間に消えてしまうまで見つめたあと、僕がしょんぼりと雨除けの下に戻っていくと、そこにはちゃんと家族全員が揃っている。

ほかの舟とぶつかりかけたことなど嘘のように、それ以前となんら変わらぬ、物静かな風情で。

さっきのは、どこか余所の世界での出来事だったらしい。僕はそう納得して、ほっとする。かといって去っていったほうの家族のことも、忘れてはいない。忘れられるはずがない。

僕は夢を数えていた。四十九回続いて、この明け方には五十回めをみるのだろうと思っていた月の明るい晩、不意に犬飼先生が僕らの舟を訪れた。

（夜分に失礼するよ。雪之助をお借りしたい）

お父さんのことだ。脱疽にかかる以前は旅芝居の花形だった。そして犬飼先生はその時代、一番の御贔屓《ごひいき》だったのだそうだ。京都より西の興行なら、必ず初日に駆けつけてくれたという。

先生の態度には、岩国で会ったときの厳めしさとはまた違う、どこか悲しげな重苦しさが漂っていた。（折り入っての話がある。ちょっと医院まで来てもらえまいか。上に車を待たせてある）

（診察でしょうか）

（そうではない。ただ話をするだけだ）

（では、いまここで済ませてはいただけませんか）すでに眠りかけていたお父さんは、外出を億劫《おっくう》がった。（もしご内密なら、子供たちは小屋の方へ払います）

興行に必要な資材や道具は、近くの橋の下の掘建《ほった》て小屋にしまってある。僕らの別宅といったところだが、河が増すと床上まで水が上がってくるので、寝泊まりには向かない。

（無理をさせたくはないのだが）先生はちらりと僕を見た。（和郎はどのくらいの距離まで、なら、その）

（人の心を読めるか、でございますか）

（うん）

（私にも見当がつきません。傍にいるものと思い込んで呼びかけたら、河原から上がってくることもあります。しかし口もきけませんし、読み書きもできませんから、誰に伝わる気遣いもございません）

お父さんはそう言ったが、本当は桜とだったら話せる。隠しているつもりはなかった。ふたりとも周囲にそう説明できないだけだった。

先生はかぶりを振って、（やはり来てもらいたい）

（昭助は同行させても？　さもないと犬飼さまにおぶっていただくことに）

（同行は構わないが、話の間は外で待たせてほしい）

お父さんは了承し、留守を頼もうとして清子さんを呼んだ。どこからも返事がない。こっそり出掛けてしまったようだ。お父さんは僕に留守番を頼んで、寝入っていた昭助兄さんを揺り起こした。兄さんは生返事をして雨除けの外に出ていき、河に小便をしてから戻ってきた。お父さんを背負ってからも、はんぶん眠っているように見えた。

三人が舟を降りて河原を横切り、土手を上がっていくのを、僕はじっと見送った。

「和郎さん」

呼びかけられて振り向くと、とうに眠ったものと思っていた桜が、頭を起こしてこっちを見ていた。

「お父さん、ほかの舟に乗ってしまう？」

そのとき悟った。桜もまた、僕と同じ夢をみ続けてきたことを。桜もくだんと目が合ったのだ。

僕は舟から飛び出し、土手を駆け上がった。すぐ下の道路に、走り去っていく自動車のランプが見えた。追い付くべくもない灯りを追って、僕は夜道を駆けた。裸も同然の格好だったが、そんなことは忘れていた。

いま引き留めなかったら、お父さんはほかの舟に移ってしまう。そのあとも僕らの舟に姿を留めてくれるかもしれないが、それはもはや、これまでのお父さんではないのだ。

犬飼医院の位置は分かっている。自動車を見失ってからは、思いつくかぎりの近道をとった。月の下を駆け抜けていく腕の無い影に、通行者は足を竦《すく》め、自動車は急停止した。どこか誇らしい思いが胸に満ちはじめる。誰しもが足を止めるのは、僕が特別な子供だからだ。

特別な子供が、特別なお父さんのために走っているからだ。

医院の玄関先に人影は見えなかった。庭に入り、隣家とを隔てる木塀が照らされている箇所を見出して、その隙間に入っていく。あかりは間違いなく、お父さんの気配を含んでいた。

(和郎じゃないか)と後ろから呼ばれて、身を竦める。昭助兄さんだった。(急患かと思って灯籠《とうろう》の陰に隠れていたよ。追いかけてきたのか。どうした)

僕は窓の下まで、ぴょんぴょんと後退って見せた。人を招くときの合図である。

(覗きたいのか)

頷く。

(見つかるなよ。俺まで叱られるから)

兄さんも窓の下に来た。差し出された掌に足を掛け、その肩に上がる。

診察室の続きの、犬飼先生の居室だった。僕がちょうど見下ろせる位置に長椅子があり、先生とお父さんが、後ろ向きに隣り合っている。

(とどのつまり、どういう生き物であると、犬飼さまはお考えなので?)

（分からない。私の知識の及ぶ範囲ではない）

（では、それこそ、真実しか語らないというくだんならば、問えば正直に教えてくれるのではありませんか）

（もちろん何度も訊いたし、説明もされた。しかし話の基底が違いすぎて、論理的に理解するのが難しいのだ。無理に私たちの科学で割り切ろうとすれば、牛に寄生している何らかに過ぎない、ということになろう。しかしそれが学習してもいない人語で、我々の歴史の仔細を語る、まったく未知の現象ということになり、所詮は謎だらけだ）

（そんな謎めいた獣の言い分を、軍の上層は真剣に信じているのですね）

（鵜呑みではない。くだんの弁には上層部しか知らぬ事実が、あまりにも多く含まれているのだ。この世界の未来を知るからこそ、まるで千里眼のように、いまどこで何が起きているのか悟れるというわけだ）

（たとえば、たとえばですが、上層部に曲者《くせもの》がいて、周囲を意の儘《まま》にするため、からくりを弄しているといった可能性は）

（何度も言ってきたとおり、くだんは確かに生きている。心臓は鼓動し、糞《くそ》も小便も垂れ、怪我をすれば血を流す。そんなからくりが作れるものか）

（何を食べるのですか）

（仔牛と同じだ。牛の乳をやたらと欲しがる。あとは大概、鼾《いびき》をかいて眠っている）

（その同じ口が、やがて本土に恐るべき爆弾が落ちると言っているのですね、都市がまるごと消えてしまうような。そして日本は負けると）

（あくまでこの世界での話だ。すでに上層のほとんどが補給廠を訪れ、くだんに導かれて別の世界に逃げていったよ、日本が勝ち残る世界に。私もそろそろ腹を括るべきかと思う。次にお前と会うとき、今と同じ私であるという自信はない）

（そこが分からないのでございます。犬飼さまが別の世界にお逃げになったとして、でも相変わらずこちらの世界にも犬飼さまはおられる。さっきそう仰有《おつしや》った。いったいそれで、犬飼さまの世界が変わったということになるのでしょうか）

（心の置きどころの問題、と、そう解釈しているよ。こう例えたらどうだろう。雪之助が脱疽に罹らず、花形でい続けられた世界があるとしよう。想像してみることはあろうね。そちらこそ本当の自分であって、脱疽のこちらは幻に過ぎないと、もしお前が確信できたなら、あとはそれこそ夢のなかにいるように、怪我をしても病気をしても痛くも苦しくもない。かりそめと思える痛み苦しみを、人は深刻には捉えないものだ。死も恐ろしくない。死んだら、次は本当の自分として目覚めるのだろうから）

（なにごとも気の持ちよう。そういうお話にしか、私には聞えません）

（私にだってそう聞える。しかしくだんがそう語るのだ、人智を超えた存在が。雪之助、この世界は過酷なうえ、医術にも限界がある。私はなんとしてでも、どこの世界ででも、お前を長く生かしたい）先生はお父さんを抱き寄せた。

（くだんは、確かに導いてくれるのですか）

（私は信じる。信じることにした）

先生はお父さんに接吻しはじめ、あとはまともな会話を成さなかった。居た堪れなくなった僕は、兄さんの肩から飛び降りた。

やはり僕と桜は、くだんから何かを受け取ったらしい。窓の向こうのやりとりには分からない言葉も多々あったが、大筋は理解できた。それでいて驚きを感じなかったのは、すでに僕らが別なかたちで、その内容を知っていたからだ。

お父さんを待たねばならない兄さんを残して、僕はふたたび河まで走った。いざ辿り着くと、舟の上に戻るのが怖くなった。きっと桜は起きたまま、僕の報告を待っていることだろう。最悪の結果を報告する勇気が、僕にはまだなかった。

舟の横を行き過ぎ、橋の下の掘建て小屋に向かった。しばらくその内に籠もって、気持ちを整理したかった。帰ってきたお父さんと兄さんが僕を探すとして、最初に覗いてみるのはあの小屋だろう。だからたとえ寝入ってしまっても、余計な心配をかけずに済む。

やがて清子さんと鉢合《はちあ》わせした。

（あら和ちゃん、小屋に行くの）

問われ、近付いていくと、湯を浴びてきた人独特の、なんとも言えない良い香りが漂ってきた。

僕の表情の変化に気付いたのか、彼女は急に態度を変え、（なに。お父さんに告げ口でもする？　お前がどうやって？）とせせら笑った。

桜を抱きたがる旦那も跡を絶たないが、それは清子さんにしても同じだった。彼女がこっそりと彼らに声をかけ、陰で身をひさいでいるのに気付いたお父さんは、二度三度、激しい調子で彼女を叱責《しっせき》した。

でも清子さんはやめない。お金が好きなのだ。それこそくだんが買えそうなほどたくさんのお金を、草陰で嬉しそうに数えているのを見たことがある。ふだんどこに隠しているのかは、誰も知らない。

僕らはいったん離れたが、（ちょっと和ちゃん）とまた呼び止められた。（ちょっとこっち向きなさい。お向きなさい。聞えてる？）

僕は振り返り、頷いた。

（今は私を莫迦《ばか》にしているがいいよ。でも私がこうして必死に稼いでいるのは、お前を聾《ろう》学校《がっこう》にやるお金だからね）

弟分に侮《あなど》られまいとしての口から出任せだったのかもしれないが、ともかく彼女が発してきた言葉のうち、これほどまでに僕を啞然とさせたものはなかった。

（たぶん家族のなかで、お前がいちばん頭がいい。だからご時世が変わったら、お前は学

校に行くんだよ、私が貯めたお金で）

僕はかぶりを振った。よりによってその晩だ。お前も舟を降りろと言われているようにしか感じなかった。冗談ではなかった。

（どうせそのときは来る。そのときじっくりと考えてみるがいい、自分の頭でね。お父さんだって、きっと長くはないんだから）

いっそう強くかぶりを振って、僕は小屋へと駆けた。そして翌朝兄さんが探しにくるまで、そのなかで踞《うずくま》って眠っていた。

（俺やお父さんに放っとかれて、ふて腐れてたのか？　あのあと酒をご馳走になって、蒲団で寝かせてもらったんだよ。お父さんもそうしろって）

兄さんはすまなそうに言い訳したが、べつに羨ましくはなかった。家族が揃った舟の上のほうが寝心地がいいに決まっている。

陽の下に出てしばらくしてから、五十回めの夢をみなかったことに気が付いた。


犬飼先生は頻繁にお父さんを連れ出すようになった。お父さんのほうも億劫がらなかったし、酒にありつきたい昭助兄さんに至っては、お伴が楽しみでならない様子だった。

ふたりが帰ってくるたび、僕と桜は怖々《こわごわ》とお父さんのふるまいや顔色を窺っては、出掛ける前と変わりないかどうかを討議した。しかし、たぶん変わっていない、という確証のない期待ぶくみの結論に至るばかりだった。念のため、兄さんに変化がないかどうかも僕らは観察していた。こちらはお父さん以上に、まったく変わるところなく見えた。

いま何が起きているのかを兄さんと清子さんに伝えるべく、僕と桜はそのための手段を検討した。ふたりとも喋れないし、読み書きもできない。読み書きを学びたくとも、人にそう伝えるすべを持たない。

しかし僕には絵が描ける。足の指で筆を握れば、そればかりはそんじょそこらの手のある人々より、遥かに上手いという自負があった。桜は耳が聞える。僕とは違い、音による会話とはどういったものなのか、想像ではなく事実として知っている。真似をする余地がある。

「できるとは思えない」と桜は及び腰だった。「自分でも何度も試してきた。でも私の舌はほかの人たちのようには動かない。動かし方が分からない」

昭助兄さんや僕のように、清子さんのように、たんに特別に生まれついたというのではなく、二人として生まれたあとで半分にされてしまった桜には、生来無いところをほかが勝手に補ってしまうような、いわば野生の逞《たくま》しさがない。蛙を呑もうが彫り物を入れようが、それらは見世物の蛇女を補うだけのものであって、桜を補ってきたわけではなかった。

彼女の賛同を待たずに、僕は小屋に籠もっては、不要な板きれに絵を描くようになった。海原に浮かぶ僕らの舟。近付いてくる別の舟。それに移るお父さん。夢の情景を幾つにも分けて描いて、かつて昭助兄さんに連れられて遠くから眺めた、紙芝居のようなものに仕立てようとしていた。

桜の決意を僕がじかに聞くことはなかったが、彼女なり陰での努力を始めていることは、家族が喋っているさまを見つめる、そのまなざしから明らかだった。ある夕方、兄さんと僕が河原で炊事をしているとき、おもむろに舟から降りてきて、

「聞いていて」と僕に呼びかけた。

（どうした桜。腹でも痛いのか）と兄さんが心配して尋ねる。

それほどに、桜は緊張で青ざめていた。ひょっこひょっこと僕らの近くまで来ると、振り返って舟を指差して、（舟）と言った。

どの程度の出来映えだったのか、僕にはそれを知るすべがない。兄さんはきょとんとしていた。桜の顔に落胆の色がひろがる。俯《うつむ》く。そのうち兄さんは、なにか思い出したような素振りで舟に戻ってしまった。僕と桜は河原に取り残された。桜は泣きはじめた。

奇妙に長い静寂のあと、（桜）という呼びかけに顔をあげると、お父さんを背負った兄さんが、舟から降りかけていた。

後ろに清子さんもいた。（桜、喋ったんだって？）

（舟と言ったよ。言ったよな？　お父さんにも聞かせてあげてくれ）

そう明るく兄さんに促されて、桜はかろうじて気をとりなおし、やがて再び、浮き世の

言葉を発したのだった。

（舟）と。

秘かな練習の成果は、それだけではなかった。次いでお父さんを指差して（お父さん）と言った。

（お父さん、聞えたかい）

（うん、聞えた）

（俺は？　俺は？）

（昭助さん）と桜は言い、さらに清子さんと僕とを続けて指しながら、（清子さん、和郎さん）

兄さんはお父さんを背負ったまま小躍りした。（この人は？）

（お父さん）

（俺は？）

（昭助さん）

（この人は？）

（清子さん）

（あいつは？）

（和郎さん）

(あれは?)

(舟)

調子に乗った兄さんは、空や対岸や河原の上のあちこちを指しては(あれは?)(これは?)とも尋ねたが、桜は笑いながらかぶりを振った。最初は、五つだけだった。お父さん。昭助さん。清子さん。和郎さん。舟。

他方、僕の制作も順調だった。絵具の種類が乏しかったため彩色には不満足ながら、細長い板二枚続きの、ちょっとした絵物語のていを成すに至っていた。まず桜に見せると、彼女の夢もおおむねその通りだったと言う。

僕らは小屋に昭助兄さんを招いた。絵を見せた。

兄さんは僕の画力を称賛してくれた。桜が絵に指を添えては言葉を発するたび、彼女の頭を撫でたり抱き締めたりもした。しかし残念ながら、僕らの本来の目的は果たしえなかった。兄さんは僕らの一連の行動を、新しい遊びとしか捉えてくれなかった。単語を羅列《られつ》するばかりの桜の言語能力は、煩瑣《はんさ》な概念の説明にはあまりにも不向きだったのだ。

彼女は癇癪《かんしゃく》を起こし、また泣きはじめた。絵が拙《つたな》いせいだと僕は彼女を慰め、描き直しを約束した。

約束が果たされるときは訪れなかった。少なくとも僕の認識においては。

その夕方、また犬飼先生がやって来たのだ。そして僕らを呼び集め、こう言った。(岩国ではすまなかった。くだんは補給廠にいるよ。さあ、みんなで会いにいこう。それが君らのお父さんの希望だ）と。

ぞろぞろと土手を上がっていく途中、例の、不意に呼びかけられたような感覚があって、僕は河のほうを振り向いた。しかし眼下にひろがっているのは、草が揺れ、河面が揺れ、僕らの舟がゆったりと上下しているだけの、普段と変わらぬ景色だった。

繕《つくろ》いものが得意な清子さんが、薄い箇所を見つけては新しい布を縫いつけてきた雨除けが、強い夕陽に照らされ、戦争がひどくなる前に物陰から覗いたことしかない縁日の参道のような、なんとも言えない色彩の饗宴《きょうえん》をなしていた。自分が最も満たされた気持ちにつつまれるのは、この土手からあの舟を見下ろすときだったことを、僕はあらためて思い出した。

犬飼医院で、先生とその腹心らしい若い兵士の手により、僕らは輸送用の木箱一つに詰め込まれた。お父さんと僕に腕や脚が無く、昭助兄さんは一寸法師、桜も最初から体が曲がっているから、辛うじて入れたようなもので、犬飼先生とその家族だったら二人で限界だったろう。

肌という肌がすべて家族と密着しているような状態で、持ち上げられ、落とされ、横倒され、また横倒され、延々と揺さぶられ、落とされ、揺られ、また落とされ、長いこと待たされ……ようやっと僕らは釘抜きの音を聞いた。箱の一方が開き、僕らは外に這《は》い出た。さっきまで一つの肉塊《にくかい》のようだったのが、五つの肉体へと戻った。

はじめ戸外かと思ったのだが、塀だと感じていたものを見上げていくと、ずいぶんな高さに天井の梁《はり》があった。あちこちに大量の木箱が積まれている。全貌が分からないほど広大な倉庫の片隅に、僕らはいた。

いっそう隅に、まるで僕らが興行のために建てるような掘建てがあり、その周囲にだけ電灯が点っていた。

（窮屈な思いをさせたね。くだんはあのなかだ）と先生が僕らに言った。（そろそろ夜が冷えてくるし、それなりに臭いもあるんで、急拵《きゅうごしら》えしたんだよ）

兵士が筵《むしろ》をまくり、その次の覆いもまくって電灯を点す。柵の向こうにくだんがいた。膝を折って藁の上に寝そべっていた。想像していたよりずっと大きかった。体も、顔も。

人の顔をしているとは、僕は感じなかった。赤い、鬼の面に似ていた。褐色の毛皮を割るように、それが肩の下ににゅっと生えているさまは不気味だったが、必ずしも恐ろしくはなかった。眠たげに瞼《まぶた》を動かしている大きな眼と、固くむすばれた口許が、一切を諦めているような静けさを湛えていた。

（話をしても？）

お父さんが先生に問い、先生も頷いたが、

（お久し振り）と、くだんのほうがさきに挨拶してきた。低く深い声だった。（岩国でお会いして以来ですね）

（私たちを見ていたのか。憶えているのか）とお父さんが驚く。

（トラックの荷台の、被いの隙間からお姿を拝見しました。どこへなりとお連れしましょう。そして私は殺されましょう）

僕らは顔を見合わせた。

犬飼先生が問う。（誰がお前を殺すというのだ）

くだんはかしらを巡らせ、（そちらの若い兵隊さんです。私のことを、戦意を喪失させるために敵国から送り込まれた兵器であると、本気で考えておられます）

（斐坂《いさか》くん、事実か）

兵士はぎょっと目を見開いたまま、直立不動となった。

（本当にそういう腹積もりだったのか）先生が重ねて訊く。

すると兵士は震え声で、（僭越《せんえつ》ながら、只今の弁も、我々の攪乱《かくらん》が目的かと）

（決して独断するな。くだんを殺してはならん。返事は？）

（はい）

（雪之助、くだんに問いたいことがあれば）先生はそこで言葉を選んだ。（手短に）

お父さんは昭助兄さんに指示して、自分をくだんに近付けさせた。（お前は真実しか語

らないと聞いた)

(あえて嘘偽りを申し上げることはありません。そうすべき理由が私にはありませんから)

(その言葉を信じて問おう。お前はなぜ、私たちをほかの世界に導こうとするんだい?)

(導こうという意図はありません。私はそういう装置であると、皆さんにご説明しているだけです)

(装置? お前は機械なのか)

(いま問われました意味においては、機械ではなく生物です。しかし自然繁殖はしません。個体ごと人手によって生まれ、そして死にます)

(人の手で創られた生き物ということか)

(いかにも)

(それは未来での話かい)

(内海を巡回する航路があるとします。すると海上の一点は、船の前とも後ろともつきません。しかし私の生まれた座標が、ここからは未来と感じられやすい、というふうには申せましょう)

(それが歴史の姿なのか。ぐるぐると内海を巡るというのが)

(単純な円環とは限りませんが、どうあれ内海からは出られません。正確に言えば、外のことを私たちは感知できません。しかし航路は無数に存在します。そのさまを俯瞰《ふかん》し、意図的な乗換えをおこなうための装置が、私です）

（未来の人々が自分たちのためにお前を拵えたのだとしたら、なぜお前は私たちの前に現れ、今も留まっているんだろう）

（私は最初から海上の一点を漂っているに過ぎないのです。傍《そば》をさまざまな船が通過していきます）

（そのうちの一艘が、この私たちの歴史だというのだね）

（いかにも）

（凄まじい爆弾が落ちて、日本は負けると聞いた）

（この航路においては、その通りです）

（日本人は全滅かい）

（いいえ、全滅はしません）

（では）お父さんは大きく息をして、（ここにいる私たちのうち、いちばん早く死ぬのは誰だろう）

（犬飼先生です）

お父さんは愕然と、先生のほうを向いた。

（心配するな）と先生が硬い表情で応じる。（黙っていたが、私もすでに別の世界に逃げ

ている)

僕がまたくだんに視線を戻した瞬間、その額にぽっと穴が生じた。くだんが撃たれた。そう気付いて振り返ると、兵士が拳銃を握ったまま身を震わせていた。

(斐坂、貴様)

犬飼先生が摑みかからんばかりの勢いで迫り、ふと後ろざまにひっくり返った。先生も撃たれたのだ。昭助兄さんが慌ててお父さんを下ろして、兵士に体当たりする。兵士は掘建ての壁の一枚ごと吹っ飛ばされた。

(さあ参りましょう)と、くだんが落ち着きはらった調子で言う。(私はまだしばらく死にません)

(次は誰だ。次に死ぬのは)

(斐坂さんです。いま私を撃った兵隊さんです)

(次は)

(腕の無い坊ちゃんと、彫り物のお嬢さんです。同じ爆弾で)

(和郎、桜)お父さんは僕らを見上げ、切羽詰まった調子で、(行きなさい、急いで)

(本当は分かっているのですが、ご納得いただくため、その手続きとしてお尋ねします。おふたりをどういった世界にお連れしましょうか)

(和郎が学校に行けるところ)と清子さんが叫んだ。

（ふたりが長く幸せに生きられる世界だ。こんな要望でいいのかい）

「みんなも。ほかのみんなも幸せに！」と桜が叫ぶ。

（承りました。和郎さん、桜さん、背中にお乗りください）

予想外の展開に、僕は茫然自失していた。舟を乗り換えるのは、僕と桜だったのだ。

（行きなさい）

お父さんの強い命令に、僕はただ従うほかなかった。柵を乗り越え、くだんの背中に跨《また》がる。後ろに桜が乗った。

牛馬に乗った経験がなかったので、くだんが立ち上がったとき、ふっと意識が遠のくような感覚に襲われた。直後、尻の下が大きく揺れて、はたと我に返った。くだんが倒れかけているのだと気付いて、咄嗟《とっさ》に藁の上へと飛び降りた。

くだんは前肢を折り、後肢も折った。横向きに、藁のなかへと身を沈めた。赤く大きな顔に僕は足を近付けてみたが、すでに呼吸していなかった。

（今ので、もう？）とお父さんは犬飼先生の許に甦ったが、そちらもすでに息を引き取っているようだった。

兵士も、くだんの予言どおり掘建ての外で死んでいた。先生を強く慕ってきた兄さんが、怒りのあまり渾身《こんしん》の怪力で殴り続けたせいだ。

以後の、僕らが帰属してきた歴史は、誰しもご存じのとおりだ。恐らくは犬飼先生が兵器として開発中だった細菌に、補給廠を訪れた誰かが感染しており、軍の上層に謎の死病が蔓延《まんえん》した。戦闘不能に陥った日本は、余力を残しながらも連合国に無条件降伏、国土は長い占領時代へと入った。

のちにGHQの総司令官となる男が、厚木海軍飛行場に降り立った瞬間の写真は、日本国民をおおいに驚かせた。アメリカ極東軍の司令官時代、乗っていたボーイング機を日本の戦闘機群に撃ち落とされ九死に一生を得た彼は、片方の腕と片方の脚を完全に欠いていたのだ。

にもかかわらず私怨を感じさせない彼の良心的な統治は、国民の絶大な支持を得た。チェコスロヴァキアの作家カレル・チャペックの愛読者でもあった彼は、同作家の戯曲に登場する人造人間の実現を確信しており、その意向は戦後の日本に、代替臓器《だいたいぞうき》、代替四肢《しし》の技術を花開かせる原動力となった。

僕たち一家には、うんざりするほどたくさんの大学や企業から、慈善の手が差し伸べられた。新技術に対する恰好の被験者の集まりだったからだ。

まず終戦五年めにして、お父さんが新しい両脚を得た。現在の代替肢と較べたらじつにお粗末、そのくせ維持にはやたらと手間のかかる代物だったが、そのお蔭で彼は余生において三度も、大きな舞台に立つことができた。

次に清子さんが新しい膝を得た。頭から角を取り去り、鼻の余計な穴も塞いだ彼女は、特別な経歴も手伝って新聞や雑誌に引っ張り凧となり、やがて映画にも出演した。日進月歩の戦後医療も、昭助兄さんの背を伸ばす打出《うちで》の小槌《こづち》とはならなかった。だけど技術が生まれていたとしても、兄さんは断固として断ったろう。日本に最初のプロレス団体が出来るや、すぐさまスカウトマンが彼の許を訪れていた。泣く子も黙る世紀の悪漢、ドワーフ昭助、誕生の瞬間だった。

僕と桜は、清子さんの出資で聾学校に通った。桜は聾者《ろうしゃ》ではないが、話す技術を知らないということで生徒に相応しいと認められた。今の僕は二本の腕も得ている。しかし活用しているとは言いがたい。絵が仕事だ。細かい作業だ。新しい人工の指先が、使い慣れた足以上に役立つはずもない。日常の大概のことも、鍛《きた》えあげてきた足や歯や、あえて肩に残してもらった小さな指で事足りてしまう。

桜に新しい皮膚をという勧めも跡を絶たなかったが、彼女は断り続けた。僕が下絵を描いた彫り物に愛着があって、取り替える気がしないと言う。ただし背骨だけはまっすぐにしてもらった。

お父さんとは死別、清子さんや昭助兄さんも今は離れて暮らしているけれど、桜と僕だけは一緒にいる。仲がいいときも悪いときもあるが、お互い自在に話せる相手と、簡単に離れられるものではない。

あの河原の近くに住んでいる。散歩で土手の上を通るたび、ふたりして僕らの舟が浮かんでいた場所を見下ろす。今の僕らの、最も幸福で、最もせつない時間だ。

心の置きどころの問題だと、犬飼先生はお父さんに解説していた。だとしたら、くだんは僕らを運びきれなかったに違いない。運びきる前に死んでしまったのだ。だって僕らの気持ちは相変わらず、あの悲惨な世界にある。僕と桜にとってはやがて爆弾によって終わってしまう、短く虚しい世界だったのかもしれないが、こちらのかりそめの自分が死んだら、また心はあそこに戻っていくという、確信めいた想いから僕らは逃れられずにいる。

色とりどりの襤褸《ぼろ》をまとった、あの美しい舟の上に。

編者あとがき

『revisions 時間SFアンソロジー』をお届けする。

題名の「revisions」は、二〇一九年一月から、フジテレビ「+Ultra」枠で放送され、NETFLIXを通じて全世界に配信される白組制作のTVアニメ「revisions リヴィジョンズ」に由来する。監督は谷口悟朗、シリーズ構成・脚本は深見真。アニメの内容を公式サイトから引用すると、

幼いころ誘拐された過去をもつ高校二年生・堂嶋大介は、幼なじみのガイ、ルウ、マリマリ、慶作と共に、不可思議な現象——「渋谷転送」に巻き込まれる。渋谷の中心部が跳ばされたのは三〇〇年以上先の「未来」。そこで待っていたのは、広大無辺な荒野と森、点在する廃墟……そして、未来人「リヴィジョンズ」と彼らが操る巨大な機械の化け物だった。理由もわからぬまま化け物に蹂躙されていく渋谷を助けようと現れたのは、誘拐事

件の大介の恩人と同名で瓜二つの女性・ミロ。彼女は、大介たちだけが操縦できる人形兵器「ストリング・パペット」を提供し、渋谷を守れと促す。誘拐事件の恩人――ミロによる予言「仲間を守る運命」を信じて生きてきた大介は、ついに訪れた危機と手に入れた力に歓喜する。しかし、幼なじみ五人の絆は誘拐事件の影響でバラバラとなっていた。孤立した街。未知の敵。未確定な過去と運命の予言。少年少女たちは、「現在」を取り戻すために「未来」と戦う。必ず、元の時代へ戻る――

ひとつの街がまるごと未来にタイムスリップする話と言えば、SF小説の世界では、《キャプテン・フューチャー》や《スターウルフ》で知られるエドモンド・ハミルトンが一九五〇年に発表した『時果つるところ』が有名（児童向けの抄訳に『百万年後の世界』と『地球さいごの都市』がある）。日本の大都市が異世界に転送される話ということで、森岡浩之《突変世界》シリーズ（とくに、大阪移災を描く第二作『異境の水都』）を思い出す人もいるかもしれない。

もっとも、先行するSF小説と「revisions リヴィジョンズ」を比べてみても、あまり意味はないだろう。この作品の特徴は、現代の渋谷の中心部（見たところ、渋谷駅を中心に半径一キロメートルくらいの範囲）を舞台に選び、さらにロボットアクションと組み合わせることで、強烈なインパクトを与える映像を生み出した点にある。第一話を見て、往年のTVアニメ「聖戦士ダンバイン」の後半、ファンタジー世界（バイストン・ウェル）の巨大ロボット（オーラマシン）がとつぜん現実世界に出現したときの衝撃を思い出しました（古くてすいません）。

ただし本書は、その「revisions リヴィジョンズ」のノベライズでも、スピンオフでも、シェアードワールド短篇集でもない。タイムスリップをモチーフにしたこのアニメにちなんで、国内外の時間SF短篇の名作六篇を集めた、いわばイメージアルバム的なアンソロジーである。要は、「revisions リヴィジョンズ」を入口にして、時間SF短篇の魅力に目覚めてもらえたらいいなあ……という趣旨の本で、タイトルの意味は多少意識しているものの、内容的な関連はまったくない。その点、おまちがいなく。逆に言えば、アニメの内容どころか、存在さえ知らなくても楽しめるアンソロジーなので、〝「revisions リヴィジョンズ」って何？〟と思った人も安心です。

なお、ハヤカワ文庫JAのテーマ別SFアンソロジーとしては、虚淵玄脚本の劇場アニメ「楽園追放 Expelled from Paradise」公開に合わせて出た『楽園追放 rewired サイバーパンクSF傑作選』（虚淵玄・大森望編、二〇一四年十月刊）と、野崎まど脚本のTVアニメ「正解するカド」放送に合わせて出た『誤解するカド ファーストコンタクトSF傑作選』（野崎まど・大森望編、二〇一七年四月刊）がすでにあり、『revisions 時間SFアンソロジー』はシリーズ第三弾と言えなくもない。本書を手にとったついでに、前二冊にも興味を持っていただけたらさいわいです。

とまあ、そんな次第で、本書のテーマは時間SFなんですが、そもそも時間SFとはいったいなんなのか？　宇宙SFなら、まあだいたい宇宙空間（地球大気圏外）が主な舞台になるSFのことだろうなと想像がつくわけですが、時間SFの場合はもうちょっと話がややこしい。どういうタイプがあるか、なんとなく本書収録作（太字）を軸にしながら、かいつまんで紹介する。

いちばんわかりやすい時間SFは、タイムマシンまたはそれに準ずる手段を使って過去や未来に移動するタイムトラベル（時間旅行）もの。科学的タイムトラベル小説の第一号は、ごぞんじH・G・ウェルズの『タイム・マシン』（一八九五年）。その後、映画やドラマ、マンガ、アニメも含めて、さまざまな種類の航時機が想像されてきた。往年のTVドラマ「タイムトンネル」には据え置き型の巨大装置が登場するし、映画「バック・トゥ・ザ・フューチャー」では実在の自動車DMC-12（デロリアン）がタイムマシンに改造されている。本書収録の法月綸太郎「**ノックス・マシン**」に出てくるのは、超小型ブラックホールを利用した最新型タイムマシン。タイムトラベルの理論と実際について、作中でまことしやかなレクチャーが行われるので、これを読めばひととおりのことがわかります。

・L・ムーア「**ヴィンテージ・シーズン**」は、そうした観光目的のタイムトラベルを扱っ旅行となれば、当然、べつの時代を観光で訪れようと思う人間もたくさんいるはず。C

た時間SFの代表作。日本代表の藤井太洋「ノー・パラドクス」には、時間旅行者のための旅行代理店が登場する。ちなみに、このタイプの時間SFでもっとも有名なのは、恐竜狩りツアーが思いがけない結果を招くレイ・ブラッドベリの短篇「雷のような音」（『太陽の黄金《きん》の林檎』所収）。トランプ大統領誕生を予見した作品として、二〇一六年にひとしきり話題になった。

同じタイムトラベルでも、主人公が、なんらかのアクシデントによって（その時代に行くことを意図したわけではないのに）べつの時代に行ってしまうタイプを〝タイムスリップもの〟と総称する。前述したように、TVアニメ「revisionsリヴィジョンズ」はその典型。半村良『戦国自衛隊』では、演習中の自衛隊員が〝時震〟に見舞われ、装備ごと戦国時代にタイムスリップする。こちらは不慮の事故なので、タイムスリップ小説の元祖、マーク・トウェイン『アーサー王宮廷のコネチカット・ヤンキー』（一八八九年）を筆頭に、とくに理屈もなくべつの時代に飛ばされてしまうものが多く、便利な小説装置として（異世界転生の次くらいに）膨大な数の作品に使われている。

過去に戻れるなら、若きヒトラーを暗殺してユダヤ人虐殺を未然に防ぐとか、ケネディ大統領暗殺を阻止するとかして、歴史の大きな流れを変えることもできるのではないか——こういうタイプのSFは〝歴史改変もの〟と呼ばれ、これまたひとつのサブジャンルを形成するほど人気が高い。恩田陸『ねじの回転』は、歴史改変によって奇病が蔓延したため、歴史を元に戻すプロジェクトが国連主導で行われているという、さらにもうひとひねりした設定になっている。一方、歴史改変の結果を思いがけない角度から描くのが、小林泰三「時空争奪」。いわくいいがたい絶大なインパクトを誇る傑作というか、超弩級の怪作だ。過去を変えた影響が現在に及ぶまでに一定の時間がかかるというのは、よく考えると理屈に合わないが（一種のメタ時間を仮定する必要がある）、SFの中ではけっこうポピュラーな発想で、たとえば前出の「雷のような音」を原作とするピーター・ハイアムズ監督の映画「サウンド・オブ・サンダー」では、歴史改変の影響がタイム・ウェイブとなり、津波のように伝わってくるシーンが大きな見せ場になっている。このメタ時間を排除するのではなく、あえて実際にあるものと仮定して扱った点が「時空争奪」の特徴。

しかし、直線的な時間の流れを仮定したうえで、過去の改変によって現在が変わってしまうとすれば、時間旅行者は因果律の問題、いわゆるタイムパラドクスに直面することになる。典型例が、〝親殺しのパラドクス〟というやつですね。自分が生まれる前の時代に行って親を殺したらどうなるか。「その瞬間に自分も消えてしまう」というのがいちばんシンプルな回答だが、だとしたら、過去に遡って親を殺すのはだれなのか……。

SF作家たちは、この逆説を回避する理屈をさまざまにひねり出してきた。タイムパラドクスを扱った作品だけで何冊も時間SFアンソロジーがつくれそうなくらいだが、この問題を一気に解決する名案が並行世界。過去を改変した瞬間に世界が分岐し、時間旅行者はべつの時間線（並行世界）から来た人間ということになるから、パラドクスは生じない。量子論の多世界解釈をバックボーンにすると、理論的な裏付けがあるように見えることもあって、最近の時間SFではこの考え方が主流になっている。前述した藤井太洋「ノー・パラドクス」は、その最新型のバリエーションのひとつ。

本書の掉尾を飾る津原泰水「**五色の舟**」も、複数の時間線の存在を背景にしている。狭義の時間SFではないものの、最後まで読めば、本書にこの作品が収められた理由は納得していただけるだろう。

パラドクスとか多世界とか、めんどくさいことを考えなくてもだいじょうぶなタイプの時間SFもある。ここ二、三十年の日本で圧倒的な人気を誇る〝ループもの〟がそれ。同じ時間（同じ一日、同じ一年、同じ生涯）が何度もくりかえされるタイプで、アメリカでは、ビル・マーレイ主演の映画「恋はデジャ・ヴ」で有名。日本では、筒井康隆『時をかける少女』およびその映像化を通じて一般的になり、アニメでは、「うる星やつら2 ビューティフル・ドリーマー」を筆頭に、「ゼーガペイン」や「魔法少女まどか☆マギカ」にも、時間ループのモチーフが使われている。小説では、アニメ化された谷川流「エンドレスエイト」、TVドラマ化された乾くるみ『リピート』、ハリウッド映画化された桜坂洋『All You Need Is Kill』など枚挙にいとまがない。つい最近も、竹宮ゆゆこが、ループ現象の背景をまったく説明しないループ型恋愛小説『あなたはここで、息ができるの？』を出している。

同じループでも、主人公の意識だけが昔の自分の体に戻って何度も人生をやりなおすタイプをとくに〝リプレイもの〟と呼ぶ。ケン・グリムウッドのベストセラー『リプレイ』（一九八七年）によって一気にメジャーになったためにこう呼ばれるが、その源流はさらに古い。ぼくが確認したかぎりでいちばん古いリプレイものの小説は、H・ビーム・パイパー「いまひとたびの」（一九四七年）。『リプレイ』と同じく、四十三歳の主人公が死に直面した次の瞬間、少年時代の自分の肉体に戻って、もういちど人生をやり直すことになる。

「いまひとたびの」は、以前、海外の名作時間SFを集めたアンソロジー『ここがウィネトカなら、きみはジュディ 時間SF傑作選』（ハヤカワ文庫SF）を編んだときに入れたので、本書には、狭義のループものの元祖として、リチャード・R・スミス「**退屈の檻**」（一九五八年発表／別題「倦怠の檻」）を収録した。

扉裏の解題にも書いたとおり、本国ではほとんど忘れられた作品――というか、ぼく自身、中学生のころ読んだきり忘れてたんですが、山本弘氏がブログで『ここがウィネトカなら、きみはジュディ』を紹介してくれたとき、同書に収めたリチャード・ルポフの時間ループSF「12：01PM」の元ネタは「倦怠の檻」ではないかと書いているのを読み、おお、それがあったかと膝を叩いた。先だって筒井康隆氏にインタビューした折にうかがったところでは、日本における時間ループSFの古典「しゃっくり」も、これにインスパイアされたらしい。

……と、なしくずしに楽屋話に移行してますが、国内外の短篇を集めて時間SFアンソロジーを編んでほしいとの話があったとき、まっさきに考えたのが、この作品を新訳することだった。それともうひとつ、これまで一度も書籍化されたことのないC・L・ムーアの名作「ヴィンテージ・シーズン」を収録すること。「ヴィンテージ・シーズン」を入れるとなったら、そのうしろに置くのは津原泰水「五色の舟」しかない。オールタイムベストSF国内篇の1位に輝く名作をいまさらテーマ・アンソロジーに再録するのはどうなのか……と躊躇する気持ちもあったものの、『revisions』を「五色の舟」で締めくくる誘惑には勝てなかった。

「五色の舟」が入るとなれば、他の作品もオールタイムベスト級の傑作が求められる。それこそ、小松左京「地には平和を」とか、半村良「およね平吉時穴道行《ときあなのみちゆき》」とか——と思ったが、ちょうど日下三蔵編《日本SF傑作選》第1期六冊が出たばかりで、両者とも、そちらに収められている。そこで、国内作品に関しては、「五色の舟」以降、この十年の現代SFに絞り、一度読んだら忘れられない作品を——と考えた結果、半ば自動的に、法月綸太郎「ノックス・マシン」、小林泰三「時空争奪」、藤井太洋「ノー・パラドクス」を選ぶことになった。

そのため、国内作品に関しては「四つとも読んでるよ！」という方が少なくないと思いますが、それでもなお、通して読むことで新しい発見のあるアンソロジーになったと自負している。時間SFの短篇を読むのは初めてという人にとっては、強烈すぎる読書体験になるかもしれない。時間SFの幅広い魅力の一端を本書で実感していただければさいわいです。

末筆ながら、本書を編纂する機会を与えてくれたSFマガジン編集長の塩澤快浩氏と、再録を快く許可してくれた藤井太洋、法月綸太郎、小林泰三、津原泰水の各氏、および「ヴィンテージ・シーズン」の新訳を引き受けてくれた幹遙子氏に感謝する。ありがとうございました。

小川一水作品

第六大陸1

二〇二五年、御鳥羽総建が受注したのは、工期十年、予算千五百億での月基地建設だった

第六大陸2

国際条約の障壁、衛星軌道上の大事故により危機に瀕した計画の命運は……。二部作完結

復活の地Ⅰ

惑星帝国レンカを襲った巨大災害。絶望の中帝都復興を目指す青年官僚と王女だったが…

復活の地Ⅱ

復興院総裁セイオと摂政スミルの前に、植民地の叛乱と列強諸国の干渉がたちふさがる。

復活の地Ⅲ

迫りくる二次災害と国家転覆の大難に、セイオとスミルが下した決断とは？　全三巻完結

誤解するカド

ファーストコンタクトSF傑作選

野﨑まど・大森 望編

羽田空港に出現した巨大立方体「カド」。人類はそこから現れた謎の存在に接触を試みるが——アニメ『正解するカド』の脚本を手掛けた野﨑まどと評論家・大森望が精選したファーストコンタクトSFの傑作選をお届けする。筒井康隆が描く異星人との交渉役にされた男の物語、ディックのデビュー短篇、小川一水、野尻抱介が本領を発揮した宇宙SF、円城塔、飛浩隆が料理と意識を組み合わせた傑作など全10篇収録

ニルヤの島

柴田勝家

第2回ハヤカワSFコンテスト大賞受賞作

人生のすべてを記録する生体受像《ビオヴィス》の発明により、死後の世界の概念が否定された未来。ミクロネシアを訪れた文化人類学者ノヴァクは、浜辺で死出の船を作る老人と出会う。この南洋に残る「世界最後の宗教」によれば、人は死ぬと「ニルヤの島」へ行くという——生と死の相克の果てにノヴァクが知る、人類の魂を導く実験とは？　圧巻の民俗学ＳＦ。

楽園追放 rewired

サイバーパンクSF傑作選

虚淵 玄（ニトロプラス）・大森 望編

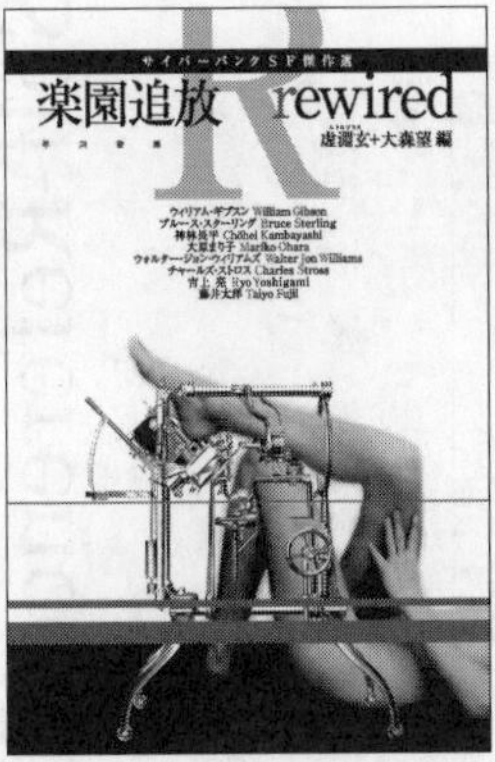

劇場アニメ「楽園追放-Expelled from Paradise-」の世界を構築するにあたり、脚本の虚淵玄（ニトロプラス）が影響を受けた傑作SFの数々——W・ギブスン「クローム襲撃」、B・スターリング「間諜」などサイバーパンクの初期名作から、藤井太洋、吉上亮の最先端作品まで、八篇を厳選して収録する。「楽園追放」の原点を探りつつ、サイバーパンク三十年の歴史に再接続する画期的アンソロジー。

ハヤカワ文庫

Self-Reference ENGINE

円城 塔

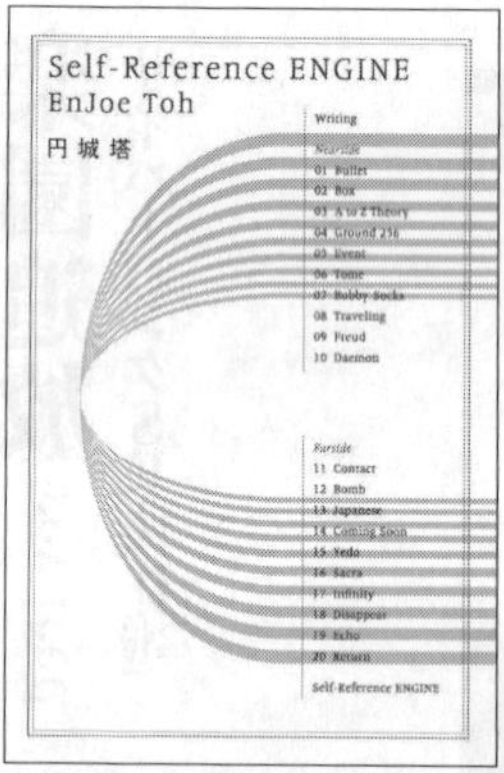

彼女のこめかみには弾丸が埋まっていて、我が家に伝わる箱は、どこかの方向に毎年一度だけ倒される。老教授の最終講義は鯰文書の謎をあざやかに解き明かし、床下からは大量のフロイトが出現する。そして小さく白い可憐な靴下は異形の巨大石像へと果敢に挑みかかり、僕らは反乱を起こした時間のなか、あてのない冒険へと歩みを進める——驚異のデビュー作、二篇の増補を加えて待望の文庫化

グラン・ヴァカンス

廃園の天使 I

飛 浩隆

仮想リゾート〈数値海岸《コスタ・デル・ヌメロ》〉の一区画〈夏の区界〉。南欧の港町を模したそこでは、ゲストである人間の訪問が途絶えてから一〇〇〇年、取り残されたAIたちが永遠に続く夏を過ごしていた。だが、それは突如として終焉のときを迎える。謎の存在〈蜘蛛〉の大群が、街を無化しはじめたのだ。わずかに生き残ったAIたちの絶望にみちた一夜の攻防戦が幕を開ける——〈廃園の天使〉シリーズ第1作

ラギッド・ガール

廃園の天使 II

飛 浩隆

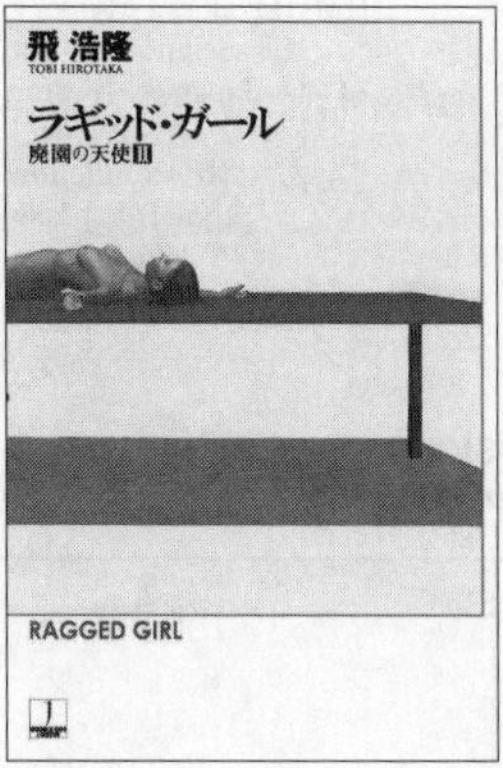

人間の情報的似姿を官能素空間に送りこむという画期的な技術によって開設された仮想リゾート〈数値海岸《コスタ・デル・ヌメロ》〉。その技術的／精神的基盤には、直観像的全身感覚をもつ一人の醜い女の存在があった——〈数値海岸《コスタ・デル・ヌメロ》〉の開発秘話たる表題作、〈大途絶《グランド・ダウン》〉の真相を描く「魔述師」など『グラン・ヴァカンス』の数多の謎を明らかにする全五篇を収録。現実と仮想の新たなる相克を準備するシリーズ第２作

ハヤカワ文庫

編者略歴　1961年生，京都大学文学部卒，翻訳家・書評家　訳書『ブラックアウト』『オール・クリア』『混沌ホテル』ウィリス　編訳書『小さな黒い箱』ディック　著書『21世紀SF1000』（以上早川書房刊）他多数

HM=Hayakawa Mystery
SF=Science Fiction
JA=Japanese Author
NV=Novel
NF=Nonfiction
FT=Fantasy

revisions
時間《じかん》ＳＦアンソロジー

〈JA1353〉

二〇一八年十二月十日　印刷
二〇一八年十二月十五日　発行
（定価はカバーに表示してあります）

編者　大《おお》森《もり》　望《のぞみ》
発行者　早川　浩
印刷者　西村文孝
発行所　株式会社　早川書房
郵便番号　一〇一 - 〇〇四六
東京都千代田区神田多町二ノ二
電話　〇三 - 三二五二 - 三一一一（大代表）
振替　〇〇一六〇 - 三 - 四七七九九
http://www.hayakawa-online.co.jp

乱丁・落丁本は小社制作部宛お送り下さい。
送料小社負担にてお取りかえいたします。

印刷・精文堂印刷株式会社　製本・株式会社フォーネット社
Printed and bound in Japan
ISBN978-4-15-031353-1 C0193

本書は活字が大きく読みやすい〈トールサイズ〉です。